# 佳釀小千金

上

文創風 1085

以微 著

風 文創 1085

# 目錄

# 序文

以微

一直想塑造溫馨的世界觀，從不喜歡把人心想得太險惡。然而生活總有不盡如人意的時候，沒有誰的一生可以做到真正意義上順風順水。

創作這本書的時候就不那麼順利。

它曾乏人問津，所以果斷停下腳步，不斷反思、琢磨、學習，結果是推翻重寫。然而重寫以後的開篇卻是以配角視角展開，在朋友們眼中，這就是一個「奇葩」行為。她們紛紛勸解，希望我再重新修改。知道她們是為我好，我也將這個好默默記在心裡，可我有我的堅持。

整個過程是煎熬的、崩潰的，卻從未想過放棄。還好堅持下來了，我很慶幸，也很喜歡努力的自己。

喜歡種田文，喜歡看主人公從無到有。所以我把主角放在最低的位置，讓她憑藉自己的力量得償所願。過程雖坎坷，可她畢竟是我的「孩子」，我必須寵她。寵歸寵，但不能無腦寵，所以書中不乏「奇葩」。

生活中所謂「奇葩」的人，不過是思想與自己大相徑庭的人，說不定自己在別人眼中就是一個「奇葩」呢？當然啦，只要肯努力上進，奇葩再多也無妨。我要的，就是這個努力的過程。這何嘗不是在自我告誡，努力一點，再努力一點，我們想要的都可以實現。如果沒有實現，那一定是還不夠努力，或者，是不是搞錯方向了呢？

摸爬滾打的過程中總會有所收穫，記得停下來細細品味，那都是寶貴的經驗啊！

要相信且切記，「努力」一定不會辜負自己。

# 第一章

尹暮年手裡拎著一個翠綠色的木籠，那是個陷阱籠子，還隱隱散發著淡淡芳草香。這東西在大坑村四面環山的山溝裡，卻是不曾見過的。

因此，他所到之處，無不引來一道道幸災樂禍的目光，以及毫不掩飾的斜眸，她們甚至還聚眾竊竊私語。

每私語一句，便要斜他一眼，眼中有輕視和嘲笑。當然，極其迫切的、興奮的、期待好戲上演的目光居多。

尹暮年知道，自打他們來到大坑村，村裡頭的女子皆因母親容貌而對他們一家懷有惡意。可那時也不曾見過像今日這般明晃晃的譏笑，儼然一副坐等看好戲的姿態。

這讓尹暮年十分疑惑。

他不過才十一歲，哪裡懂得太多彎彎繞繞。

一路走來，沒有一個人多瞧他的陷阱籠子一眼。倒是他，好似長了一副見不得人的面相，叫人頻頻注目。這讓他覺得自己是個不該出現的跳梁小丑。

「年哥兒，你怎麼了？」

走在前頭，同樣拎著一個翠綠色陷阱籠子、人高馬大的海叔見小少年未跟上，難免要停下腳問一嘴。

若是上了山，年哥兒未跟緊的話，可是十分凶險的。

然而，當他隨小少年的目光看去，正對上幾個不懷好意的笑貌，當下吼道：「妳們瞅啥！」

海叔身量高大魁梧，聲音也洪亮，一嗓子下去，幾人應聲而散。

尹暮年收回視線，默默跟在海叔身後。

只是，幾位婦人詭異的笑容仍刻在腦中。不知怎的，他只覺心口發慌，很是不安。

這讓他忍不住回頭，向遠處那座最高的山看去，那是他家的方向。

只出來半日光景，留妹妹一人在家中，應當無礙吧……

「年哥兒，過會兒上了山，你可得跟緊！」

見小少年心不在焉，海叔不得不再次提醒。他瞪著銅鈴一般大的眼睛，每說一個字，下巴上的一撮鬍子便要抖一抖。

不怪他會擔心，山路崎嶇不平，這小子又是第一次上山，他可得把人看緊。若是有個好歹，他家婆娘定是第一個發難！

海叔幾乎想取一條繩子，把尹家小子拴在自個兒身上。只是他萬萬沒想到，他仔細看護的小子，上了山後，竟一點也不像頭次上山。

只見他步伐輕巧，好幾次有驚無險的避開危險之地。鎮定自若的模樣，像極了在逛自家後院。

尤其，他還尋到一個安置陷阱的絕佳位置。

那是一處隱密的縫隙，任何一個正常人都不會想著打那兒鑽進去。

偏偏，小伙子熟門熟路的鑽進去了。

別說，裡面竟別有洞天。一塊大石壁下有一個兔子窩，很深，一隻手臂進去都搆不著底。外頭是一小片平原，石壁邊有一小水柱在緩緩流淌，澆灌在這一片平地上。

海叔只覺不可思議。這窩裡，定有不少野兔！這讓他兩隻銅鈴眼瞪得直直的，恨不能鑽進去，把牠們通通逮出來！

「海叔，放這邊吧，過會兒再來取。方才路上我見有不少松茸，松茸味鮮，咱們採一些回去。」

正是海叔暗暗想法子的時候，尹暮年的聲音點醒了他，這才不得不隨年哥兒尋個地方安置陷阱。

陷阱安置完了，海叔仍是不願挪步，兩隻眼睛盯著陷阱籠子，一隻手搓著他自認威風的山羊鬍。

這陷阱籠子是尹家小子送他的，這樣的陷阱他還是第一次見，當真隨意安置便能逮著野味？

「海叔？」

尹暮年又喚了一聲，海叔這時才不情不願的隨他離去，只是一步三回頭，怎麼看皆是滿腦子疑惑。

罷了，只當陪小娃兒玩一遭。

二人採摘松茸的當下，海叔才終於反應過來。「不對啊，咱們剛剛可未曾經過此處，你怎知這兒有松茸？」

尹暮年愣了一愣，忙低下頭，隱去不安閃爍的眼。

想了一想，方才回答。「母親曾同我們講過松茸的生長習性，我見這邊地勢適宜，便過來瞧瞧。」

「這樣啊！」

海叔了悟的點點頭，完全信以為真。

是了，是了，就是這樣了！

尹家兄妹的母親可是大地方逃難來的，頗有些學問。尤其是那手好廚藝，實在讓人回味無窮。

可惜啊，就是走得早……

見矇混過關，尹暮年暗暗鬆了口氣。只在心中懊惱自己實在蠢，怎的做事這樣糊塗，平白留下許多破綻。

好在海叔並未細思，否則，他真不知該如何解釋自己的可疑行徑。

關於松茸一事，哪裡是母親告知的，事實上是妹妹同他講的。包括山中地勢，以及那個兔子窩。

起先他自然也是不信，但當他經過一個個危險之地，心中的疑惑便被驚訝取代。到如今，他是已經完全信了妹妹的話。

妹妹說，她遇見了老神仙。

初時聽到這句話的那會兒，他覺得妹妹竟說起了胡話，擔心她這輩子，怕是沒有指望了。

但是他不這麼想了。哪怕自己原先還有一點點疑惑，現如今，他是徹底信了。

畢竟，沒有人可以解釋，為何妹妹能夠死而復生。

尹暮年想著，妹妹定是老神仙將她送回來的。

關於山上的一切，妹妹說，這些都是她死後，隨老神仙在山上看到的。

嗯，他信。

縱使分了心神，尹暮年手上的動作可是沒停過。眼前的松茸一叢叢，粉粉嫩嫩，很是喜人。它們長在地皮表面，輕輕拉一下就能採摘起來。

今次他帶了一個不小的麻袋。

妹妹說了，讓他把此處的松茸盡數摘回去。他沒有吃過松茸，鮮美這說法也是妹妹同他講的。橫豎能吃，摘回去總沒錯。

「哈哈哈！你這小子，拿這麼大的麻袋上山，不知道的還當你是有備而來呢！來，海叔摘的也給你。」

見著尹暮年手上的大麻袋，海叔笑得豪爽。寧靜的山中，甚至有他的回音，笑聲叫人聽了便不自覺心情舒暢。

尹暮年扯唇笑了笑，目光躲閃。

「家裡沒剩多少糧食，這趟出來，自是要多摘一些野菜回去。海叔先把你摘的放我這兒，回去再分給您。」

「說啥呢，海叔不缺這口糧食！倒是你們兄妹倆相依為命不容易。還是你小子運道好，往日松茸可是不易尋到。放心，海叔今日一定將這麻袋給你裝滿！」說著，海叔又將一捧松茸放入麻袋內，嘴裡忍不住罵了一句。「那周大郎真不是人！欺你們兄妹年紀小，竟敢暗自將官府給你們的補給吞了去，簡直喪盡天良！」

說罷，「呸」一聲，吐了一口唾沫。

他口中的周大郎便是村長家長子。

按照律法規定，府衙的補給應當是每個不足十歲的孤兒一月發放一百文，可到了村長手上卻僅剩下四十文。

然而，這周大郎竟以幫忙跑腿為由，將僅剩的這點銅錢也吞了去。兄妹倆無親無故，又是外地人，頗不受村人待見。

三年過去了，尹家小丫頭終於在一個月前被餓死。

好在，上天垂愛，出殯那日她又活了回來。真真是萬幸！

尹暮年又何嘗不是這樣想的呢？只不過他不會像海叔這般破口罵出來。

二人埋頭認真採摘，竟真的叫他們摘了整整一麻袋松茸。

尹暮年看著今日收穫，忍不住心中喜悅，唇角不知何時微微勾著，再沒放下。

這些，能管好幾餐了吧！要是真能如妹妹所言，輕易抓到野兔就好了。

若是叫他抓到野兔，定要立刻宰了，給妹妹補補身子！

尹暮年抬頭看看天色，已是不早，便道：「海叔，時候不早，咱們去看一看陷阱。若是捉到野味，咱們便回去吧。」

「得嘞！」

海叔一開口便能引來回音。雖然回得一嘴豪邁，心中卻是對「捉著野味」這一說完全不置可否。

他打了一、二十年的獵，可沒見過這稀罕事！

二人回到安置陷阱的地方，皆有些不敢置信，目瞪口呆的站那兒瞅了好一會兒。

沒有見過稀罕事的海叔，今日是真稀罕了一回。

這……這……這，還真抓到了。一個籠子一隻，很肥！

「哈哈哈！你這小子，有兩下子！」

回過神，海叔又是朗朗大笑。忍不住用力拍了拍小伙子的肩膀，讓尹暮年連連向前撲去，喉頭一陣癢意，乾咳了幾聲。

完好無損的野味自是更能叫上價，哪怕價格叫不上去，人家也更願意買你的。如此，海叔能不高興嗎？

大豐收的二人，美滋滋的下山去。

回到村中，尹暮年再次收到周圍投注過來的目光。

這一次，不僅僅是村中那些愛道人是非的婦人，連村中的漢子及老一輩，哪一個見了他均要回頭觀望。

婦人的眼中嘲諷不在，譏笑更是不見，取而代之的是嫉妒憤恨和惱怒。男人和老一輩則有許多顯露出羨慕神色。

尹暮年能肯定，無論是男人們的羨慕，還是女子的嫉妒惱怒，均與他打著野味一事無關，他們甚至沒有人注意到自己手上的野味。

女人們交頭接耳依舊，但當她們終於看到尹暮年手中籠子裡的野兔，愣怔之後，又是好一番羨慕嫉妒。

尹暮年大略看了一眼村人，一道道不友好的視線讓他隱約感覺到，定是自己家裡出了事。

妹妹?!

尹暮年心下斷定是妹妹出了事，怎敢再耽擱，當下將扛在背上的麻袋丟開，向家的方向瘋跑。

# 第二章

尹暮年一路狂奔，待到家門前，一眼便見院子口那兩扇薄薄的木門，正搖搖欲墜的掛著。

記得出門前還是好好的，很顯然，木門剛經歷一場外力撞擊。

這一幕讓尹暮年心下一驚，顧不得其他，急急跨入院子。

卻不想，入了院子見著的卻是一直對他們兄妹關照有加的林香嬏。她勾著唇角，一派輕鬆的打灶房出來。手裡端著一盤冒著熱煙、攤得圓圓的金黃色餅子，她那雙眼睛死死盯在餅子上，捨不得移開。

下臺階時，林香嬏埋頭在盤子上狠狠吸了一口氣，便是一臉陶醉相，正待舉步向院子裡的石桌走去，抬眼見著站在院子口的尹暮年，不由笑咧了嘴。「年哥兒回來了！」

尹暮年向前踏了幾步，恭敬鞠禮。「林香嬏。」

林香嬏手上的餅子飄香四溢，勾得人飢腸轆轆。尹暮年卻是無視了「咕嚕」發著抗議的扁平肚子，頻頻向西屋看去。

今日村人見著他的反應著實異常，就怕是妹妹這邊出了事端。妹妹大病未癒，可不要再有個好歹。

尹暮年恨不能立刻去西屋瞧瞧妹妹，然而林香嬸畢竟是客，且她還帶了糧食來接濟自家，哪可置之不理。

關於禮節，母親生前的諄諄教誨，不敢忘。

「快去洗洗，過會兒要開飯了。」將一盤香噴噴的餅子仔細放在石桌上，林香嬸一邊招呼著，一邊又要向灶房走去。嘴裡也不停歇，說完一句又是一句。「嘿，十姐兒時辰掐得剛剛好！」

聽林香嬸提起妹妹，尹暮年急急趕在林香嬸進到灶房前問了一句。「嬸嬸，今晨家裡可有異常？」

聽到叫喚，林香嬸停下步子，回頭望了小少年一眼，像是看不見他眼中的憂色，回了句有頭沒尾的話。「是生了些事端。」說罷，舉步進了灶房。

這話，卻是叫尹暮年的心漏跳了幾拍。一刻也不敢再耽擱，隨手放下陷阱籠子，三步併作兩步走向西屋。

進到屋裡，卻怎麼也找不到妹妹的蹤影，瞬間一顆心提到了嗓子眼，片刻不停的旋了身子衝出去。

此時，隨後趕到的海叔正喜孜孜的站在院子裡，同林香嬸展示今日這一趟的收穫。林香嬸捧起一捧松茸聞了聞，對自家男人滿口誇。

尹暮年憂心妹妹，想同林香嬸打聽，一連喚了幾聲「林香嬸」，卻是無果，只得自個兒找尋。

誰承想，剛下了臺階便見妹妹瘦小的身子蹲在石凳上，兩手搭著石桌，正眼饞的盯著籠子裡的野兔。亮閃閃的眼睛好似在說：肉！是肉！想吃！

見到完好無損的妹妹，尹暮年懸著的心終於落地。他狠鬆了口氣，向著妹妹走去。

像是自有感應，妹妹抬頭向他看來。見到他，霎時間笑靨如花，低頭自石凳上蹦了下來，噠噠噠跑到他身前，努力昂著頭，一雙眼睛撲閃撲閃，稚嫩的聲音帶著滿滿的喜悅。

「哥哥！」

尹暮年被這一聲「哥哥」喚得晃了神。

自打妹妹死而復生，這性子是越發鮮活了。她死前雙目中的渾濁早已不復在，如今無論何時見她，總一副對生活充滿希望的模樣，讓人忍不住跟著心生嚮往。

妹妹能回來，真是太好了。

再回神，妹妹不知何時已去到海叔和林香嬸身邊，正踮著腳將頭埋進麻袋裡，脆嫩的聲音自麻袋內傳出。「好鮮啊！」而後直起身板，對著林香嬸笑得眉眼彎彎。「嬸嬸，妳再幫我燒燒火，我炒盤松茸給你們嚐嚐！」

「好！」

林香嬸也是那爽快的，一口答應。

既然妹妹無礙，尹暮年才終於放心的去洗掉一身塵土。待他回到院子，幾人已經圍著石桌坐好。海叔正在同妹妹還有林香嬸講述今日上山的境遇，說得唾沫橫飛，對他是好一番誇讚。兩個聽眾聽得是津津有味，每聽到開心處，妹妹的腳丫子便要晃幾下。

要說，山上一切均是自妹妹口中得知。上山前妹妹便已知曉他今次上山能有何收穫，如今聽著海叔陳述，倒還是一副興致勃勃的模樣。

海叔也是心大，將他的一應反常行為視作「初生牛犢不怕虎」，直道他運道好，這下要開始走運了。

對比，尹暮年但笑不語，此時他最關心的還是林香嬸說的「事端」。

「嬸嬸，今晨發生了何事？」

經他這一問，原本還能談笑風生的林香嬸，忽然繃著臉，齜牙咧嘴的開始叫罵。「你可是不知，今兒一早你前腳剛出門，村長家那堆不叫人省心的家眷便跑來滋事，硬是逼著十丫頭將你們前些時日討回來的二兩銀錢還回去。一群沒臉沒皮的人！」

說起此事，林香嬸心中仍舊憤然，只後悔沒有當場抓花周大郎媳婦的臉。

尹暮年一聽，腦中自然浮現妹妹被一群人圍著咄咄相逼的景象。趕緊向妹妹看去，不想，妹妹正好抬眸看來，對上他的視線，立刻笑嘻嘻安撫。「我沒事。」

尹暮年愣了一愣。

怎會沒事呢？那群人可沒一個好相與，更何況，他們還自認吃了虧，更不會善罷甘休。

這事還要從一個月前說起。

一個月前，他剛經歷妹妹的死和復生。起先並無異常，直到有一天，妹妹說她遇見了老神仙，並拿出一個神奇錦袋，他才不得不信。

許是受了老神仙點撥，妹妹醒來後心智大變，對朝中律法知之甚詳。也是那時他方才知道，官府每月當給他們兄妹倆發放補給，然而他們卻從未收到過。

想到妹妹被餓死一事，他便不能再沈默，故而前去找村長討回補給。滿打滿算，村長該還回補給二兩五錢。

可那補給是被村長的長子周大郎吃掉的，一下子叫他交出二兩五錢，他怎麼肯？好一番鬧騰後，還是村長作主讓周大郎交出二兩現銀和一石新大米。

在村長的眼皮子底下，二兩現銀是當下便拿到手，但那大米卻是被折了又折，到手的至多三斗，給的還是陳米。

為免夜長夢多，妹妹當日便同他講過，讓他將二兩銀子拿去添置一些家中必備什物和糧食。

可他終究沒捨得，心想那銀錢得留著，以備不時之需。

若是那時他聽了妹妹的話，也不至於發生今日之事。

尹暮年後悔極了，他只要想到妹妹被圍堵的畫面，就恨不得搧自己幾巴掌。

另一邊，林香嬸和緩了情緒，方才繼續說下去。「今兒一早我聽了風聲，得知村長去了山後村垂釣。周大郎則四處揚言要來找你們算帳。我瞅著不妙，便抄近路攔回村長。

「待我和村長趕到的時候，十丫頭正和那一大家子對峙。若非今日所見，我還真不知十丫頭竟如此能說會道。要我說，有學問就是好，說出來的話頭頭是道，把那一家子唬得一愣一愣。」

想起後頭發生的事，林香嬸越說越來勁。

十丫頭先是拿律法規定的一百文來說事。周大郎以為另外六十文被老二家拿走了，直道老二家不厚道。周二郎又覺周大郎心太黑，他自己一個子兒沒拿到，老大家拿了這兄妹一人一百文，還偏說四十文。

二人當下便起了嘴皮子，後來還是村長夫人站出來制止衝突。

爭端沒了，十丫頭也不氣餒，咬死被官府扣掉的六十文，非要去見官。那會兒她還不明白十姐兒用意，只想著官爺可不是他們想見就能見的，況且六十文分明是被官府扣下的，她再這一鬧，豈不是找死？

不僅如此，十姐兒甚至趁此機會，找周大郎討要三年來他們兄妹倆被官府扣下的銀錢，共計有三兩九錢。

那會兒在場的人無不覺得十姐兒得了失心瘋。

這丫頭膽兒肥，半點虧不肯吃，還當場要求周大郎將說好的一石新大米補齊。先前送來的三斗陳米可以給他們折成二斗新米，如此，周大郎還需補齊八斗。

再過不久夏日即將來臨，生怕大米長了蟲，十丫頭僅叫他們送來五斗米，其餘的折成白麵粉送來。

小丫頭說得頭頭是道，很有幾分道理，大夥兒卻忍不住替她捏把冷汗。這可是村長家啊！想占村長家便宜？那可不比見官容易！

卻不想，沈默的村長這時候站出來，不僅將一應家眷呵斥一通，還自掏腰包，給了十姐兒四兩銀子，並言說欠下的米、麵粉過會兒自會送來。

這一下把大夥兒鬧糊塗了，還記得人群散去前，人們看十丫頭的眼神。羨慕的有，嫉妒的更是不少。

待到人群全部散去，她方才鬆了口氣。今次若不是村長出面，十姐兒要真鬧到見官，怕是少不了一頓板子。

誰知十姐兒聽罷她苦口婆心的勸導，也不知是真傻，還是真就不以為意，竟還能笑得出來。

直到十姐兒解釋一番，她才終於明白。是了，官老爺自是不會承認自個兒所作所為，故而定會找個人出來頂罪，最好的人選自然是犯了罪的周大郎。

這個中利害關係，村長家的家眷們理不出，可村長是誰？哪可能理解不來。

莫怪會爽快交出四兩銀錢，如此還能為自己博得美名。

村民們識得律法的沒幾個，村長此舉只會讓村民們覺得——村長不計前嫌。那對野孩子竟平白得了村長家四兩銀子！

甚至有那曉事的，會覺得村長大義。有朝一日，這事若是真見了官，他便可獨善其身。村長這招，實在高明。看似落了下風，實則將這對兄妹逼上更為危險的境地。

# 第三章

六兩，對於尋常百姓來說，可是太多了。多少人一年也攢不下這筆錢。他們若想平安度日，這銀錢是留不得的。想一下子將六兩銀子花用出去，並且看起來合乎情理，又恰到好處，別說，還是很有些講究的。

若是放在以往，攤上這樣的事，確實夠傷腦筋。兩個小娃娃何曾見過這樣的大錢，哪知道該如何安排用處？

如今可是不同，眼前活蹦亂跳的尹十歌，早已不是那個怯懦不喜言語的尹十歌。沒人知道，她其實是打皇城那兒死過來的第一廚之女，唐楹。

一個活到了碧玉年華，卻慘遭毒害的貴女。

真是好生可憐啊！曾經養尊處優的千金，如今卻要頂著這樣一具瘦得僅剩一層皮包骨的身子，忍飢受凍。且，還是個年僅八歲的小娃兒！

好在還有一口氣，憑她一手好廚藝，日子總能過下去。

如今需得先將擺在面前的難題解決。

前生，她的父親乃為皇城首富，十歌打小便金尊玉貴養著，哪曾吃過一丁點苦。家中金銀隨她取用，尋常能被她看上的哪一樣不是金貴之物？哪一樣不是價值連城？不就是六兩嗎？眨個眼便能花掉。敗家女不允許被小瞧。

只一會兒工夫，林香嬸已將十歌同她說過的「打算」，轉述給其餘二人。二人聽後便沈默了，不可否認，這是最好的安排。

沒錯，十歌想趁此機會修繕房子，這可是個大動靜，可不得多花些銀錢。家裡的屋瓦跟遭了蟲災的菜葉似的，坑坑窪窪，就沒有一片完好的。不遮風不蔽雨，實在糟糕。

過會兒讓哥哥到鎮上採買一些家中必備物品，再請兩、三個人來修繕房子，付點工錢，再管人家一餐飯食。如此一來，六兩銀錢哪裡還能有剩？

修繕房子的消息一經放出，再加上哥哥買回來的物品，相信能打消不少人的歪心思。

十歌瞧向海叔，睜著滿是祈盼的大眼。「海叔，這事還需您幫忙。」

「這有何難。此事耽擱不得，吃罷了飯就出發！我先送年哥兒出村子，再上隔壁村幫你們叫幾車瓦片。幫工只需再喊兩個便夠了，只是今日叫得急，怕是開不了工，明兒一早我帶他們過來。」海叔一下便將行程安排妥當，甚至要找誰來幫忙，他心中也自有計量。

「好，都聽海叔的安排。那，咱們快些吃！」

事情已塵埃落定，十歌便開始招呼大夥兒用膳。有海叔和林香嬸幫忙，她是丁點兒也不操心。

自打重生後，她還未吃過一餐飽飯。村長還算守承諾，當真讓人送來糧食。她也不扭捏，給了咱就收。

今日定要飽餐一頓！

不對，應當是日後絕不能再餓肚子！

林香嬸早已對桌上飯食眼饞不已，很想嚐一嚐那盤香噴噴的餅子，得了招呼，很快便哧溜哧溜吃開，兩三下便吃完了一大張餅子。

有些意猶未盡的舔舔唇，林香嬸不好意思的嘿嘿乾笑了兩聲。

似乎……吃得太快了一些……

她可真從未吃過這麼美味的餅子！滑嫩爽口，一點也不難下嚥！

林香嬸豎起大拇指。「妳這手藝，跟妳娘比起來可是一點不差！」

雖年月已久，對於他們母親的廚藝，林香嬸仍是記憶猶新。如今嚐了十丫頭的手藝，她竟覺得這手藝比起她母親的，還要好得多！

「我竟今日才知，妳有這好本事！」

林香嬸邊回味邊稱讚，一雙眼睛泛起光來。

十歌聽罷眼神微閃，放低了聲音。「先前沒有糧食，也便下不得鍋。」

這話聽得林香嬸愣了一愣。

小女娃落寞的模樣，叫林香蟠意識到自己說錯話，懊惱的拍了拍自己的嘴巴。

自打他們娘親走後，這兩小娃娃哪裡吃過一餐飽飯？日子是到今兒才有了點指望。

林香蟠暗嘆口氣，轉了話題。「今日年哥兒頭回上山便能逮著野味，是個好兆頭。要我說，你們那塊田地就不要再耕作了，一年到頭也見不著什麼收成。」

難得有了收成吧，還要叫村裡那些懶漢偷了去。不過一塊荒地，不要也罷。

十歌很贊同的猛點了幾下頭。「蟠說得對，哥哥，日後你便和海叔一塊兒上山打獵。」

這想法倒不是一時興起，十歌還臥病在床那會兒，就已經將未來的生計問題規劃好了。日後，他們便靠山吃飯！

當然，所謂靠山吃飯，可不僅僅是打獵。

他們所在的大坑村有個特點，便是四面環山。周圍每一座山均是巍峨高聳，山珍野味隨處可見。

在她還是遊魂那會兒，這幾座山全被她逛了遍。哪座山是什麼地勢，都有什麼野菜、野果，山中野味們最喜歡出沒的地方，她一清二楚。

專心埋頭狼吞虎嚥的海叔聽見他們提到自己，這才抬起頭來「嘿嘿」笑了一下，一連點了幾下頭。手也沒閒著，一手挾來一大口松茸到嘴裡，馬上又將手上餘下的半張餅子塞嘴裡。

他太忙了，空不出嘴。

林香孏見自家男人沒出息的樣子，真是哭笑不得，橫了他一眼。

不過她方才也是如此。

丫頭的廚藝真真太好了！也不知她用的什麼法子，能將松茸的鮮美發揮得這般淋漓盡致，一口下去唇齒留香，直叫人回味無窮。

唯有尹家兄妹吃飯秀秀氣氣，縱然餓著肚子，也不會失了分寸。

對於妹妹的提議，尹暮年沒有半點意見。自打上了一趟山，他也便有了此意，於是點了點頭。想起那隻大肥兔，又補了一句。「晚些待我採買回來，把兔子宰了，給妳補補身子。」

十歌搖搖頭，將嘴裡的餅子嚥下去，方才回話。「不行的，明兒要請人來修繕房子，總不好叫人吃得太寒酸。」

早在見到那隻大肥兔時，十歌便將菜色想好了。

尹暮年倒是沒往這邊想，他如今只想養好妹妹的身子骨，失去妹妹的痛他不想再經歷一次。

「這好辦，把我那隻留下，你們今晚先宰一隻，留一隻明日用。」

海叔喝下最後一口粥，抹了抹嘴，說得毫不在意。

橫豎今日收穫也是因年哥兒而得。他每日上山打獵，雖不是每日有所收穫，但也絕不缺這一隻。

「這使不得！莫要因為我們兄妹倆再連累了海叔和嬸嬸。」

尹暮年慣不是那愛占人便宜的，說什麼也不肯答應。

林香嬸因常年接濟他們兄妹，引得婆婆對她有諸多不滿，今日若是再無收穫，怕是少不得一頓叨唸。

「你這孩子，海叔說什麼你聽著便是！幫你們叫瓦片和找幫工也用不了多久時間，待我事情辦完，再上今早那地方安一下陷阱。那兔窩深得很，我估摸著裡頭還有野兔，把你家的陷阱籠子也放我這兒，我幫你們一塊兒放。」

海叔畢竟是長輩，聲量也大，他銅鈴眼一瞪，倒真有幾分威嚴，把兩個小娃子唬得一愣一愣，呆呆的看著他。

還是十丫頭反應快，甜膩膩的回了一句。「好，謝謝海叔！」

在十歌看來，他們兄妹的小身板虧空太久，是該好好補一補。白給的便宜能收就收，誰叫他們窮呢？今日之恩，她只會給予更多回報。

幾人用罷午膳，便按照既定行程開始忙碌。為了能讓尹暮年輕鬆一些，海叔還特地找他堂叔家借了牛車。

林香嬸終究不放心十歌自個兒待在家中，決定陪她到年哥兒回來為止。

都說財不外露，丫頭今兒明晃晃得了好些銀錢，家中又無依靠，就怕村裡那些好吃懶做的會來打主意。

「嬸嬸，要不然咱上山摘點薺菜。明兒多幾個菜也好，我還想做些包子，我做的包子可好吃呢！」

林香嬸本就是那閒不下來的，要她一下午啥事也不做反而不對勁。故而十歌的提議馬上得到認可，二人相攜上山去。

陽春三月，萬物復甦，花紅柳綠，正是一年中最美的時節。十歌大口吸著氣，清新的空氣能使人精神抖擻。經歷過一死，再醒來，萬物在她眼中更賦靈氣，叫人倍感珍惜。

她很滿足。

不出半日光景，今晨發生在十歌身上的事件已傳得人盡皆知。她每到一處，便能引來不少目光。

有些人會趁著同林香嬸寒暄時，順便打聽一下。每到這時，林香嬸便大方道出尹家小兄妹欲修繕房子一事。

當二人再次回到村子，背上皆揹了滿滿一籮筐野菜。十歌一路同林香嬸講著明日菜色及其滋味，把林香嬸饞得不行。

卻是在這時傳來一道譏諷。「喲，我看看，摘了這許多野菜，明日就請人啃野菜嗎？不是剛得了六兩銀錢，怎的還這麼寒酸。嘖，果真是沒娘養的。我說林香，海哥的好名聲可不要被連累了才好！」

說話的是一名黝黑的胖婦人，她往道上一站，村道便被擋了大半。她身旁還跟著幾個婦人，一個個臉上盡是幸災樂禍。

尹家兄妹的母親是大地方來的，不僅知書達禮，更是十里八鄉難得一見的大美人。村裡頭的女子一見這樣的女子，哪一個不心生嫉妒。且自打她來了以後，村子裡不管有沒有家室的男子們都活躍了起來。

如此一來，女子們便更加不待見她。哪怕她已經死了好些年，這些人仍對她懷有餘恨，故而每每見到這對兄妹，總要刁難一番。

像今日這樣的圍堵已經不是第一次，先前這對兄妹分明已經怕得不敢出門，既然她又自己送上門來，不好好羞辱一番，難解心頭恨。

林香嬸同這幾人本沒有過節，但她曾受過孩子母親的大恩，怎會坐視不理。她踏出一步護在十歌身前，繃著臉便要同她們理論。

誰知左手被十丫頭拽了拽，低頭看去，小丫頭正對著她輕輕搖頭，而後上前笑著同胖婦人說了句叫人摸不著頭腦的話。「嬸嬸，妳真美。」

說罷，牽著林香嬸的大手繼續往回家的路走，留下一臉莫名的幾個婦人。

走了幾步，十歌停下步子，回頭補了一句。「嬸嬸的心最美。」

不只幾個婦人，就連林香嬸也愣了一愣。但她很快反應過來，十丫頭這是說的反話，當下便不厚道的大笑出聲。

也是，這種人理她做甚，讓她自覺無趣便罷。

再看看那胖婦人，黑著一張臉，惡狠狠瞪著小丫頭。

受了氣的胖婦人見二人瀟灑離去，恨得牙癢癢。但凡有人來問一嘴，她便要給尹家兄妹扣頂帽子。

於是，當尹暮年趕著牛車，載回一大牛車物品回到村子，又一次收到村人們投射過來的異樣目光。

甚至，年輕的漢子們見了他都要繞道走。

當然要繞道走！

萬一人家開口找自己幫忙修繕房子怎麼辦？這傢伙已是半大小伙子，自他身上騙不了幾個錢，且還得啃野菜……

罷了罷了，這錢不賺也罷！

# 第四章

翌日，晨光熹微，靠近巫陰山山腳的破瓦房裡，傳出窸窸窣窣的聲響。仔細一聽，是掀鍋蓋的聲音、柴火燒得噼啪響的聲音，以及兩個孩童稚嫩的談笑聲。

三月天的晨曦還未褪去寒氣，小娃兒身形單薄，他們圍坐在灶口呼著熱氣，瘦小的臉頰被火烤得紅撲撲的，終於有了點氣色。

十歌兄妹倆起了個大早，談笑聲隨著炊煙一起在晨間的山腳飄蕩，分外動聽。

兄妹倆一起做好了早膳，那是一鍋香噴噴的野菜粥，以及幾張綠綠的野菜餅子。二人還攜手做了幾籠包子，有蕨菜餡的、松茸餡的，唯一的共同點是都加了兔肉丁。

野菜是漫山遍野隨處可見的野菜，村人們哪一個也沒想過將它們採回來食用，除非家裡已經揭不開鍋。尋常時候，哪怕摘了，那也定是採回來餵養畜牲的。

也正是因此，尹家兄妹摘野菜請幫工吃的話一經傳出，便引得大夥兒避之唯恐不及。

試問，誰願意被當畜牲餵養？

無論村子裡如何謠言四起，天剛亮，海叔還是帶了兩個幫工過來。

並非這二人未聽到謠言，他們願意過來，純粹是賣周海面子。周海是大坑村中狩獵技術最好的，為人又爽快，跟著他時常有肉吃。久而久之，大夥兒都愛同他打交道。

尹家不過丁點兒大的房子，無須一日便可修繕完，且工錢也不低，一人三錢銀子。周海願意找他們，足以證明對他們的看重。

如是想著，二人也就沒了怨言。

十歌一見來人，很是熱情的上前招呼。熱騰騰的茶水是剛備好的，人一來便可先喝上一碗。茶水裡漂了幾朵花，也不知怎麼沖泡的，茶水入口的滋味與眾不同，讓海叔等人都忍不住多喝一碗。

「幾位叔叔，今日便要煩勞你們了。有什麼吩咐你們儘管說，茶水放在這邊，你們大可隨時取用！那邊蒸著包子，過會兒蒸好了喊你們啊！」

尹暮年一向不喜言語，只在面對妹妹時話才會多一些。所以，十歌負責招呼。

兩位幫工對視一眼。昨兒他們便聽聞尹家丫頭是個能說會道的，今日見她做事有條不紊，還真像那麼回事。

聽罷了小丫頭的話，兩人均忍不住嚥了嚥口水，向飄出香氣的灶房偷偷掃上一眼。不怪他們會如此，實在是香味太濃郁饞人。早在進院子前，他們便聞到了，那會兒還奇怪哪兒在煮什麼，太香了！

竟不知是尹家在蒸包子！

不是說啃野菜嗎？看啊，那井邊還放著些不要的爛葉子。

那麼，包子什麼時候蒸好？雖說出門前已用過早膳，可這會兒聞著香味，又餓了。

兩人也是那豪爽的，朗聲應道：「那行，我們先把瓦片換一換，過會兒看哪裡還需修繕，你們儘管說。」

兩個五大三粗的男人做慣了力氣活，今日的活計算輕省的。兩個小娃兒的處境他們也清楚，既然來了，便一步到位幫他們修繕好，不能讓人家錢白給了，他們可不做欺負弱小的事！

二人最後再瞟了一眼灶房，便自去忙碌，唯有海叔還站在原地，神色古怪，一副欲言又止的模樣，一張臉憋得紅紅的。

「海叔？」

海叔擰著眉頭，幾次欲開口，又憋了回去，最後深吸了一口氣，才道：「過會兒還來個人。是我四弟，這人妳不用管。」

說話的時候，海叔瞪著銅鈴眼，咬著牙根，也不等小丫頭反應，說罷便去忙碌。

海叔口中的四弟，十歌略有所聞，這人識得幾個字，是村子裡唯一一個秀才，自視甚高，又喜故作風雅。

今日什麼日子他要來？來做甚？

用他無縛雞之力的手幫忙修繕房子？

不不不，他不添亂就行了。

說起來，林香嬸怎麼沒有一起過來？昨兒林香嬸回去前她交代過，讓林香嬸今日將兩娃兒一起帶過來。

林香嬸本不欲答應，畢竟兩個孩子都還小，正是喜歡鬧騰的年歲，且他們家糧食有限，林香嬸實在不好意思給他們增加負擔。

是十歌說有給兩個孩子安排力所能及的活計，她才勉強答應，說好了天一亮人就到。

十歌抬頭看看天邊初昇的太陽，再看看空蕩的院子口，想著林香嬸該是被什麼事情絆住了腳。

約莫過了一刻鐘，十歌聽見門口傳來動靜，嘰嘰喳喳，有些嘈雜。但說得最多的卻是：「好香啊！」

不過一會兒，三個小女娃兒爭先恐後衝進來，見了她便在門口處頓了一下。

十歌也有些發愣，記得林香嬸生的兩個都是男娃娃呀！

「站這裡做甚，快些往裡走，莫要堵在門口。」

一道低低的男音響起，聲音平平，不帶起伏。三個女娃兒被輕推了一把，這才回過神，立刻指著十歌叫嚷。「好醜！她是妖怪嗎?!」

三個孩子吵成一團，一連甩了好幾個「好醜」。

十歌死而復生不過一月有餘的光景，身子骨哪裡能那麼快養回來。如今模樣，多虧有層皮包著，否則便是一具骨架子，會被說醜也不奇怪。

她雖已八歲，但長期三餐不濟，小身板並未跟著年歲長，如今看起來也就五、六歲大的樣子。

縱使如此，也不能在她的地盤說她醜。

嘖！

「杏丫，四叔同妳說過，待人當以和為貴，怎可……」

一位頭戴黑色巾帽，身穿灰色寬長衫的男子跨步進來。他合起手上摺扇，在丫頭的頭上敲了一下，語調輕緩的斥責。而後抬頭向十歌看過來，卻在見到瘦巴巴的小丫頭後，擰起眉頭，住了口。

十歌猜測，此人準是海叔方才說的四弟，周秀才。

他真真是枉讀了聖賢書，竟如此明晃晃將厭惡表露於色。

十歌偏就不接口，大眼睛盯著周秀才，等著他將未完的話繼續說下去。

「怎可」如何？嗯？

你說，你倒是繼續說！

二人僵持了不一會兒，便見林香嬸一手牽著一個娃兒，繃著張大黑臉走進來。臨近周秀才，抬眸瞪了他一眼。

見林香嬸的反應，十歌知道她猜對了，周秀才就是打秋風來了。藉著海叔與他們兄妹的這層關係，打著幫襯的名義來蹭吃蹭喝蹭銀錢。

行，有本事你蹭蹭看！

不欲再理他，十歌笑著跑向林香嬸。「嬸嬸來啦！等妳好久呢。」

路過周秀才身邊，見他連連後退了幾步，急急捂住自個兒鼻子。

嘖，窮講究！

「呦！咱們十姐兒穿新衣裳啦？」

林香嬸將十歌上下打量一番，滿意的直點頭道好。十歌開心的轉了一圈，好叫林香嬸看個仔細。

想想她尚在皇城那會兒，穿的綾羅綢緞都要選那最好的料子。如今不過粗布衣裳，她卻也穿得開心。

因為終於穿得暖和了呀！

昨日讓哥哥採買的時候順便為他們二人一人添置兩身春衣、兩身夏衣，先前的衣裳是幾年前的，又破又小，早該丟掉。

「四叔，什麼東西這麼香啊？我想吃！」

方才嫌棄十歌的女娃兒又開口了，說罷便拉著周秀才向灶房走。

周秀才甩開女娃兒的手，大手一甩，摺扇「啪」一聲張開。只見他踏了兩步，虛搖兩下摺扇，瞇眼昂起頭，深深吸了兩口氣，一副陶醉其中的模樣，開口依舊語調平平。「嗯，確是香氣芬馥，若能得一壺美酒相佐，當是人間極致享受。」

看他這模樣，林香嬸惡狠狠的瞪過去。偏偏周秀才當沒看見似的，繼續搖頭晃腦。

什麼樣的才子十歌沒見過？眼前這位窮酸秀才還真入不了她的眼。

皇城最不缺才子。尚在皇城那會兒，多少滿腹經綸的才子求著讓她為其做一道菜，或贈詩或送畫，無所不用其極。而她願不願意出手，全憑心情。任你才情再高，不合眼緣便是徒勞。

對於他們來說，若有幸能吃到她做的菜，便是頂有臉面的事。

話雖如此，今非昔比，她現在不過是個窮丫頭，十歌還是只能笑著招呼。「這位是周叔叔吧？今日難得來做客，是我們怠慢了，來，您先喝碗茶。」

說著，十歌已經盛來一碗茶水，笑咪咪遞給周秀才。因著個子小，舉著茶碗顯得有些吃力。偏周秀才又慣愛擺譜，高昂著頭垂眸盯著茶碗看了好一會兒。

碗口蕩著白氣，帶出芬芳茶香。本欲挑刺的周秀才最終一句話未說，接過茶碗輕酌一口。

入口的茶水清香沁甜，好滋味讓周秀才睜圓了眼睛。他舔舔嘴唇，感受口中芬芳。忽而舉起茶碗，大口喝起來。

「悠悠茶香，味如甘霖，好茶，好茶！」周秀才高舉茶碗，頻頻稱讚。末了將碗遞給十歌。「可否再來一碗？」

「再來一碗自是沒問題。只不過您也知道，我們今日修繕房子，髒亂不堪，恐髒了叔叔的衣裳。不若叔叔喝了茶先回去，待我們修繕好了再來做客，我們定好生款待。」

十歌一口一個「做客」，趕人意圖明顯。可惜她低估了周秀才的厚臉皮，這會兒人家自添了碗茶，悠然自得坐下品茗，很是大方道：「無妨。我知你們今日忙碌，恐無法顧及全面，故而特地前來幫忙。」

話雖這麼說，他人卻像釘在石凳上，絲毫沒有起身勞作的意思。

十歌心道，好個不要臉的。

她家的便宜豈是誰人都可以占的？

# 第五章

十歌開心的拍了一下小手。「有叔叔幫襯自是再好不過。」像是想到什麼，又懊惱的皺起眉頭，將院子環顧一圈，不大的院子堆滿了幾百個大小不一的瓶瓶罐罐，還有幾口大缸。

十歌看著如此境況，不由懊惱道：「昨日添置太多家什，如今我們的家當滿打滿算僅剩一兩銀子，同幾位叔叔說好工錢一人三錢，如此便僅餘一錢銀子。」

周秀才隨十歌的目光將院子打量一番，瞬間跳腳，站起身來指責醜丫頭，一臉恨鐵不成鋼道：「妳……你們當真是敗家！六兩銀子被你們敗得僅剩一百文?!不行，一百文太少了！」

今日他料定了要賺回三錢銀子，甚至將銀子的用處都想好了，如今告知僅剩一錢，他哪肯答應！

十歌暗自冷笑，這人未免太把自己當回事。不過面上依然帶笑，很快便給出一個建議。「不若這樣，我把幾位叔叔的工錢減一減。橫豎多個幫手，他們也能少忙一些。」

一句話立馬安撫了周秀才，見他大大鬆了口氣，又一下甩開摺扇，虛搧了兩下，繼而坐回石凳上，繼續品茗，不緊不慢的道了一句。「若能如此，自是最好。」

見他這高高在上的模樣，十歌也不惱，昂頭看了看自家屋頂，沒多久便指向一處地方。

「既如此，我覺得還是明確分工要好一些，如此才不會有失偏頗。周叔叔，您就換那邊的屋瓦吧。」

周秀才隨她指的方向看去，立刻皺起眉頭。「不行，我爬不得高。」

「這樣啊……」十歌垂下頭略思考，不一會兒便有了新主意。「那叔叔你和泥巴吧，屋子好些地方需修繕呢。」

「和泥巴?!」周秀才皺起眉頭，立刻搖頭。「不行，太髒！」

「那木工可會?今日還需新做幾扇木門。」

周秀才搖頭。「孤掌難鳴，難乎其難。」

「若是如此，這兒可是沒有叔叔力所能及之事。」十歌搖頭嘆息。「倒是我的錯，忘了叔叔是文人，日後要有大出息的，怎能讓您做這等粗活。叔叔還是快些回去為好，千萬不要髒了叔叔的衣裳。」

這下總不能再死賴著不走吧?活計可是他自個兒拒完了！

跟這種厚臉皮書生打交道，最好便是讓他清楚自己的斤兩。

果不其然，周秀才垮下臉，看著眼前一臉苦惱又歉疚的醜丫頭，想說點什麼，又不知該說什麼。偏這會兒他的「好」嫂子也出來為外人幫腔。「是啊四弟，你還是快些回去讀書，這種髒活累活哪是你能幹得的！」

如此結果，最高興的莫過於林香嬸，她那張一大早便沈黑的臉，這會兒終於有了些許好轉。

不錯，她今日是帶了一肚子氣過來。

昨日婆婆知曉尹家修繕房子一事，將她男人好一通指責，怪他有這好事不想想自家幾個兄弟，竟把便宜往外推，婆婆氣得捶胸頓足，連帶著把她也好一番嫌棄。

婆婆迄今為止仍對她接濟這兄妹倆一事耿耿於懷，認為自家吃了大虧。這不，非讓老四和家裡幾個小的一道過來，哪怕蹭一頓飯也是好的。

「哼！別當我不知，妳就見不得我好！妳且等著，我讓娘收拾妳！」

對於這個嫂子，周秀才一貫沒有好臉色。當初大哥為了娶她，可是花了不少銀子，害得他那一年上不得學塾！他方才見井邊有一隻宰好的野兔，定是大哥接濟的！

大哥真是好生糊塗，娶了個胳膊肘往外拐的，一顆心偏向外人。

這事回去他一定要講給母親聽，叫她好好教訓這兩個吃裡扒外的！

這麼想著，周秀才黑著臉甩袖離去。

周秀才人一走，林香垂下眸，聲音有些許哽咽。「是嬸嬸連累了你們……」

千防萬防，沒想到最終占尹家兄妹便宜的會是自家人。林香嬸十分懊惱。兄妹倆糧食有限，今次雖得六兩銀，可為了安全起見均已花用出去，家裡糧食一旦吃完，可是再沒有了……

見林香嬸懊惱的模樣，十歌忽而正色道：「嬸嬸千萬不要這麼想。今日妳若回去，記得將一應過錯全部推到我身上。昨日海叔給的野兔就當我們找海叔買的，過會兒把銀錢一併結給你們。」

林香嬸猛的抬頭。「不可！」

抬頭後迎上十歌認真的眼，不由有些發愣。

「嬸嬸聽我的。您若不將錯推到我身上，玉婆還當我們是好欺負的，像今日這般事還會有第二次、第三次，也便沒完沒了。」

玉婆便是林香嬸的婆婆。

林香嬸聽了十歌的解釋，沈默了。細細一想，確實是這麼個理。

「縱然如此，可野兔窩本就是年哥兒發現的，陷阱籠子也是年哥兒所做，給你們一隻野兔只當是謝禮，萬不可收你們的銀錢！」

昨日午後，她家海哥又上了一趟山，回來時仍然兩個籠子各有收穫。能夠帶一隻回去交差已是不錯，且今日還有工錢可領。他們尚未分家，三錢銀子還需充公。

至於買野兔這一說，更是不妥！兄妹倆的銀錢已經花用得所剩無幾，哪裡還能叫他們破費。

林香嬸的反應在十歌意料之中，她嘆了口氣，道：「嬸嬸糊塗。日後哥哥還需仰仗海叔，若今日惹得玉婆不快，日後多加阻攔可是得不償失了。」

玉婆這人不好吃虧，那便叫她自以為占了便宜，如此大家都好過。她倒不是真的擔心玉婆作梗，實在不忍心再看林香嬸遭受婆婆苛待。這村子裡，也就海叔和林香嬸真心向著自家，她自是要多替他們想一想。

「這事便這麼說定了，嬸嬸快些來幫忙，莫要誤了午膳。」

說著，十歌自行去了灶房。尹暮年這會兒還在裡頭擀麵團，中午煮麵條吃。除了包子，一會兒還要再蒸些饅頭，再攤些野菜餅子。

今日活計可都是力氣活兒，自然要管飽。

當然，少了葷腥也不行。昨日共得了三隻野兔，除昨兒晚上兄妹倆吃下的半隻兔子，餘下的十歌決定做成香辣酒香兔，內臟則滷成兔雜燴，再拌幾個涼菜。

今日午膳可是十分豐盛了。

到了巳時，十歌喊來幾位叔叔吃包子墊墊底。

包子香早就引得大夥兒垂涎不已，聽了召喚，哪個也沒耽擱，紛紛自梁上下來，洗了手便吃起來。一口熱茶一口包子，好不過癮！除了「好吃」，便再沒有其他言語。

「今日的包子可是比鎮上品軒樓的美味多了！」

待吃完了整整兩籠包子，幾人才有閒心話家常。往年大夥兒僅聽周海夫婦誇讚尹家小娘子廚藝了得，每到飯點他們也僅能遠遠聞上幾口食物香。如今嚐了尹家小丫頭的廚藝，才知什麼叫神仙滋味！

果然有其母必有其女啊！

看。

誰能想到，尋常野菜也能做出這般滋味？真是了不得啊！回頭叫家裡婆娘也試著做做

墊了肚子，幾人心滿意足的繼續幹活，這下子他們做起事來更加賣力。

到了午膳時間，看著一桌子好菜，幾人簡直不敢置信。

幾道涼拌野菜脆嫩開胃，麵條勁道爽口，野菜餅子香鮮滑嫩，兔肉又香又辣只叫人欲罷不能，兔雜燴配白饅頭簡直絕了！

今日他們算是長了見識，野菜竟有這麼許多做法?!做出來的滋味又都不同，共同點是美味、好吃、稀罕！

這一餐幾人均吃得滿頭大汗，又十分痛快！

為此，他們盡心盡力將尹家小宅子修繕一通。不到一日，整棟房子煥然一新，薄薄的木門也都換成厚實的，任誰也踹不開。

總之，無論是幾位幫工還是十歌兄妹，對於今日結果都非常滿意。

到了晚間，正是風清月明時，如水月光灑在剛修繕過的宅子上，顯得分外柔和。

屋子裡的兄妹倆正一人捧著一碗滋味濃郁、清香四溢的兔腿湯喝著。

矮小的十歌坐在長凳上，邊吃邊晃著腳丫子，一臉滿足相。

她現在不放過任何機會給這對小兄妹補養身子。

如今房子問題已解決，他們便再無後顧之憂，日後只需勤奮上山，日子定能好起來的。

若哥哥照著她的指示去捕獵，當是每日都能有所收穫。過些時日便是趕集日，野味還能拿去換些銀錢回來。

然而，在十歌的計劃裡，可不是僅靠哥哥捕獵來過活。

有件事情就連哥哥也尚不知曉。

# 第六章

大坑村四面環山，多的是靠山吃飯的，但有一座山卻是無人敢踏足。

那便是巫陰山。

而他們家就在巫陰山山腳下。

之所以無人敢踏足，是因巫陰山是幾座山中最為高聳挺拔、崎嶇凶險的一座。還因巫陰山中有一隻猛虎，每到夜裡總會嚎叫幾聲。

故而，方圓一里內，僅有他們一戶人家。

也正因為巫陰山常年無人踏足，所以山裡頭的寶貝比哪一座山脈都要來得多。許多在皇城中有價無市的、想買都買不到的珍貴食材，巫陰山都有。

在十歌還是遊魂那會兒，最喜歡的便是在巫陰山中飄蕩。巫陰山是她最為熟悉的，她甚至連山中老虎的作息也摸得一清二楚。

她的打算便是將山中寶貝全部收入錦袋中。

沒錯，就是錦袋。

十歌有個萬能錦袋，這是原主小十歌長期佩戴在身上的，然而他們兄妹卻對錦袋的妙用一無所知。錦袋的神奇之處，十歌也是重生後，養病時無意發現的。

那會兒她剛自重生的喜悅中醒過神，不得不正視一貧如洗的現狀。她有心改變，但畢竟是占用他人身體，總不能表現得太明顯。

錦袋出現得正是時機，正好可以讓她給自己編一個名正言順的理由。

雖然沒有人能解釋，為何小小的一個錦袋能裝下那麼多比它大出數倍的物品。清點了一下，錦袋中有糧食少許、各色豆子若干、一點乾貨，以及一罈還剩八分滿的豬油，各種調味料倒是齊全。貴重些的是一塊質地不錯的玉珮，和一個裝有四十六兩銀子的荷包。

十歌猜測，這些是孩子們的母親留下的。且她發現錦袋除了空間無限大，還能保鮮。這個結論是從糧食存放幾年卻依舊新鮮推測出來的。

而她，明日便要拿錦袋去做一件關乎生死的大事。

「哥哥，明兒一早我把你和海叔的午膳一道備好，省得你們來回跑。」

十歌想的是將哥哥支開，如此她才能上得巫陰山。此事事關重大，若是成功了，今後的日子只會無限好。萬一失手，那麼要麼再死一回，要麼永不見天日。

「嗯。」

尹暮年哪會知道妹妹在打什麼小主意，只是覺得妹妹的安排很是妥當，如此能節省不少時間，沒準兒他能多抓幾隻野味回來。

「明日我想換個地方打獵，該去往何處才好？」

十歌本就想告知哥哥換個地方打獵，地點早已想好。如今哥哥自個兒提出，她自是將地點和周圍地勢詳細說明。

翌日卯時一到十歌便起身準備早膳，哪知哥哥也起了個大早。

尹暮年想的是，妹妹畢竟尚未完全康復，怎麼能叫她一人勞累。

卻是不知，關於午膳問題，十歌是一點也不操心，這事早先便已想到，故而昨日特地讓海叔幾人幫著用竹子做了幾個竹筒飯盒，今日是派上用場了。

昨日她還特地藏了少許兔肉在錦袋中，目的就是今日給哥哥做一餐兔肉燜飯。

兔子肉自錦袋中取出時，果真仍然肉質新鮮，跟昨日放進去時一樣。

除了兔肉燜飯，十歌還給哥哥和海叔各準備了一竹筒的松茸湯和幾張野菜餅子。野菜餅子是加了雞蛋的，比他們先前吃到的還要更美味一些。

一切準備就緒，尹暮年帶上兩個人的午膳、一個陷阱籠子和幾個大麻袋前去與海叔會合。

半個時辰後，確定哥哥不會再回來，十歌才懷著忐忑的心爬上巫陰山。

雖說死過一回，對於生死較常人要看得淡一些，可……十歌這不是要去會大老虎嗎？

十歌知道，大老虎差不多每日這個時辰獵食完，填飽肚子便會到一棵已經沒了枝幹的枯樹旁。

趁著大老虎過來之前，十歌先行抵達那棵枯樹前，彎下腰往樹幹的深坑裡聞了聞。

果然如她所料，樹幹內有淡淡的果酒香。
這隻老虎果真嗜酒！
之所以有這個猜測，是因她還是遊魂那會兒，曾見過幾次虎兄咬著果子往裡頭丟的景象。
這個事實與她能夠重生一樣，叫人匪夷所思。
十歌取出備好的果酒，倒了一罈酒在枯幹裡，買來的果酒無論如何也比天然製成的要醇厚一些。
她想的是，過會兒準備就緒後，她便拽好錦袋，若發現情況不妙，立刻把自己收進錦袋中，如此好歹還能有一線生機。
只是她一罈酒還未倒完，耳邊便傳來窸窸窣窣的聲響。
十歌只覺不妙，正欲收手，忽然間迎面飄來一陣怪風，隨著一聲低吼，一頭威風凜凜的白虎出現在她面前十步的地方。
完蛋了！
看著張著大口、露出鋒利獠牙的大老虎，十歌不只心裡打顫，她還全身不聽話的哆嗦起來！
如今她兩隻手還保持倒酒的姿勢，錦袋仍掛在脖子上呢。
此時十歌已經腦子一片空白，她睜著大眼睛與白虎對視。白虎每呼吸一次，便要帶出一聲吼響，警告意味十足。

終於，十歌找回思緒，顫著音同白虎打商量。「那個……這是孝敬您的果酒，您請慢用。」說著，悄悄向後挪。「您看我瘦得皮包骨頭，啃我怕是會斷牙齒的。若是留著我，我還能每天拿好酒來孝敬您呢！日後也讓你嚐嚐我釀的酒，可好喝了！」

十歌語調慢慢，盡可能輕聲細語。說罷，她已經退出五步遠，手也摸上錦袋，隨時做好逃生的準備。

白虎瞇著眼，邁著威武的步伐前進。牠停在枯樹邊，向枯幹裡頭瞧了一眼，又回頭轉向那個矮小的入侵者，瞇著眼看了好一會兒。

這其間，十歌大氣不敢喘，不敢再有其他動作。

不知過了多久，十歌手心已經汗濕，白虎終於有了動靜。牠轉頭將臉埋進枯幹裡，開始舔起酒來。

看白虎喝得瞇眼享受的樣子，這招似乎管用。十歌暗暗慶幸了一把，趁著白虎喝酒的空檔趕緊溜之大吉。

十歌這一趟算是有驚無險，回到家中還不到午時，正想喝口茶歇歇腳，卻在這時發現家中有些不太對勁。

環視一圈，院子裡的東西倒是都還在，就是擺放有些凌亂，與她出門前截然不同。只不過這些都是不值錢的大物件，拿不走。

反之，灶房裡頭的糧食被洗劫一空，連一粒米都沒留下，賊人僅給他們留下一些隨處可見的野菜。

好在她將大部分糧食藏進錦袋中，如此才免遭一劫。也萬幸她今兒出了門，如若不然，如今的她可只有挨打的分兒。

那賊人今日僅偷了少部分糧食，怕是不會甘心。

這事怕是還要再麻煩林香嬸，明兒先找她來坐鎮，其他再想辦法。但是要找林香嬸還得找個名目才好，否則又該連累嬸子挨婆婆訓斥。

有了這樣的打算，十歌用罷午膳，便開始揉麵團做包子。到了申時，見哥哥還未回來，十歌便提上三十個包子往林香嬸家中走去。

包子不小，三十個很有些重量，她便放在背簍裡揹過去。

自打十歌死而復生，有關她的話題在大坑村裡就沒停過，尤其這幾日還發生了一些事端。

大夥兒對這對兄妹並無多大了解，這對兄妹鮮少出門，也是這幾次事件，他們才知道原來尹家姑娘同她娘親一樣，頗有些智慧。

今兒見她獨自一人揹著竹簍外出，見到的都忍不住要多看幾眼，也不知竹簍裡用白色籠布蓋著的是什麼？

太香了！

聽聞小丫頭傳承了她母親的一手好廚藝，野菜也能做出各種花樣來，真想嚐嚐看啊……

十歌並不好奇村人在想什麼，她直直向林香嬸家走去，遠遠便能見到煙囪冒出白煙。一名兩鬢發白的婦人正站在門口餵雞，一雙老眼盯著雞仔們數得認真。十歌停住腳步，乖巧喚了句。「玉婆。」

玉婆白了貿然出現的丫頭一眼，不屑的「嘖」一聲，過了好一會兒才口氣不善的回一句。「怎麼？」

「今兒做了些包子，想著玉婆還未嚐過，便給玉婆送一些過來。」

說著，十歌已經取下竹簍，立刻有牲畜被香味吸引過來，圍在竹簍外頭，一個勁兒往竹簍裡頭啄。

一聽說丫頭是來送包子的，玉婆的臉可算和緩一些。她走過來一把拎起竹簍，使勁踢打腳邊的牲畜，嘴裡也不閒著。「畜牲，什麼也敢吃，當心我宰了你們！」

髒兮兮的手一下掀開籠布，瞬間一股香氣襲來，玉婆忍不住長吸了口氣。

昨日幾個娃娃去蹭了一餐，回來便開始挑三揀四，硬是瞧不上自家飯食，一個勁兒想往尹家跑，被她那個吃裡扒外的長媳呵斥一通才消停。

因著這事，她還和長媳發生口角，憋了一股氣。她沒吃過尹家飯，不曉得滋味，只當娃娃們年紀小，好騙。

現如今聞著包子香，她有些迫不及待想嚐嚐看。再細看一眼包子，忽然間又繃著個臉。

玉婆張口吼出去，噴出一口唾沫。十歌雖離得遠，還是不著痕跡的退後少許。又聽玉婆嘟囔道：「這麼點，還不夠我塞牙縫。」

說完，玉婆人已經進了宅子，不再理會門外的小丫頭，連一聲招呼也吝嗇給，還是林香嬸出來還的竹簍。

「丫頭，妳怎麼送這麼多包子過來？可不能再有下次！」

林香嬸很替兄妹倆的糧食心疼一把。她知道小丫頭不想她難做人，可這些人都是白眼狼，無須討好。越給他們好臉，他們就越上臉，不值當。

十歌知道林香嬸是為自己好，可她這不是醉翁之意不在酒嘛！

「打發乞丐嗎？」

# 第七章

「嬸嬸，我家遭賊了。」

十歌說得頗有些無奈，臉上的苦笑顯得與年齡不相符。

這事吧，可以說完全在意料之中。

相較於十歌的淡定，林香嬸則不然。她狠狠倒抽了口氣，忙上前查看小丫頭是否傷著了。

確定十丫頭無恙，林香嬸便扠起腰怒罵起來。「是哪個該死的混球臭不要臉的？狗娘養的！」

說罷，「呸」了一口。

林香嬸罵得十分順口，十歌竟覺有趣，在她前生的圈子裡可沒人會這麼罵。

十歌無辜的搖搖頭，這事要知道是誰做的就好辦了。

「今晨我正好出門去附近採野菜，回來時糧食已被偷了個光，好在我們將大部分糧食藏了起來。如今就怕賊人不死心，再來個回馬槍，所以想請嬸嬸待明日家裡忙完便去我家坐鎮。」

說罷，又補了一句。「也不用去得太早，我明兒一早出去尋些石子回來，我想著院牆還是得再修繕一番。」

最主要是她明日還要上巫陰山給虎兄送酒。

至於撿石子也確實在計劃中，她想找些尖銳的石子嵌在圍牆上，到時看誰還敢來爬牆，扎死他！

嘖！

真當她是好欺負的？

「行！妳自個兒千萬當心。」

林香嬸怎會不答應，她恨不能把那個小賊逮出來，賞他幾個巴掌。

尹家兄妹倆是她看著長大的，若非還未分家，否則她定把兩個可憐的孩子接到家中，自己再苦再累也得給他們一口飯吃。

自己這麼護著的孩子，被人這麼欺負，她能不氣嗎？

也不是她心地好，實在是她欠了他們母親太多。當年若非他們母親，她早沒了。

遙想當年，她因為進門幾年未有所出，婆婆幾次要海哥把她休了，海哥對她算是情深義重，說什麼也不肯答應。後來有一次她得了重病，婆婆怎麼也不肯給她請大夫，甚至還把她驅趕出門。

是這兩個孩子的母親收留了她，不僅如此，還自掏腰包給她請大夫，並悉心照料。他們的母親是個有學問的，被收留期間，教了她許多。她的身子也是那段時間調理好的，自家兩個孩子也是因此才能懷上。

這份恩德，她這輩子是還不完的！

待二人約好時辰，十歌便不再久留，就怕回去晚了，哥哥下山回來尋不到人會擔心。

果然，待十歌回到院門口，一隻腳還未踏進去，便見哥哥迎面衝出來。待到抬頭見到她，立刻煞住腳，大鬆了一口氣。

「哥哥，我給林香嬸送包子去了。」

十歌趕緊解釋，笑咪咪的，說得一派輕鬆。

聽到妹妹是去林香嬸家裡，尹暮年便未多言，伸手幫妹妹把背上過大的竹簍取下來。

「哥哥，今天收穫如何？」十歌轉移話題。

今日她所說的幾個地方都是從未有人去過的，還是野味們喜歡出沒的地方，不可能沒有收穫。

對的，她就是明知故問。

想起今日收穫，尹暮年眉眼含笑，視線轉向石桌方向，略重的點了下頭。「很好。」

十歌順著哥哥的目光看去，石凳旁綁了兩隻野雞和一隻野兔，正不安分的亂動，意圖逃生，旁邊還有三個大麻袋的野菜。

這麼看來，收穫確實不錯的。

「靈芝呢？採到了嗎？」

這才是十歌最關心的。她知道那一片地方有一處長了三朵成色極好的大靈芝，若拿去賣能換好些銀錢呢！

若是在皇城，這個品相的靈芝叫價都是成百上千兩。這等好東西若是得到了，只管藏於錦袋中，有朝一日回到皇城，再賣不遲。

如今局勢，要真換了錢，指不定被怎麼惦記呢！他們的日子就別想安生了。

至少，在有能力反抗之前，還是謙遜一些為好。

周圍山脈中，尋常地界的珍貴山貨早就被採摘一空，也就那種尋常人不敢去的地方才能叫他們撿個漏。

聽罷問話，這一次尹暮年連連點了兩下頭。「嗯！」

一個「嗯」字回得鏗鏘有力。

很快又補了一句。「放西屋了，妳先去收起來。」像是想到什麼，又補了一句。「給了海叔一朵。」

十歌正要去西屋，聽得這話便停下腳。

「哥哥做得好！」

嘴裡這般說著，十歌心裡卻止不住擔心。

不是不放心海叔，她是擔心海叔家那群人若知曉他們這兒有兩朵靈芝，怕是又要為難海叔和林香嬸了。

這不打緊，只怕還有人會去四處宣揚。那麼，結果不言而喻。一想到這兒，十歌不免有些頭疼。

總之，圍牆得趕緊重新修補才成。

等十歌將靈芝收進錦袋，打西屋出來的時候，尹暮年正站在石凳旁欲捉一隻肥肥的野雞，見了她便分心說道：「我宰一隻野雞燉湯。」

說著，他已經逮著野雞，並向井邊走去。十歌忙不迭阻止。「等等！哥哥先等會兒，我去兌點水加麵粉，咱們做碗米血，明兒請海叔和林香嬸吃。」

餘音未了，十歌已經跑向灶房，再出來時手裡多了一個大碗。她小心翼翼的捧到哥哥面前，而後便跑開了，邊跑邊說：「我去燒水！」

說實在，兩世為人，她雖不忌葷腥，但至今仍見不得宰殺場面。

等尹暮年將野雞料理乾淨，十歌才圍著哥哥講了一下今日發生的事。當然，她避開上巫陰山一事。

「哥哥，明日你先去山上安置陷阱，回來咱們再開始幹活。」

十歌這麼說，純粹是想為自己爭取一些時間。這邊雖然事多，虎兒那裡也不能落下，先給牠養成習慣，日後行事才方便嘛！

巫陰山上的靈芝才是真的多！

尹暮年沒想到自己出去一日，家中又發生事端，不由將眉頭擰成一個結。

村裡這些人，是真不想給他們兄妹活路！

尹暮年心中有氣有怒，只恨自己太弱小，他迫切想讓自己變強。他要趕緊多賺些銀錢，好帶妹妹離開這裡。

觀哥哥臉色，十歌知道哥哥不淡定了。她就不同了，還是那一派輕鬆的模樣，看著料理好的野雞，腦中已想好了幾個菜色。

明兒正好要請海叔和林香嬸來幫忙，米血可以炒盤三杯米血，多個菜也好。他們兄妹二人一下子哪吃得了一隻雞，老樣子，熬湯用半隻就好。

正好今日得了靈芝，熬上兩碗靈芝雞湯。靈芝不好多放，這兩個小身板虧空太久，一下子進補太過了也不好。

另外，雞內臟和另半隻雞還可以做成兩道菜呢！

想想還是有些期待的。

萬沒想到這個期待在翌日清早便落了空。

待十歌自巫陰山回到家中沒多久，林香嬸按照約定時辰趕來，只不過今次她依然黑著一張臉，臉色甚至比先前更難看一些。

海叔帶著家中老二和老三緊隨其後跨入尹家院子，幾個大男人手上還牽著自家娃兒。至此，十歌算是明白了林香嬸臭臉的緣由。

想來也是，海叔他們尚未分家，得了靈芝怎能瞞得住。瞞不住倒是無礙，只盼他們不要四處宣揚才好。

「我們兄弟聽聞尹家小兄弟遇到難處，今日可是要修繕圍牆？」

十歌正欲開口問好，海叔二弟周通先開了口，他咧嘴一笑，一副憨厚老實模樣，只是他眼裡一閃而逝的精光出賣了他。

「是呀，叔叔！」

十歌一副涉世不深、懵懂好欺的模樣，回以爛漫一笑。

她這話才出口，便有人在她後背敲了敲。十歌知道，這是林香嬸在提醒自己。

「那好，我們兄弟幾個身強體壯，最是擅長力氣活兒，想怎麼修繕你們儘管吩咐便是！」

周通朗朗一笑，拍著胸脯一副「放心交給我」的架勢。

「通叔叔哪兒的話。我們乃是小輩，可不敢造次，吩咐這一說可是折煞我們兄妹了！」

十歌被狠狠「嚇了一跳」，連連搖頭擺手。

這人用的「吩咐」一說，直接將他們的關係界定為雇主與幫工，這是要付工錢的。

錦袋中雖有四十六兩，但那是不為外人知的。他們該有的六兩銀錢可是僅剩一百文，就不信周秀才回去沒有同他們說道。

由此可見，這群人打的是靈芝的如意算盤。

嘖。

「嘿！憑咱們兩家的關係，你們還客氣什麼？說吧，想怎麼改，都聽你們的。」

周通一貫臉皮厚，哪裡那麼容易死心，一句話又繞回來。

確實如十歌所料，這不請自來的兄弟確實是為靈芝而來。昨日大哥帶回的靈芝，其成色可是非同一般，拿去藥鋪賣，少說也能賺個二、三十兩吧？

聽說尹家小子得了兩朵？

該不是大哥為了討好婆娘，送給他的吧？

大哥偏說靈芝是尹家小子尋到的，家裡那朵還是這小子送的。不僅如此，還說這兩天逮到野味的地界，盡是尹家小子尋到的？

他們可是不信！

哪有什麼大便宜都被他占去的道理？一個從未上過山的娃兒，能有這等好福氣？騙誰呢！

難怪剛修繕了宅子，又要修繕院牆。用的還是他們家靈芝換來的銀錢！

尹家這小子可真是沒臉沒皮！

「謝叔叔仗義！那我們便不客氣了。」

十歌好開心的拍了下小手，繼而道：「那今日便有勞幾位叔叔了。為表謝意，我們將昨日逮著的幾隻野味下鍋煮了，定要好生招待才是！」

一句話便駁了周通意圖，權當他們是仗義相助。

再看周通，整張臉說不出的古怪。

# 第八章

十歌的死不認帳讓兩個大男人吃了啞巴虧，他們只得不情不願的出去碎石子。

幸好他們還可以蹭一餐午膳，昨兒這丫頭送過去的包子他們都吃過，滋味當真美極了，作夢都想再吃一回！

這邊，見他們討不著便宜，林香嬸臉上終於現出笑意。方才她可是替他們兄妹捏了把冷汗，就怕他們傻乎乎的把靈芝拿出來當謝禮。

「丫頭，妳可知他們想的是啥？」

林香嬸一邊用力揉麵團，一邊探頭向院子外呶呶嘴。再回頭，只見小丫頭被她問得一愣一愣，憨憨的搖搖頭。

十歌就算知道也不能說呀！她如今不過才八歲大，大人們的彎彎繞繞尚無須了解。故而她裝出一副未聽懂的樣子，轉移了話題。「嬸嬸，昨日玉婆可有讓妳受委屈？」

「……沒，有妳海叔在，她能讓我受啥委屈。」

林香嬸沈默了好一會兒方才回答。

唉！怎會沒有呢？

昨兒婆婆得知尹家有兩朵靈芝，非說是海哥故意接濟，對他們夫婦叨唸了一晚上，甚至今兒一早也未準備他們夫婦二人的膳食。說是沒有將靈芝要回去，這事就沒完，無論海哥如何解釋，她就是不聽。

她一氣之下便說了，若是不信，改日讓幾個叔叔一同上山，事實如何，一下便知分曉！

林香嬸本不欲對一個小娃娃道是非，但此事關係到他們兄妹二人，她還是說一下為好。

於是，林香嬸將婆婆的行為以及自己出的那個餿主意道了出來，說罷，很是懊惱的嘆了口氣。「十丫頭，是嬸嬸對不住你們。」

「嬸嬸莫要自責。如此倒也好，有幾位叔叔護著，無論是海叔還是哥哥，都相對安全一些。」

也不是十歌想得開，關於這個問題，她也曾思考過。哥哥每趟都能有所收穫，不久定要叫人眼紅的。更何況靈芝事件要是被傳了出去，他們兄妹二人的處境只會更加艱難。

海叔的幾個兄弟皆是高大魁梧，有他們一起，自然沒人敢當面為難。

至於她麼，更是不必擔心。日後她白日躲巫陰山裡去，任誰也傷不著。

「妳也知道那些人的德行，一旦撿著便宜，日後怕是甩不掉。」

林香嬸又是長嘆一聲。這麼一想，她出的可不就是餿主意？現在他們還能每日有所收穫，若多了幾個人，收穫自是要少一些。

若是再尋到山珍，那些人定要想方設法分一杯羹，橫豎吃虧的都是年哥兒。

「無礙的，大夥兒都有收穫，村人便不會將眼睛只盯在哥哥身上。這事啊，有益無害，嬸嬸千萬莫要再自責。」

這話倒是不假，十歌巴不得如此呢！反正他們也不靠捕獵過活，且她的主要目標是巫陰山。

見小丫頭真的毫不在意，林香嬸更是愁眉不展。

十丫頭畢竟年紀小，不知愁苦。也不想想，獵物打得少了，賺的銀錢自然就少。年哥兒已經十一歲，過不了幾年還得娶妻呢。

罷了，自己想想辦法，看能不能在其他地方多接濟他們一些。

這一次修繕圍牆本就活兒較少，加之多了兩個身強力壯的幫手，今次僅用了不到半日光景便完工。

縱然完工，幾人也不閒著。周通對自家大哥的陷阱籠子早有了想法，他便趁此機會找尹暮年學習。

一開始大夥兒編製陷阱籠子還編得認真，待臨近午時，灶房裡的炊煙冉冉升起，帶出饞死人的香味，直讓院子裡的幾個大男人分了心神，頻頻向灶房看去。

十歌今日做了雞絲涼麵，主菜是一盤冷吃兔和一道紅燒雞塊。涼拌菜開胃，自是不能少，包子饅頭管飽，隨便吃。

待到最後一盤菜上桌，幾人才齊刷刷動筷子。先吸溜幾口麵條，入口的麵條勁道爽口，讓他們又一連吃了好幾口，待到回過神，木碗已經見了底。

林香嬸和海叔已經不是第一次品嚐十歌的手藝，可他們還是像第一次吃到那般，根本就停不下來。往常在家裡也是一大家子圍坐在一塊兒吃飯，多少還會聊幾句。然而這會兒誰還有閒心話家常，就怕自己吃得慢了，食物就被搶完了。

也正因此，這一餐吃得格外迅速。

「這麼著吧，橫豎現在無事，要不咱們到山上走一圈？正好看看我這新做的陷阱管不管用。」

用罷午膳，周通將自己做好的陷阱籠子提起來左瞧右看，很是滿意，恨不能馬上拿去試一下。

其他人也正有此意，就連尹暮年也急著想上山去看一看早上安置的陷阱籠子是否已有收穫。

尹暮年心中著急，趕集日快到了，他卻還未有收穫。昨日難得獵到三隻野味，如今卻是一隻也不剩了，今日他又做了兩個陷阱籠子，希望這能得到多一些收穫。

「哥哥，你過來幫我個忙！」

十歌藉故將哥哥喊去一處無人的地方，告知哥哥另一處打獵地點。

今日人數增多，還一人至少提兩個陷阱籠子，十歌不得不再安排，且她還要避開一些有珍稀山貨的地界。

這幾人，除海叔外，其他人她可沒那個好心分享好物。珍貴山貨雖不行，倒是不介意讓大夥兒得一些比較稀罕難尋的山貨，如此大夥兒才會真信了哥哥是福星這一說，日後對哥哥也能多幫襯些，至少得護好福星才能託福對吧？

就這樣，幾人滿懷希望離開尹家，向西邊的高山行去。

林香嬸和家中小輩們仍然留在尹家，這會兒小娃兒們正幫著把昨日尹暮年採回來的三大麻袋野菜歸類，林香嬸則和十歌一道清洗。

野菜有藿香、薺菜、蕨菜、小香蔥、野芹菜，野菜品種雜，數量多。

「我說你們摘這麼多野菜做甚？你們就兩個人，也吃不了許多。」

林香嬸雖不贊同，手上的動作卻是不停，十分熟練的洗掉菜葉上的沙土。

十歌也不瞞著，邊洗邊回答。「過幾日便是趕集日，我打算醃鹹菜去賣。」

「醃鹹菜?!不能啊丫頭！」林香嬸甩下手裡的野菜，有些激動的叫起來。

「除了富庶人家會去買醃鹹菜，尋常百姓哪個會買？妳能賣給誰？」林香嬸緩下勁兒，開始苦口婆心勸解，就怕小丫頭一時衝動。

如今世道，鹽可是貴重之物，大部分百姓根本食用不起。

醃鹹菜雖賣價高，可需要使用多少鹽巴才能製成。林香嬸知道十歌手藝好，醃製的鹹菜定非同一般。然而試想一下，哪個富貴人家會找她一個窮鄉僻壤的丫頭買醃鹹菜？

「聽嬸嬸一句勸，咱們不做啊！」可別鹽巴買來，鹹菜醃製下去卻沒人買，那就虧大了。

「可我們鹽巴都買來了呀！嬸嬸信我，我有把握賣出去。」

十歌倔強的繼續清洗野菜，一副「妳說什麼我也不聽」的模樣，看得林香嬸皺著眉頭，頻頻搖頭嘆息。

先前林香嬸就覺奇怪，兩個小娃娃都買了什麼，怎麼六兩銀子一日就敗完了，原來是買鹽巴去了。

觀十丫頭這架勢，是不碰壁心不死。

罷了，回頭她同年哥兒說說，可得讓年哥兒把賣野味的錢好生攢著，莫要再讓十姐兒這樣胡來！

林香嬸心事重重，等到尹暮年歸家，便迫不及待把他喊到邊上去，好生規勸，並告誡尹暮年日子還是要緊著過。

「好，聽嬸嬸的。」

尹暮年嘴裡答應，心中卻另有一番計量。早先他也不贊同妹妹做法，不過現在他卻願意賭一把。

他相信妹妹。

另一邊，十歌窩在石桌邊，拆開大麻袋，偶爾分心向哥哥那邊看去。見到林香嬸愁眉不展的樣子，她忍不住會心一笑。
嬸嬸的操心是多餘的，她可從不做沒把握的事，再多的醃鹹菜她都有辦法銷出去。
「哈哈，今日收穫頗豐，得虧有年哥兒在啊！我就說年哥兒是帶福氣的！」
海叔豪氣的一連豪飲幾碗熱茶，大手隨意往嘴上一抹，便是朗朗一聲笑。說罷把頭抬得高高的，眉眼含笑，好不得意。
他是因著不放心年哥兒，特地將他送回來，順便把婆娘接回去。嗯，絕對不是為了這碗清新茶水。
海叔這一趟來得輕鬆。家裡兩個弟弟怕他將收穫接濟給尹家，非得一併帶回家去。
嘖！
也不想想這一趟都是託了誰的福，防人跟防賊似的，一點也不大氣。
這下他們都信了自己說過的話，年哥兒就是福星轉世！今次年哥兒帶他們鑽了幾個令人意想不到的地方，還找到了銀耳。
銀耳這東西金貴，哪一個富貴人家都會備上一些，很是好賣。
他兩個弟弟是真不厚道。好物是年哥兒尋到的，他們卻想欺他年紀小，一人分占了一片地方，存心以多欺少，被他呵斥一通才消停。為彌補年哥兒，自己沒少將摘到的銀耳塞給他。
日後家裡那兩個小子怕是還會跟著，他得多多照應年哥兒才是！

蹲在地上的十歌這會兒昂起頭看向海叔，俏皮的眨巴眨巴眼睛，歪歪腦袋，回了一句。

「沒準兒是哥哥託了海叔的福呢？」

「嘿！妳這丫頭，慣是嘴甜！」

海叔大手一伸，在小丫頭的頭上一頓胡摸，把她本就毛糙發黃的髮絲揉得更亂了。「看著吧，憑年哥兒這福氣，你們今後定有享不完的富貴！」

這句話十歌倒是十分贊同。

只不過開心不過一夜光景，誰能想到周通兄弟倆歸家後，因著逮到了野味，還採到質地極好的銀耳，一時得意忘形，甚至把尹家收穫的兩株靈芝也給宣揚出去。

# 第九章

尹家兄妹倆再次成為村人們茶餘飯後的話題，只不過兄妹二人並不知曉，他們也無心關注他人對自家的看法，如今最在意的是，如何才能將日子過得更好。

幾日下來，尹暮年每日清早出門，日落前回到家中。因著如今打獵多了兩個同伴，十歌便只為哥哥一人備午膳。這還是海叔自個兒提出的，他怕那兩個傢伙把尹家吃窮了。

說也奇怪，尹暮年安置的陷阱籠子每一次均有收穫，海叔偶有一、兩次沒逮著野味，另兩個伙伴就更是少了些。

同一個地方，海叔等人經過並未發現有何山貨，尹暮年再去巡一回，竟能找見罕見山貨?!

幾次下來，周通和老三周懷就不敢再輕視尹家小子了，對待尹暮年的態度客氣了不少，偶爾還會拿些吃食贈與他。

更奇怪的是，每次他們待尹暮年好一些，便能多得點收穫。如此，他們便不敢再怠慢。

至於十歌，她依然每日上山給白虎送酒，而後回家將哥哥前一日採回來的野菜清理乾淨並醃製。

這一日，十歌在同一時間來到巫陰山的枯樹旁，正倒著酒，白虎便出現了。十歌也不躲，甚至大方的同白虎打起招呼。

「虎兄來啦！

「今次帶了桃花酒，不過這桃花酒可比我釀的差太多了，回頭叫你喝喝看我釀的酒。」說到這兒，十歌眼珠子轉一圈，扯出一抹討好的笑。「我知道東邊有十來棵桃樹對不對？眼下正是花期，不如我這幾日去摘些回去釀。橫豎你也不吃桃花，我去摘回來，釀了酒分你喝啊。」

經過幾次短暫碰面，十歌在確認白虎不會咬她後，便漸漸大膽起來，只有白虎靠得太近了，她才會嚇一跳。

就像這會兒，她酒還未倒完，白虎已經迫不及待把腦袋探進去喝起來。

十歌的手那個抖啊……

「那行，咱們說好了啊！我現在就過去摘喔？」

十歌小心翼翼後退，退出十步遠才敢轉身向東邊行去。這座山她最熟悉，很快便找著稀稀疏疏的幾棵桃樹。今年顯然是大豐收，桃花長得十分茂密。如此反倒不好，她該摘下一些桃花，預留空間，以便結出的果子可以又大又甜。

嘿！到時候她把吃不完的桃子摘了做果酒和果乾，還可以藏些新鮮桃子在錦袋中，日後便隨時可以吃到新鮮的桃子。

光是想想就美滋滋，十歌彷彿看到了滿樹的大桃子。

十歌滿懷希望的開始爬樹。她個頭小，好在桃花樹並不高，爬起來也輕鬆。她心裡頭想著釀酒一事，採起桃花來便渾身是勁，就是午餐也只是隨便吃了些事先藏在錦袋中的熱食。

自打知曉了錦袋的妙用，十歌便喜歡藏食，以備不時之需。這不，今日便吃上了。

她沒有帶麻袋上山，也只能摘了桃花便往錦袋中放。申時一到，生怕哥哥回家尋不到人，她趕緊下山去，反正這事不急，來日方長嘛！

她回到家中沒多久尹暮年便回來了，身後跟著海叔，海叔已習慣送尹暮年回家。最近一段時間，周海總覺得村人看年哥兒的目光有些奇怪，實在叫人放心不下啊！

「哥哥回來了！」十歌迎上去，見了海叔便乖巧的喚了一聲。「海叔。」

「那行，我先回去了，你們可得把門鎖好。」

海叔也不進院子，確定年哥兒平安歸了家才放心離去。只不過今兒有些不同，他剛轉過身便見自家婆娘急沖沖向這邊趕來。

「妳怎麼來了？發生了什麼事？」

待到林香趕過來，周海趕緊伸手去扶。見得婆娘這副模樣，他也忍不住緊張起來。然而婆娘並未看他一眼，而是向院子內走去，這便說明不是家裡出了事端。

「嬸嬸來啦！」

十歌有好幾日未見著林香嬸，這乍一看還挺開心，笑咪咪的跑過去，昂著腦袋打招呼。

「年哥兒呢？快過來，我同你們說件事。」

林香嬸舉手招呼，待尹暮年靠近些便說起來。「方才我聽聞村長受邀要前往鎮上參加一個評選，得好幾日才回來。最近你家這裡風聲緊，我怕明兒周大郎他們還會來找麻煩，這幾日你先不要上山，等村長回來再出門不遲。」

尹暮年皺眉回道：「好。」

一想到妹妹有可能受人欺壓，尹暮年悄悄握緊拳頭。村裡這群人，真是想把他們兄妹往死裡逼。

「不用吧，再過四、五日便是趕集日，哥哥還是上山要好一些，我這邊不打緊的。」

十歌出言反對，哥哥若不出門，她便去不得巫陰山。

自打圍牆重新修補後，確實有幾個晚上聽見了哀號聲，不過至今還未有人成功爬進來。就算爬進來也不怕，她在圍牆底下也鋪了一層尖石子，只要他們敢跳下來，沒有一個可以倖免於難，一個受傷的人對他們來說也就不足為患了。

更何況，她白日是要上巫陰山的，這些人哪裡能傷到她？

誰承想，海叔這會兒出聲了。「這好辦，年哥兒把你的陷阱籠子交給我，這幾日我幫你帶上山去打獵。」

海叔豪爽，十歌卻是哭笑不得。

這件事情便在林香嬸的強力要求下決定好了。林香嬸本欲過來坐鎮，可最近家裡事多，她分不開身，只得再三叮囑兄妹二人萬萬小心。

要說還是林香嬸了解鄰居，翌日清早，周大郎當真領著一幫子人氣勢洶洶前來叫門。

尹暮年本不欲開門，卻又怕幾人將門板砸壞，只得將門打開。

門一打開，幾人立刻衝進來，周大郎將院子環視一圈後，就是一句。「給我搜！」

十歌有些傻眼，這人竟一聲不吭直接開搶嗎？她倒是不怕，反正貴重物品全在錦袋裡。

尹暮年護在妹妹身前，靜靜看著幾人鬧騰。沒多久，那幾人跑出來，臉上神情古怪，戰戰兢兢看了周大郎一眼。「沒……沒有。」

「沒有？不可能！再搜再搜！一群廢物，都給我認真點啊！」

周大郎不耐煩的揮揮手，而後便自個兒巡視起院子，見到圈養起來的十來隻野味，眼珠子一轉，臉色又變好了。

尹暮年看在眼中，不由瞇起眼睛。

是他大意了，忘記將野味也收起來。那些可都是這幾日的勞動成果，過些天就要拿去賣了，萬不能被搶走！

「……還是沒有。」

又過了會兒，幾人相繼出來，可答案還是一樣。奇的是這會兒周大公子臉色未變，只轉身同尹家小子說起話來。「昨日我丟了二兩銀子，有人看見你去過我家，還不快把二兩銀子還來！否則我可要報官了。」

尹暮年沈默些許，道：「請便。」

報官倒好，他巴不得如此，他清者自清。

見唬不住二人，周大郎立刻擺出好說話的嘴臉，換了說辭。「我看你家的獵物不錯，這麼著吧，二兩銀子我也不要了，你就拿野味來抵債吧。一隻算你四十文，那麼總共欠我五十隻，今日我把這十來隻先捉回去，日後你再逮著野味，記得送我家裡去，可得把這二兩銀子還完。」

聽罷這不要臉的一番話，尹暮年眉頭皺得更緊了。「你報官吧。」

「欸，我說你還上臉了是吧！別給臉不要臉！今日這野味你換就換，不換也得換！」

見尹家小子這副死德行，周大郎惱火，他本就不占理，今日還真就是來硬搶的。

只見他大手一揮，跟著過來的幾人便齊刷刷向野味靠過去。尹暮年見狀，拉著妹妹躲到一旁樹下，自己則順手拿起備好的一根木棍。

尹暮年向周大郎衝去，趁其不備，直接給了他一記悶棍。

擒賊先擒王，打他不帶商量的！

可惜尹暮年終究人小氣力不足，一悶棍下去僅讓周大郎腦袋發疼，反倒是整個人暴跳起來。只見周大郎發了狠的一拳招呼過去，一下便把尹暮年打趴在地上，揮起拳頭又是一拳。

卻是在這時，周大郎拳頭還未落下，偌大的石頭一顆顆往他腦袋上砸，又準又狠，他的腦袋立刻出現幾道血口子。

「把這死丫頭給我抓起來！」

周大郎雙手環抱腦袋吼叫出聲，正抓著野味的幾人立刻鬆手，轉而向抱著一堆石頭的丫頭衝過去。

十歌連連後退，又要分心自保，誰離得近她就砸誰，還專門往腦袋上砸。可手上的石頭終究有限，很快就兩手空空。

「臭丫頭還敢砸我?!」

將小丫頭抓住，那人不忘踹上一腳，他的腦袋也見了血。

好在十歌因著體虛畏寒，穿得較常人多一些，被一腳踹下來倒不覺得疼。

周大郎捂著腦袋上的傷處，向十歌步步逼近，到了近前，揚手就是發了狠的一巴掌。

「看我不打死妳！」

「吼——」

誰承想，一巴掌還未打到臉上，一道虎嘯撕破天空，大夥兒皆被這一聲吼嚇得一愣一愣。

只有十歌不同，她本以為今日這一頓打是逃不過了，故而閉上眼睛等著疼痛到來。沒想到反而等來了虎兄一聲吼，這讓她一下睜圓了眼睛。

開心！

甚至還有點小激動是怎麼回事？

# 第十章

白虎站在山腰下，齜牙咧嘴，虎目盯著周大郎，周大郎幾人早被嚇得動彈不得。

「吼——」

白虎向院子方向撲來，帶出一聲響徹雲霄的吼聲。

「啊——」

周大郎幾人見狀，嚇得屁滾尿流，強撐著發軟的雙腿，拔腿就跑，幾個大男人嚇得一路「啊啊」大叫。

尹暮年知道巫陰山有一隻老虎，可幾年住下來都相安無事，老虎僅在夜裡吼幾聲，怎知今日竟跑下山來。

眼看著白虎馬上要奔進院子，尹暮年趕緊自地上爬起來，將妹妹護在懷裡，拿自己的背去面對白虎。

只希望白虎吃下他便好，留妹妹一條命。

「哥哥。」

懷中出現妹妹悶悶的叫喚，她兩隻小手推著自己。尹暮年意識到是自己將妹妹抱得太緊了，便鬆了鬆力氣，顫著音安撫。「歌兒不怕，哥哥在。」

「不是的，哥哥你快看。」

妹妹的一句話讓尹暮年愣了一愣，心中總覺有什麼不太對，便鬆開妹妹，隨她所指的方向看去。

白虎竟然停在他們家院子口，虎目森森，盯著他們兄妹二人再沒動作。

十歌笑咪咪的揮揮手。「虎兄你先回去，我馬上過來。」

今次還多虧了虎兄現身幫忙呢！決定了，今日多給牠一罈酒！

尹暮年心驚的發現，妹妹竟敢同白虎打招呼。他神情古怪的看向妹妹，怎麼覺得妹妹似乎和這隻白虎相識？

白虎像聽懂了似的，當真邁著虎步離去，臨去前仰天嘶吼一聲。

「哥哥……我跟你說件事。」

十歌回頭，迎上哥哥探究的目光，心虛的縮縮脖子，是時候坦白從寬了。於是，十歌將這幾日自己所做的事盡數告知，最終得到了哥哥的一聲怒吼。「胡鬧！」

飛沫都濺到她臉上去了，十歌悄悄退了一步，露出討好的笑。「哥哥別氣，我這不是平安無事嘛。咱們可得快些上山，白虎還等著呢！別忘了牠可是咱們的救命恩……虎。」

見哥哥還是繃著一張臉，十歌又道：「哥哥你想啊，周大郎幾人定被嚇得不輕，日後當是再沒人敢上咱們這兒來鬧事。」

這麼一想，今日這事真是好事一樁，往後他們行事方便了許多。

尹暮年想了一想，確實是這個理，但他還是對妹妹的做法很是介懷。不敢想像，若白虎選擇將妹妹啃了，那……

罷了，事已至此，想那些也是無用，眼下還是侍候好白虎為妙。

當兄妹二人上山，並靠近枯樹時，發現白虎正慵懶的趴在枯樹旁，偶爾尾巴甩一下，就是不願意睜眼。

尹暮年心裡害怕，不太敢靠近，就連妹妹要靠近，他也忍不住拽住她。

「哥哥，你在這兒等著。」

十歌扒開哥哥的手，她知道哥哥這會兒害怕。沒關係，一回生二回熟。

尹暮年眼睜睜看妹妹站到白虎身前，倒了滿滿兩罈果酒在樹幹裡。還見妹妹小心翼翼的順了順虎毛，一表謝意。

這之後，妹妹熟門熟路的帶他去摘桃花。他有些擔心，總會忍不住回頭去看，生怕一個不注意白虎撲過來。

二人在山上忙碌了近一日，日頭下山前方才回去。

卻是不想，回到家便見林香嬸坐在石桌邊，哭得上氣不接下氣，海叔正手忙腳亂的安撫著。

他們的院子已經沒了今晨離去前凌亂的樣子，當是林香嬸幫他們收拾好了。

「海叔，嬸嬸！」

十歌扯開喉嚨喊了一句，便向著二人奔過去。

海叔和林香嬸皆有些發愣，不敢置信的看著撲過來的小丫頭，和漫步走過來的小伙子。

夫婦二人對視一眼，繼續發愣。

今晨的虎嘯想必連鄰村都能聽見，聽見虎嘯後，村子裡挨家挨戶便都躲了起來，關門閉戶。

一直到用過午膳，才漸漸有人走出來打探消息，這一打聽還得了，竟是白虎撲進尹家，把兄妹倆給叼走了！

林香當下便被嚇暈了過去。

如今見到活生生的兄妹倆，他們自是不敢相信，生怕是自己生了幻覺。

「嬸嬸不哭。」

十歌伸手抹去林香嬸臉上的淚痕，對著她笑得一派天真。見林香嬸還是傻傻的，便又退後幾步，轉了幾圈。「看，完好無損！」

林香嬸這會兒終於有了真實感，她拉過小丫頭抱在懷裡，又哭了起來。

「到底怎麼回事？」

海叔雖然是個大老粗，卻不是糊塗蛋。周大郎幾人已經被嚇得病倒了，這對小兄妹卻毫髮無傷？

「海叔您看。」

尹暮年指著先前圈養野味的地方，裡面空空如也，野兔籠子也是半個不剩。「全沒了。」

好在出門前他們先將野味全收進錦袋中，如今倒成了絕好的藉口。

海叔向他指的方向看去，愣了一愣，心疼的拍了一下大腿。「這頭該死的老虎！」頓了下，又道：「人沒事就好。再過三日才趕集，這幾日多努力一些，憑你這福氣，三日夠你逮著不少野味的，到時候咱們一起拿去賣。」

再想想也不覺奇怪，因為年哥兒兄妹都是有福氣的。年哥兒就不說了，十姐兒死了都能起死回生呢！就憑這福氣，哪能輕易被老虎吃了去？

年哥兒的福氣是不得不令人佩服的。今日他代替年哥兒去放他的三個陷阱籠子，共換了兩個地方，一日下來，年哥兒的陷阱籠子竟逮著了五隻野味！

怪不怪？

他們兄弟三人加起來，也才逮著了四隻。這運道，叫人不服氣都不行！

他兩個弟弟真真沒良心，想著年哥兒不在，自是不知得了多少野味，那麼他們拿走一、兩隻也不奇怪。

這事他是堅決不同意的，在他的堅持下，二人才不得不打消這個主意。

「回頭我同村長說一說，讓他另給你們安排住處，這個地方是不能住了。」

林香嬸可算平復下來，可她的話卻叫十歌大喊不妙，忙不迭道：「不用的，這裡挺好的，住慣了。」

「傻！這裡太危險了，當心白虎再來把你們叼走。」

尹暮年嘆口氣。「嬸嬸錯了。野味就能滿足的老虎，不比貪得無厭的人來得安全嗎？」

「橫豎大夥兒都知道了我家的危險，相信日後沒人敢再靠近，這樣不是更好？」

尹暮年說得認真，這話細細品一下，還真是這麼回事。周海夫婦對視一眼，沒再說話。

尚在巫陰山的時候，尹暮年就想過了，如果巫陰山真如妹妹所說，有那麼多寶貝，那麼他們就守著巫陰山，多賺些銀錢，好早日離開大坑村。

皇城，是他一直想去的地方。

「海叔，明日起我同你們一道上山，不過尋到地點便需先行下山，待到日落後我再去取回野味。我……不放心妹妹一人在家。」

話是這麼說，實際上尹暮年是找個脫身的藉口，目的是隨妹妹上巫陰山。

「行，就這麼辦！你放心，叔叔絕對把你的野味看好！」

絕對不能叫那兩個小子貪了！

此事便這麼定下來。怕林香嬸偶爾過來會撲了空，兄妹倆還特地告知家中危險，讓她日後便不要再過來，有事他們自會去找。

送走二人，尹暮年開始編製陷阱籠子，他要儘量多編幾個，好放在巫陰山。

妹妹說巫陰山野味眾多，且老虎只逮那種大塊頭的獵物，這麼一來可不就便宜了他們？

翌日，二人先找地方安置了陷阱，便又去摘桃花。十歌想今日多摘些桃花回去。明日她在家醃製野菜和釀桃花酒。日後她便一日上山，一日在家忙活。

下山前，他們拐過去查看陷阱籠子，這一看不得了！

「天啊！是飛龍鳥！」

「是飛龍鳥啊哥哥！」

「咱們發了！」

十歌一手指著一個陷阱籠子，一手拽著哥哥的胳膊不放，激動得大喊大叫。

尹暮年看著比尋常野雞個頭小一些的野味，只覺牠除了毛色好看一些，並無奇特之處，怎的妹妹如此不尋常？

十歌當然激動，因為飛龍鳥可是能賣上天價的野味啊！

# 第十一章

十歌本是見過世面的，靈魂也已是碧玉年華，遇事理該淡定自若才是。但此時她看著那隻飛龍鳥，卻是怎麼也沒法淡定。

飛龍鳥之尊貴，是就算皇城中那些頂頂富貴之人也吃不得的。一來，牠本就是稀有之物；二來，因著牠腳上有五隻爪子，被稱為飛龍，曾是皇家的御用之物。

她長到這個年歲，也只在圖文上見過，沒想到如今竟見著了實物！

尹暮年只是微笑著點了下頭。「甚好。」

他並不懂那麼多，一心只想多賺些銀子回來，若能賣上高價錢自是最好。

十歌高興得眉飛色舞，可一轉眼她又沮喪的垂下頭，眉頭幾乎擰在一塊兒。

瞧得妹妹這模樣，尹暮年便緊張起來。「怎麼？」

「可惜了，在咱們這個小地方怕是賣不上高價錢。而且，怕是遇不上識貨的。」

若是有那識貨的，確實能叫上價。可這裡畢竟只是一座小縣城，哪怕有那富貴的老爺，人家也不一定識貨。

聽罷了妹妹的話，尹暮年反而鬆了口氣。方才見妹妹那模樣，他還以為是她身子不適，他只要不是妹妹不適，便萬事皆可。

尹暮年扯了扯唇角，摸摸妹妹的頭，安撫道：「不打緊。到時咱們試試便是，若真遇不上識貨的，咱們就暫且將牠養起來，日後再打算，橫豎不能讓牠跑了。」

哥哥的安撫十歌聽進去了，可她還是有些沮喪。若是在皇城，飛龍鳥可是千金不換的珍稀之物啊！

奈何這裡不是皇城。

要想回到皇城，恐需要好些個年頭，飛龍鳥等不了，既然現實如此，也只能先這樣打算了。能夠抓到飛龍鳥本就是一件幸事，怎麼著也是賺了的。

十歌很快恢復精神，臉上再次漾出笑來。殊不知，好事不止這一件，他們帶上山的六個陷阱籠子，每一個均有收穫，甚至還讓他們發現一窩野雞蛋！

這一趟真是太值得了！

巫陰山沒有其他獵人，故而他們將野味藏進錦袋中，陷阱籠子繼續尋地方放著，明兒一早過來應當能有所收穫。

很快，到了趕集前一日，尹暮年這日未再上山，而是留在家中盤點和整理隔日趕集的貨物。

「鹹菜有薺菜、蕨菜、小香蔥和魚腥草。咱們一樣帶二十斤去試一下便好。這幾日能被人知道的野味有——野雞十隻，野兔七隻，這些咱們都帶去賣。」

十歌低頭看著一地的貨物喃喃自語。最近是魚腥草正多的時候，十歌還醃製魚腥草。魚腥草有股魚腥味，許多人吃不慣。可十歌做出來的卻半點魚腥味都沒有，反而很是下飯。尹暮年就喜歡得緊，他還會拿醃製好的魚腥草來配饅頭吃。

十歌最後在飛龍鳥那兒犯了難。海叔他們並不知曉飛龍鳥，當如何解釋才好？

「這個不難，我跟海叔解釋。」

尹暮年看出妹妹的遲疑，主動攬過來。這事他思考過，到時候就跟海叔解釋說是先前便逮到的，因著金貴，一直沒敢拿出來示人。

尹暮年正欲將不需要賣的物品收進錦袋中，發現邊上擱置了十幾個罈子，罈口散出淡淡香氣，他忍不住走過去彎下腰聞一聞。

「歌兒，這些罈子裡是什麼？」

十歌隨意看了一眼。「噢，那是我前些天釀下去的酒。」

有幾罈用哥哥前些天上山，順便摘回來的野果子釀的果酒，和幾罈剛釀下去不久的桃花酒。

突然間，十歌想到一個問題——錦袋能夠保鮮，不會她放進去的酒還是當初放進去時的樣子吧?!

十歌趕緊跑到酒罈前，急慌慌的打開一個罈子，本欲湊近聞一聞，沒承想罈蓋才剛被打開，一股酒香便撲鼻而來。

十歌愣了一愣，不信邪的跑去取來一個碗，倒出來嚐一嚐。

好傢伙！

這哪裡是只釀了幾日的酒？這口感，說是一、兩年分的都沒人會懷疑！

這……難道錦袋除了保鮮，還能夠養酒？

天啊，他們這是擁有什麼好寶貝啊！

十歌太激動了，激動得哥哥連著叫了她幾聲都沒聽見。

尹暮年見妹妹小小年紀就飲酒，有些擔心。他怎麼也沒想到妹妹會急慌慌的取來碗，倒了酒就直接喝，根本就來不及阻止。

「歌兒？可是有什麼異樣？」

妹妹看起來心情甚是愉悅，可行為又有些怪異，惹得尹暮年心中擔憂。

「是好酒。哥哥，你也喝！」

十歌想到，是不是應該練一下哥哥的酒量，每天給他喝一點，日後若遇上那喜歡灌人家酒的，也就不怕了。

對，就這麼辦！

知道了錦袋的新功能，十歌忍不住覺得可惜。果酒和桃花酒就這麼一點，要是能再釀一下其他酒就好了。

高粱酒可以釀，可惜需要本錢，而他們現在正好沒錢。

算了，這山上每個時節都有不同的野菜和野果子，到時候找到合適的再釀製便是。

「我……喝酒不好。」

尹暮年想說他才十一歲，且以前他曾見過那些喝醉了便耍酒瘋的人，對此很是不齒。

「沒事，你喝一點就好。只要不過量，每一天喝一點，對身體是好的。」

這樣以後才不會被灌醉。

就這樣，在妹妹半逼迫的情況下，尹暮年喝了人生中的第一口酒，並且一口就愛上了。

翌日大清早，尹暮年先去把跟海叔借來的牛車牽到自家，把一應貨物搬上牛車，再與妹妹一同過去與海叔會合。

海叔一家因著未分家，其他人總擔心周海會接濟尹家兄妹，故而叫周通跟上。

這一月周海一家收穫不少，野味比往常要多上好些。怕賣不完，野味他們並沒有全部帶上，倒是採到的稀罕山貨都帶上了。

靈芝和銀耳都可以往藥鋪賣，光那些就能賺上不少銀錢呢！

「你們就賣這些？」

周通往牛車上瞅了瞅，未見尹家的兩朵靈芝和銀耳，有些奇怪。

他本還打著替他們拿去變賣的主意，到時候賣了多少還不是他說了算？怎麼著也得從中賺個四、五兩銀子吧？這些還不用充公，完全就是他自個兒的私房。

這兩個小娃兒在想什麼？不拿去換銀錢，藏著那些有何用？

「嗯。」尹暮年只淡淡的點了下頭，不欲多言。

周通「嘖」了一聲，想想自己虧掉的五兩銀子，咬牙飲恨。

幾人出發的時候天色尚早，待他們到了鎮上，天也才朦朦亮。

周通一到鎮上就不安分了，他跳下牛車，取走一個包袱，道：「你們先去集市上找位置，我上藥鋪看看。」

周海不多想，只讓他當心些，便驅著牛車向集市行去，反倒是十歌對周通的行為感到不齒。

這周通想什麼簡直一目瞭然。

他拿走的全是貴重之物，能賣出不錯的價，這一趟他免不了要私下藏銀。

十歌瞪著周通的背影瞧了好久，實在替海叔和林香嬸覺得不值！

幾人很快來到集市，海叔去到他常去的位置，並示意尹暮年坐在他身邊，如此他方能照應一二。

十歌則是讓海叔和哥哥幫她把醃鹹菜放到他們的對面去，那邊賣菜的比較多。

她剛坐穩時兩邊還未有其他攤販，過了不到一刻鐘，兩邊各來了一個賣菜的婦人，她們二人似有過節，一來就相互冷嘲熱諷幾句。

她們看到十歌一個小小娃兒自個兒在擺攤，頗為驚奇。

「小娃兒賣的什麼玩意兒？」

右邊婦人坐在自己帶來的小木凳上探了探頭，並伸出一隻手在罈子邊敲了敲。

「是鹹菜。」

十歌迎視婦人，回得不卑不亢，末了還送了婦人一個甜笑。

「鹹菜?!」婦人因驚訝而拔高音量，接著壓了壓聲音，又道：「妳瘋了嗎？在這種地方賣鹹菜！」

右邊婦人的話讓左邊婦人也忍不住向十歌的罈子看去。

「這裡不能賣鹹菜嗎？」

十歌歪著腦袋瓜子，一副疑惑不解的模樣。心裡卻是清楚的，這種地方賣鹹菜確實是不太合適，畢竟會來集市買賣的也都是尋常人家。當今世道，因為鹽價高，鹹菜不是一般人吃得起的。

但她不怕，因為她已經找到買家了。

# 第十二章

見小娃兒一臉懵懂，右手邊的婦人「嘖嘖」一聲。「妳家大人呢？多大的心啊，讓個五、六歲的娃兒擺攤子。」

「我八歲了，嬸嬸。小娃兒不能擺攤子嗎？」

十歌睜著大眼睛，還是那副無邪的模樣，昂著頭，很是迷惑不解。她盯著婦人，勢必要得到答案似的。

「嗤——小娃兒懂什麼擺攤？」

婦人怪不客氣的掃了十歌一眼，眼中的不屑不加掩飾。

「嘿，有些人可別狗眼看人低。哎喲喲，瞧瞧這小娃娃，怎麼生的這副機靈樣？來，嬸嬸看看妳賣的什麼鹹菜！」

左手邊的婦人突然插嘴，她原本是坐在自己攤子後邊，偶爾叫喚幾聲。不知何時她竟改道，蹭到十歌邊上，正要伸手去扯罈子上的蓋子。

「妳罵誰狗呢！」

右邊婦人立刻不答應，潑婦似的扯開大嗓門，一手扠腰，一手指著左手邊的婦人，凶神惡煞的模樣好似要吃人。

她的叫喚引來不少人側目。

對面的尹暮年自打回到位置後便一直關注妹妹這邊的動向，尤其是她身邊多了兩個婦人後，讓他幾次想衝過去。其間有幾人來問野雞和野兔的價位，他都顧不上回答，還是海叔幫他周旋的。

尹暮年擔心妹妹的情況，那邊似乎要吵起來了，他擔心妹妹會不會受到波及？

「這隻是什麼？」

正是這時，有人過來指著飛龍鳥問價。尹暮年隨意瞥了一眼，漫不經心的回答。「飛龍鳥。」

尹暮年的眼睛盯在妹妹身上，開始後悔，讓她自己在那邊是不是錯的？他原以為與賣野味的一起會好賣一些，也確實有不少人來詢過價，但到目前為止還一隻都沒有賣出去過。

聽了「飛龍鳥」三個字，對方瞠目結舌，不太相信的彎下腰去觀察籠子裡的飛龍鳥。

「真是飛龍鳥？你怎麼抓到的？」

見飛龍鳥完好無損，對方明顯不相信尹暮年的話。

尹暮年卻未理會他，眼睛仍然盯在妹妹那邊，她左右兩邊的婦人當真吵起來了，且越吵越烈。妹妹就站在她們中間，小小的一隻，一會兒看看左邊婦人，一會兒瞧瞧右邊婦人，無助可憐的模樣真叫人心疼。

誰知這時候對方又忍不住開口問：「怎麼賣？」

這次尹暮年頭也沒回，張口道出妹妹同他講過的賣價。「一百兩。」

「嘶——一百兩?!你怎麼不去搶啊！飛龍鳥是你這種小毛孩能獵到的嗎？這是哪兒來的騙子！」

對方一聽到價格，立刻倒抽一口氣，連連後退。而後指著小少年，開始將他視作騙子，嚷嚷得大街小巷都聽見了。

周海見狀，也有些不敢置信，他驚得瞠目結舌，看著年哥兒，半天都說不出話來。來時路上他已聽聞飛龍鳥一事，不過他並不識得什麼飛龍鳥，只聽娃兒說能賣出大價錢。可……一百兩啊！

年哥兒在想什麼?!

尹暮年無視那人的叫喚，他甚至想要提著野味過去找妹妹。

卻不想，在對方的叫嚷下，原本圍觀婦人吵架的人群，忽然轉而看向他這邊。他們之中有那好奇一百兩的、有那好奇飛龍鳥的，甚至還有那好奇「騙子」的。

「誰家的孩子啊？小小年紀不學好。」

「飛龍鳥？是那個飛龍鳥嗎？」

「一百兩?!誰家能花一百兩買這玩意兒？」

在周海邊上還有兩個獵戶，他們原本對周海和這個新來的小娃兒很有意見，只因他們兩家的獵物都是完好的，大夥兒就都跑去他們那裡問價，自家的別人連看都不看一眼。

後來聽小娃兒說到飛龍鳥，他們皆是一驚，紛紛湊過來察看。一看這毛色，這爪子……

好傢伙，真的是飛龍鳥！

這小子竟然獵到飛龍鳥?!

飛龍鳥，他竟然只賣一百兩?!

他們簡直驚訝得無法言喻，心道這小娃娃果然是個傻的！

只恨自己目前就是掏光了家底也沒有一百兩，否則他就盤下來了！有了這隻飛龍鳥，可不就要發達了嘛！

「小兄弟，這樣吧，你把牠賣給我，一百兩我五日後就給你，保證一個子兒不少！」

其中一名再無法淡定的獵戶終於開口了，他長得膀大腰粗，嗓門也不小。這樣的壯漢竟然孫子似的討好一個小娃娃？

圍觀的人群面面相覷，他們對那飛龍鳥不了解，但看情況，那小小的一隻野雞，是野雞吧？好像真值一百兩呢！

一百兩啊！他們就是辛勞一輩子都賺不來這麼多錢啊！這小小的娃子，他僅憑一隻野雞就能賺一百兩?!

「千萬不要聽他的，一百兩，我三天就能給你，你賣給我吧小兄弟！」

另一個獵戶不甘示弱，一下子縮減了兩日。

「滾蛋，敢跟老子搶！」

為此，兩個獵戶幾乎要打起來了。

圍觀人群是越來越多，尹暮年一心記掛妹妹，怎料事情會這樣發展。好在事情嚴重之前讓他得了間隙，瞅到了妹妹。

彼時妹妹那兒已經再沒有吵架聲，兩個婦人包括妹妹都向他這處觀望。見妹妹平安無事，他也就放心了，這時才有心思來處理自己的事。

事實上，當妹妹說出必須咬死一百兩不鬆口時，他的震驚不亞於方才那位客人。那時候他以為妹妹瘋了，怎麼敢要這個價！一開始，他心想要不就要價一兩銀子，一隻野味一兩銀子已經是非常高的價位了！

當時他還苦口婆心的勸過妹妹，可妹妹不僅不鬆口，還想加價！她認為要價一百兩是對飛龍鳥的侮辱，她開價一百兩還是考慮到怕遭人眼紅，會給二人帶來危險，這才賤賣的。

尹暮年靜靜看著兩個獵戶為了飛龍鳥爭論不休，一個個氣得臉紅脖子粗，嗓子一個扯得比一個大，馬上就要大打出手了，這時候他終於信了妹妹的話。

或許，真的是「賤賣」。

兩個獵戶都是勢在必得的模樣，在他們心裡，飛龍鳥已經是屬於自己的了，他們馬上就要發達了！

尹暮年在二人開打的前一刻開口了。「一百兩，一個銅板都不能少。一手交錢，一手交貨。」

瞬間，原本還在竊竊私語的人群變得鴉雀無聲，兩個獵戶憤恨的互相瞪了一眼，而後不甘地盯著飛龍鳥看。

為什麼這種好事沒發生在自己身上？這種奶娃娃他懂什麼？

等等，大人呢？賣飛龍鳥卻只讓小娃娃出面，這不是很奇怪嗎？

還是說……

# 第十三章

「嘿，那頭賣的什麼金貴玩意兒，竟敢開價一百兩?!也不怕被賊惦記！」

原本還在吵架的兩個婦人生生被對面的動靜吸引了，一經觀察，竟是有個小娃娃賣一隻野雞，叫賣到一百兩？

哈，可不是要笑死人！

如今的小娃娃可真不怕死！

她長到這個年歲，還未見過這等滑稽事，這娃娃是想錢想瘋了吧？

聽著右邊婦人的嘲笑聲，十歌真想回她一句——她就是怕呀！不怕的話能只要價一百兩嗎？

還真是有點後悔將飛龍鳥拿來賣了。若不是她暫時回不了皇城，怎麼可能這就把牠給賣了？可以的話，她還真想把飛龍鳥養起來。

可是吧，飛龍鳥等不了她。

方才左邊婦人問她賣的是何鹹菜，這會兒十歌便拽了拽左邊婦人的衣袖，將她的思緒從哥哥那邊拉回來。「嬸嬸，我打開給妳看看吧。」

想看就給妳看吧，保證妳一看就眼饞。

「行啊，打開看看。」

左邊婦人眼珠子一轉，而後笑咪咪的蹲到罈子旁，等著小娃娃揭開蓋子。

十歌動作熟練的開了蓋子，瞬間一股香氣撲面而來。再有輕風拂過，香氣便在集市上飄蕩開。許多人嗅著鼻子，試圖探出香氣的來源。

「哇！怎的這麼香?!這真是醃鹹菜？」

右邊婦人一聞到香氣便跑到十歌攤子前，蹲下身去，幾乎將頭埋在罈子口。她用力的吸了一口又一口，整個饞蟲都被勾起來了！

「是的，我取出來給嬸嬸瞧瞧。」

說罷，十歌取出準備好的一雙長長的竹筷子，小心翼翼的挑起來一根蕨菜，並放到婦人唇邊。「嬸嬸嚐嚐看，可好吃了！」

右邊婦人早在聞到香氣時，就口水直流。如今鹹菜自個兒送到嘴邊來，哪裡有不張口的道理？

婦人一下便咬進嘴裡，入口的鹹菜美味得連舌頭都要咬下去了！

怎麼會有這麼清脆可口的鹹菜?!

鎮上品軒樓裡的鹹菜已經算是一等一了，她曾經還去吃過一回。如今再嚐嚐這個，品軒樓裡的鹹菜真的是不值一提了！

蕨菜她也醃製過，怎麼就沒有這個味兒？簡直是一個天上、一個地下的區別！

右邊婦人嚥下一口醃蕨菜，便再無法移開視線，一雙眼睛死死盯著蕨菜，只覺嘴裡口水直流，還想再吃更多更多！

十歌快速打開另一個罈子，取出一片魚腥草，笑咪咪的送到婦人嘴邊。

「還有魚腥草，這個也好吃。」

婦人嗅了幾口，覺得香，卻不敢開口。

她吃不來這個。

「不行不行，魚腥草腥氣太重了，我不……」

話還未說完，魚腥草已經被塞進嘴裡了。

十歌眨著眼睛鼓勵婦人。「嚼嚼看，不腥喔！」

其實魚腥草塞入口中婦人就感覺到了，不腥，且很香很嫩很脆很下飯！

怎麼會有這種神仙滋味?!

「嬸嬸，妳也嚐嚐看。」

右邊婦人嚐過了，左邊婦人也不能少。十歌照樣每一樣都挾了一點給左邊婦人，左邊婦人嚐過以後立馬豎起大拇指，連連點頭，倒是不吝嗇誇讚。「嗯，可真好吃！什麼人手藝這麼了得?!」

十歌笑嘻嘻的沒有作答，反問道：「好吃的話，嬸嬸要買一點嗎？」

此話一出，右邊婦人立刻開口。「我要，我要！我……」頓了一會兒，婦人舉手比了比，最後狠狠比出三根手指頭。「我各要三斤！」
「好！」
十歌笑咪咪的拿出芭蕉葉，正欲往罈子裡挾出魚腥草，左邊婦人開口問道：「妳這個怎麼賣？」
「嬸嬸要的話，十五文錢一斤，別人的話，少於二十文我可不賣！」
十五文的話，扣掉鹽巴的費用，一斤能賺十文錢。這裡共八十斤，全賣出去可以淨賺八百文。有點少，但積少成多嘛。
右手邊的婦人皺眉。「十五文？太貴了太貴了！我賣一天菜都賺不來一百八十文！」
鹹菜可得家裡有點閒錢的才吃得上，她家中的進項只夠每月花銷，一次就要付出去一百八十文，那可真是要命！
「嫌貴妳別買啊，正好，我全要了。丫頭，妳這兒有多少斤？」
左邊婦人見右邊婦人的反應，譏笑一聲，而後豪爽的下了訂單。
她敢這麼下訂單，實在不是因為家裡閒錢多，而是她想到自己那個開酒樓的遠房親戚。鹹菜的價格誰都知道，那是真心貴，只有富貴人家才會買回去當開胃菜。
尋常人家哪裡會花高價去買鹹菜，倒不如自個兒在家炒個菜吃，還新鮮呢！
但人都是有虛榮心的，鹹菜越貴，越沒人吃得起，若吃得起的定是那些富貴人家了。哪怕不吃，就點一盤鹹菜在那兒放著，都是很有面子的事！因此，酒樓的鹹菜是很好賣的。

她十五文買過來，少說也得二十五文賣出去。哪家酒樓的鹹菜算起來不得四、五十文一斤？光一小碟就得賣多少錢啊！

十歌傻乎乎的眨眨眼，裝傻道：「我不知道有多少吔。」

她哪裡會不知道這個婦人的想法。打從這婦人一開始過來的時候，十歌就看出來了。會叫的狗不咬人，這婦人才是想要算計自己的。

不就是想倒賣嗎？也不是不成，這樣她日後可是自己的大主顧呢。

右邊婦人被左邊婦人言語一激，再想想鹹菜的好滋味，兩手一拍痛下決心。「誰說我不要，一樣三斤，幫我打包好！」

買，誰叫鹹菜這麼好吃！一百八十文，咬咬牙，給了！

「好呀，那能請嬸嬸把秤借我用一下嗎？我沒有帶。」

十歌不是沒帶秤，秤就在哥哥那裡。可她不說，因為她知道這兩個婦人的秤絕對有問題。以往她自己也經常去集市搜羅好食材，這其中的暗道她會不知道嗎？

想占她便宜？

呵。

試試看。

果不其然，當十歌提出借用秤砣後，右邊婦人的臉立刻黑垮下來。

她的秤，是多了八兩的。

如果真用自己的秤去稱重，那麼她一樣買三斤，到頭來只能得到每樣兩斤重！也就是說，一斤鹹菜她得花二十幾文來買，比這小娃娃賣給其他人的更貴！不行，她不幹！

# 第十四章

偏偏這時左邊婦人又涼涼的插進來一句話。「怎麼？是秤有問題還是錢有問題？買不買一句話，不買的話我可全要了。」

「妳得意什麼？妳還不是和我一樣！」

「那可不一樣，我買得起。」

左邊婦人說得一臉得意。二十幾文也不打緊，她有信心自己就是賣到三十文，那酒樓也必定會找她買。

因為這鹹菜當真滋味絕美，傻子才不收！

一句話，堵得右邊婦人啞口無言。鹹菜是真的好吃，比家裡炒出來的新鮮菜都要可口。可這也太貴了！

「嬸嬸？」十歌「不解」的盯著右邊婦人看。「嬸嬸還要嗎？」

「要，給我包起來！」

右邊婦人想到自己年歲尚小的兒子，心一橫，還是買下了。這麼好滋味的鹹菜，她想讓兒子也嚐一嚐，他慣是挑嘴。

這邊很快交易完畢，因著左邊婦人要得多，十歌只得將罈子以一個十文錢的價格一併賣給左邊婦人。

左邊婦人原本還想著小娃娃年歲小，興許看不懂秤呢？然而，當她見到小娃兒四平八穩，十分熟練的使用秤砣，她就打消了這個念頭。

這小娃兒果然是個機靈的，竟然唬不住。就連想坑她幾個鐔子都坑不來！難怪家裡頭大人敢放她一個人出來擺攤！

也罷，反正自己也能通過她賺上一筆，成功的話，日後少不得要同小丫頭長期往來，先哄住她為好。若能同小娃娃的長輩直接談生意就好了，偏偏小丫頭的家裡人不肯露面。

十歌做完了買賣後，兩手空空的向對面走去，人群至今尚未散去，她想要到哥哥身邊還真是有些難度。

好在尹暮年率先看見妹妹，一把將她拉到自己背後護著。

自打他說出一手交錢，一手交貨後，兩位獵戶是安靜了。可人群不僅沒有散去，還有越聚越多的趨勢。

如今飛龍鳥賣沒賣出去，對他們兄妹來說都不是好事，終究是被惦記上了。

尹暮年嚴嚴實實的將妹妹藏在背後，又忍不住問道：「怎麼過來了？這邊危險。」

「我東西賣完了呀！」

一兩二錢，熱乎著呢！

這個答案是尹暮年始料未及的。賣完了？八十斤，這麼快？

「ㄚ頭，好本事啊！」

海叔聽聞十ㄚ頭鹹菜竟然都賣完了，不可思議之餘，狠狠地誇了一嘴。

尹暮年忍不住回頭，驚訝的盯著妹妹看。十歌回了一個甜甜的笑。「嘿嘿！」

尹暮年相信妹妹的話，見妹妹這麼能幹，他伸手在妹妹頭上摸了摸。「歌兒真棒！」

回過頭，卻見一張銀票擺在眼前，尹暮年沒有抬頭看對方，而是愣愣的回頭與妹妹對視一眼。

哥哥的異樣使十歌探出半個頭來探察。

一名已屆不惑之年的男子就站在攤位前。他高大魁梧，體型健碩，朗目星眸，穿著也十分考究，一眼望去，人群中就數他最氣派。

十歌在富人堆裡生活了十六年，什麼樣的大老爺沒見過，猜測此人應該是哪個富貴人家家裡的總管。

此人開了口，語速不快不慢，鏗鏘有力。「飛龍鳥可是一百兩？」

尹暮年點頭。「嗯。」

得到回應，對方揚唇，又將百兩銀票遞至尹暮年面前一尺遠的地方。「我要了。」

尹暮年不急著收錢，而是沈默了片刻方才蹲下身，將關著飛龍鳥的籠子提起來，遞給對方。

「飛龍鳥給你。」

對方伸手去接，當飛龍鳥在自己手中時，他便眉眼含笑，大有鬆了口氣之感。他又將銀票遞過去。「多謝，這是一百兩。」

尹暮年還是沒接，看了眼在場圍觀的人群，許多人正在竊竊私語，顯然對此事覺得荒誕。更有人盯著銀票看，臉上帶著不懷好意的笑。

「能給我現銀嗎？」

尹暮年將買主上下看了一遍，開口提出要求。

買家錯愕，但他很快收起外露的情緒，笑著向左邊方向比了個「請」的手勢。「自然沒問題，請隨我到府中取。」

海叔傻愣愣的看著面前這位貴氣的老爺，今日可是發生了太多驚人事件啊！他見年哥兒正在收東西，也跟著收起來自己的野味。他得跟過去看看，實在不放心這對兄妹。

尹暮年將十隻野雞和七隻野兔放回牛車上，正欲提步離去，卻見人群仍然沒有散去，他的眉頭微不可察的皺起來。

「各位，煩勞讓一讓。」

買主聲如洪鐘，他一手提著籠子，一手負於身後，背脊挺直，一派威嚴。

人群中多為百姓，鮮少見過有身分地位的老爺。一下便被此人的威嚴嚇退，不情不願的離去。

買主回身，正好瞧見小少年鬆了口氣的模樣，又見他向遠處看去，臉色凝重。

買主隨尹暮年的視線看過去，正好瞧見幾個人鬼鬼祟祟在周圍徘徊，並不時向這邊偷瞄幾眼。

原本他疑惑小娃兒為何不要便攜的銀票，以為是小娃兒未見過世面，怕銀票有假，這才明知他身上無現銀，卻仍舊提出此要求。如今看來，似乎不是這麼回事。

少年小小年紀就學會深謀遠慮，他日定能有大作為！

「咦？小丫頭和那少年竟是一家的?!快看看，他們牛車上是不是放了一桿秤？」

方才十歌右手邊的婦人在人群散去後，這才見到兄妹倆挨一塊兒，她有些驚奇。但當她見到牛車上的秤，就不淡定了，開始罵道：「死丫頭，臭丫頭，那不是秤是什麼？該死的臭丫頭，竟敢誆騙我們！」

這邊算計了她的銀錢，那邊又騙了人家一百兩，錢都進了他們口袋，好一對騙子兄妹！

在右邊婦人的提醒下，左邊婦人也見到牛車上的秤，原本得意洋洋的臉瞬間繃緊了。她暗暗咬牙，憤恨的盯著小姑娘離開的背影。「下次看我怎麼治妳！」

可惡！臭丫頭竟敢這樣算計她！這種虧她不吃！

「這位老爺，您看我家的野雞和野兔，活蹦亂跳的，討喜不？」

十歌邁開小短腿，跑到買家身旁，揪著他的袖口，頭昂得高高的，企盼的小眼神熱切的與他對視，好似在說：買牠，買牠，買牠！

小女娃這樣毫不掩飾小心思的模樣看得對方只覺好笑，他回頭看了眼牛車上的野味，心下意外野味們竟都是完好的。

「叫我秦伯就可以。」

秦伯一臉祥和的伸出大手掌在十歌頭上摸了摸，又道：「府上養了不少家禽，再買便是浪費了。」

「家養和野生的肉質天差地別喔！九龍雞翅吃過嗎？太爺雞吃過嗎？琥珀雞片吃過嗎？燴兔絲吃過嗎？冷吃兔吃過嗎？天府白切兔吃過嗎？天山兔耳吃過嗎？」

十歌可沒那麼容易死心，一開口就是一道又一道令人垂涎的菜品。她拽緊秦伯的衣袖，稚嫩的聲音脆生生的，還帶著點奶氣。

秦伯將衣袖自十歌手中抽出來，順勢牽著她的小手一起走，朗笑道：「妳懂的倒是多。」

十歌挺胸昂頭，一副了不得的模樣。「可不是嘛！」

似乎想到什麼，她掙開秦伯的手，轉而在自己揹著的斜挎布袋裡摸索。

她以布袋做幌子，實際是從錦袋中取出早先準備好的吃食。

小手從布袋伸出來時，手裡多了一包用芭蕉葉打包好的吃食，裡面裝的正好就是燴兔絲。

「這是我做的燴兔絲，用的就是山上獵回來的野兔，伯伯快嚐嚐看。」

十歌捧著吃食到秦伯面前站定，將手裡的燴兔絲舉得高高的。

秦伯垂眸，一眼便被小女娃兒手中的吃食吸引。燴兔絲散發出的香氣十分誘人，兔肉絲裡頭還摻了些許松茸，看起來便美味極了。

在小娃娃鼓勵的眼神下，秦伯當真捏了塊兔肉絲和松茸，一併放進嘴裡咀嚼。原本他半瞇著眼睛，嚼著嚼著，眼睛瞬間睜大，不一會兒便頻頻點頭。

「妙啊！這味道真是絕了！」

秦伯眼中發出亮光。「這當真是妳做的？」

十歌用力點頭。「嗯！」

「好，好，很好！」

秦伯一連說了幾個「好」，他的眼睛看向牛車上的野味，撫著下巴似乎在思考什麼，沒多久又道：「伯伯把你家的野味都買了，但是你們得幫伯伯一個忙。」

「先說說看是什麼忙？」

有人買野味自然是好事，可尹暮年並沒有急著答應，他怕對方的條件是自己做不到，或者不好去做的。

況且，牛車上還有海叔的野味，加起來可是太多了。此人一下子要這麼多野味，顯然不尋常。

小少年的謹慎讓秦伯越發欣賞，他朗聲一笑，安撫道：「別擔心，伯伯只是想讓妳幫忙把這些野味烹飪好。要做成什麼菜色都隨妳，做得好了定重重有賞！」

「全部嗎？伯伯家要辦喜宴？」

十歌將疑惑問出口。此時已臨近四月天，除早晚寒氣重一些，白日已開始燥熱。若非辦喜宴，二、三十隻野雞和一、二十隻野兔怕是多了些，放久了恐要壞了的，那豈不是浪費？

她雖喜歡賺銀錢，但不允許浪費。

「府中老夫人喜好美食，奈何廚子能力有限，累得老夫人食不下嚥，長此下去恐傷了身子。」

秦伯說得含蓄，十歌卻是聽出來了，說白了就是他們府中有位不好惹又挑嘴的老夫人啊！

# 第十五章

十歌心中暗喜。巧了不是？她最是擅長廚藝。

十歌忍不住在心中盤算著，若是做得好了，主家會給多少賞錢？

想想也是好笑，遙想當年，可不是什麼人都能請得動她的，想吃上她做的菜，至少得等上個把月。如今倒是要為了點銀錢，覥著臉求著去侍候人家。

今非昔比啊！好慘一小娃娃。

不會一直如此的，有朝一日，定要帶哥哥過上富足日子。

正這麼想著，秦伯已經領著幾人回到府中。入門前十歌抬頭掃了一眼，門匾上刻著龍飛鳳舞的兩個字——閆府。

門匾上的紋理顯然是下了大工夫雕刻而成，看起來與皇城正時興的款式十分相似。

入到府中，一眼便見巍峨的假山，內有清泉流動，潺潺流水聲尤為悅耳。假山上草木鬱鬱蔥蔥，各種珍稀花兒競相開放，美麗生動又宜人。

假山做得如是模樣，當真是栩栩如生，主家在這假山上定是沒少花錢。

隨著步伐深入，十歌發現這府中一應家具都是紫檀木製，雕刻也都十分講究。若放在皇城，這樣一棟宅子，也是頂頂有錢的富貴人家方才住得起的。

竟是沒想到，在這樣偏僻的地方藏了這樣一戶人家，倒是不知府中老爺做的是什麼營生？

「這裡便是灶房，裡頭一應物品你們隨便取用。」

秦伯領著三人進入一處院子，指著院子介紹。

放眼望去，尹暮年不禁咋舌，這哪裡像灶房？他們此時所住的院子，於他而言已經足夠大。可這兒區區灶房竟比他們住的院子還要大上許多！

雖是震驚，尹暮年卻未表露聲色，淡定的模樣看得秦伯連連點頭。

倒是沒見過多少世面的海叔露出了驚奇之色，他怎麼也沒想到自己有朝一日會進到富貴人家的家中。這讓他渾身不得勁，手腳不知道如何安放才好，無措得頻頻拽一拽衣裳，生怕自己哪裡做得不妥，鬧出笑話。

十歌因著本就出身廚藝世家，對灶房要求非同一般。她皇城家中的灶房比這兒還要大上一番呢！

不過這裡雖是小了一點，但以她對灶房的嚴格要求來看，這兒倒是過關的，至少乾淨整潔，歸置有序。

想來，主家對吃食方面也是很講究的。

這時，正在灶房裡頭備菜的廚子聽到聲響，探出頭來，待看清來人，迅速回去稟報。不多時，一名同秦伯差不多年歲的男子，領著一幫年歲不一的男子出來，先畢恭畢敬的行了一個禮，而後客氣的說道：「秦總管！可是老夫人有什麼吩咐？」

十歌看得出來，說話之人就是灶房裡的大師傅了。

秦伯還未做出回應，大師傅眼尖的瞅到邊上一個窮酸少年，他腿邊還有野雞和野兔，驚訝道：「哎，怎麼買了這許多野味？」

也太多了些！

想想又道：「也是，家養的老夫人都吃膩了，這野生的肉質是要勁道一些，還是秦總管想得周到！瞧瞧，這些野味個頭可都不小，健壯得很啊！不錯不錯，秦總管好眼光！」

說罷，忙又對著身邊人吩咐道：「阿福，抓隻野兔去宰，中午給老夫人滷野兔吃！」

見名喚阿福的麻溜地抓起野兔，秦伯倒沒有阻止，而是指向其他野味，吩咐另外幾人。

「你們一起，把這些都抓去宰殺乾淨。」

一聲令下，沒人敢不從。

大師傅瞪圓了眼睛。「秦總管，怎麼要一下子全宰？這……這一時半刻也吃不完啊！」

一下子做這麼許多，可不累死人？

秦總管這時才瞧向大師傅，他將小少年和小丫頭拉到自己身前，不急不緩道：「你先不急著忙活，今日你便配合這對小兄妹。」

「什……」大師傅瞪圓的眼睛還未和緩，聽到這則消息，忍不住微張了張嘴，一時半刻沒有反應過來。反應過來後，便是聲音拔高道：「什麼?!」

要他這個冉呂鎮一等一的廚子配合兩個小毛孩?!他們受得起嗎?!

萬沒想到，還未等他發出質疑，一個五、六歲大的小丫頭先一步開口了。「秦伯伯，如此，不妥。」

秦伯也是有些意外。「哦?怎講?」

「咱們這是祖傳手藝，不能為外人知!」十歌端著小大人的模樣，說得煞有介事。說白了，就是不想讓外人介入，防人之心總得有，前生她吃的虧夠多了，甚至還為此付出生命。

秦伯略一思索，便意會的點了點頭。「這……倒也是。」先前吃到的兔肉絲那滋味仍然記憶猶新，那樣美味的食物，哪裡是一般手法能做出來的?倒是他思慮不周了。

「也罷，你們自個兒安排即可。若是需要幫忙，這些人隨便吩咐。」說罷，眼睛在其他幾人身上掃了一眼。「聽到了嗎?」

原本正宰殺野味的幾人起先聽見秦總管的話驚訝抬頭，如今對上秦總管犀利的眼神，立馬點頭如搗蒜。「是、是、是!」

見大夥兒還算聽話，秦伯這才又看向尹暮年，遞出手上的飛龍鳥，道:「飛龍鳥一併交由你們來烹飪，可會做?」

尹暮年與妹妹對視一眼，從她眼中得到答案，便對秦伯微點了點頭。在尹暮年看來，似乎沒有什麼是妹妹不會做的。

尹暮年心想著，在這兒多待些時辰也好，或許能幫他們躲過一些危險。他和妹妹都還太弱小，哪裡能是大人的對手。哪怕有海叔在，可只怕海叔也應付不來那些妄想偷奸耍滑，貪得無厭之人。

秦總管離去後，大師傅用斜眼睥睨尚不到他胸口高的一對小兄妹，並啐了口唾沫。

「哪來的野毛孩，我倒要看看你們有什麼本事。」

丁點兒大的毛孩敢搶他的風頭？嘖嘖！

乳臭未乾的臭小子、臭丫頭。

「停停停，瞎忙活什麼！這兩個娃娃是有大本事的，哪裡需要你們瞎摻和。」

大師傅索性坐在院中的石凳上，雙手環胸，揮手招呼其他人停下手中動作。

# 第十六章

「可是，秦總管有吩咐，我們……」

大師傅雖下了命令，可還是有人礙於秦總管的話而不敢輕易怠慢。這事要是叫秦總管知道，他們哪裡還待得下去？

大師傅大掌往石桌上一拍，「啪」的一聲，很是響亮，嚇得其他人一陣哆嗦。

「鱉樣！秦總管是什麼人，哪來的時間管你們！」

大家在大師傅的吼聲中紛紛放下處理了一半的野味，不約而同站到大師傅身後。得罪了大師傅也不好過，還是識時務好些。

對於這些人的冷漠，尹暮年無動於衷，他默默過去清理野味。無妨的，更冷漠的人和事他見得還少嗎？這算不得什麼。

周海只覺這些人欺人太甚，可他們氣勢足，周海只敢怒在心頭，不敢反抗。畢竟他們人多勢眾，自己雙拳難敵四手。

見此陣仗，十歌在心中嘆了口氣，只怪他們現在尚是人微言輕。

沒關係，定不會一直如此！

兄妹倆和海叔開始各忙各的，兩個清理野味，一個進到灶房裡備菜。

好在這段時間尹暮年處理過不少野味，如今已是駕輕就熟。他嫻熟細緻的手法，直叫一旁等著看他笑話的大師傅心中暗暗咋舌。

大師傅不死心，他眼珠一轉，便領著一群人浩浩蕩蕩向灶房走去。

一進到灶房，更叫他訝異的是，一個五、六歲大的野丫頭正站在矮凳上……切菜？

她挑了一把細小輕便的刀子，有模有樣的切著菜。動作雖慢，卻很是熟練，切出來的菜大小粗細竟未見差別！

大師傅暗暗驚嘆，就是他自己如今也做不到這樣粗細完全一致！

難道這對兄妹真有兩下子？

有了這樣的想法，大師傅心中又有了另一番計較。他暗暗記下小丫頭準備好的配料及各自所占分量。

祖傳的手藝嗎？

若是他擁有祖傳手藝，哪裡還需要窩在閆府受老夫人的氣？

十歌並不擔心配料被學去，這裡並非自個兒的灶房，哪裡能想用什麼便有什麼？如今她不過是就地取材，只能有什麼用什麼。

海叔和尹暮年將所有野味清理乾淨，來到灶房內，見大師傅等人正不可思議盯著妹妹看，彼時妹妹正在雕刻一根紅蘿蔔，偶爾還分心看一眼面前的圍觀人群。

「請諸位暫且退出灶房。」

尹暮年稚氣未脫的聲音清清冷冷，聽起來並沒有多少說服力。大廚子瞥了他一眼，便不再搭理。

十歌停下手中動作，一雙大眼睛不卑不亢的與大師傅對視。

對方一副就要賴在這兒的模樣，十歌扯著脆生生的聲音趕人。「可以先請你們出去嗎？我們要開始烹飪了。」

幾人終究是不把這兄妹倆放在眼裡，仍然無動於衷。十歌有些惱了，她垮下小臉，對著幾人身後的自家哥哥使了個眼色，道：「哥哥，你去找秦伯伯。」

一聽到秦總管，幾人就不太淡定了，腳下微微挪動。他們面面相覷，等著大師傅發話。

「嘖。」

大師傅不屑的冷哼了一聲，換了個雙手環胸的姿勢，明晃晃的挑釁。

尹暮年見狀也不著急，他找了個乾淨的地方安置好野味，不緊不慢的找來一個小矮凳坐下，淡漠的回應妹妹方才的話。「無妨，若是久了上不得菜，秦伯自然會尋來，正好叫他瞧瞧是個什麼情形。」

此話一出，大夥兒更不淡定了，就連大師傅也恨得牙癢癢。但自尊心作祟，不允許他向一個小毛孩低頭。

笑話，對方不過是個幾歲大的野毛孩，怕啥！

「可是，秦伯伯不是說老夫人最近因為吃食沒少受罪嗎？萬一做得晚了，老夫人惱了怎麼辦呢？哥哥，我怕！」

小小的丫頭放下手中做了一半的雕花，轉而躲到哥哥身後蹲著，害怕得將自己縮成一小團。遠遠看去，就像一個被欺負慘了的可憐蟲。

「不怕，錯不在妳我，老夫人自會有定奪。」

小小少年還是那副清冷模樣，他坐在矮凳上目視前方，眼神剛毅堅定，一副雷打不動的架勢。

秦伯的威名或許還不足以左右大師傅的言行，但當「老夫人」幾個大字自兩個娃娃口中說出，他便再無法淡定。

大師傅當真是不想再受到老夫人無端的指責和謾罵，想想那個畫面就夠他受的了！

「哼！神氣什麼？老夫人是你們這種粗鄙之人侍候得起的嗎？若是做得不好，可沒人給你們收屍！」

撂下狠話，大師傅這才憤憤離去。

是了，老夫人那個古怪脾氣，侍候不好了能有好果子吃嗎？

對，就該讓這無知野娃娃去衝撞！

讓他們吃不了兜著走！

灶房內終於得到清靜，兄妹倆對視一眼，相視而笑。

兄妹倆都是謹慎的，他們先將門窗關妥了，而後開始處理野味，把需要醃製的先調味醃製。

這兒畢竟是大戶人家的灶房，食材的備貨情況雖達不到十歌的要求，但基本用料倒是應有盡有。

至少，比家裡有限的材料好了不知凡幾。

經過配料的加持，十歌醃製的生肉比在家裡調出來的香了許多。

尹暮年在旁觀看，看得極是認真。他有意多學習一些，如此妹妹才不需太勞累。

到了這時，海叔自覺已經無用武之地，便決定去找周通，告知他先行回去，自己得留下保護尹家兄妹才好。

今日他帶出的野味比往常多了不少，他本以為今次賣不完的，沒想到尹家兄妹竟連著他的一起賣了！還比往常賣得高一些，可把他高興壞了！

再說這邊，這麼許多野味，十歌最先要做的就是那隻飛龍鳥。她決定做一盤鴛鴦戲飛龍。其他野味麼，因著數量多了些，她便決定將每個部位分別做出不同的菜色來。

兔頭、兔腿、雞翅、雞腿等，都有各自的風味做法，保證讓食用者欲罷不能。

十歌儘量挑著無須忌口的煮法，也儘量不放那些孕婦不宜的食材。因為自打進了灶房她便發現裡頭擺放的，大部分是孕婦適宜的食物。怕是這府上有主子正有孕在身，她還是小心為妙。

兄妹倆因著身高問題，不得不使用矮凳。烹飪時，二人故意並排站在灶口邊上，背對著窗口，讓那些妄想偷窺的看不出端倪。

很快的，香氣開始飄散。一群人原本在外頭嘮嘮叨叨，在聞到香氣後，聲音越來越小。到最後，甚至有人扒到窗口準備偷看，然而卻未能如願，只得悻悻然走回來。

香，真的太香了！

比品軒樓的菜香更誘人！

他們一個個開始變得進氣多出氣少，好像多聞幾口就能管飽似的。

臨到午時，灶房的門終於打開。門外的幾人早已伸長脖子，邁著不受控制的步伐靠近灶房門口。

偏偏這一對兄妹直直堵在門口，也不說話，就盯著他們看，不知在想些什麼。

「杵這兒當門神嗎？讓開，我進去檢查檢查。」

大師傅上前來，撥開擋路的人群，直直向兄妹倆走去。

# 第十七章

到了如今光景，大師傅對於秦總管為何讓小毛孩下廚一事，心中已經有數。他是個廚子，廚子對於美味佳餚總會更敏感一些。他如今就想去看看他們都做了些什麼？光聞這氣味就知道，一定美味極了！

「我們要見秦伯，煩勞幫我們喚一下。」

尹暮年就是不肯讓路，他透過大師傅望向其他人，就盼有人能幫忙。

大家面面相覷，在大師傅的瞪視下，誰也不敢動彈。

大師傅見毛娃子這倔模樣，心中來氣，伸出大手，決定來硬的。

好在兩個娃娃在被推搡之前，秦伯的一聲怒吼阻止了大師傅的行為。

「做什麼，不想在閆府待了是嗎？」

「秦總管，這兩個娃娃不厚道！我懷疑他們中飽私囊，正要去檢查一番。」

大師傅一轉身就變成了笑臉，一副正氣凜然的模樣。

寒氣森森的話語自秦伯口中吐出。「你可是認為我老眼昏花，找來兩個小賊？」

「不不不，怎麼會呢！我是怕人心難測，秦總管心善，莫要被騙了才好！」大師傅連連點頭哈腰。

「夠了！你們幾個，還不快些將膳食送去，餓壞了老夫人、老爺和夫人，你們擔待得起嗎？」

在秦總管的一聲令下，大家不敢再踟躕，紛紛行動起來。

兄妹倆優先將秦伯迎進去，一道道的為秦伯介紹，什麼該冷吃，哪一道該如何加熱，一一仔細說明。

秦伯早在來的路上便聞見香氣，期待不已的心不僅未被澆滅，看著滿滿一大桌子不同菜色，更多的是驚喜！

沒想到啊沒想到，出門一趟竟讓他撿到寶了！這女娃可真有一手，實在了得！

大師傅在見到不同做法的一桌菜後，不免在心中驚嘆，好一雙巧手，好大的本事！

這……這這……

色香味俱全，了不得啊！

怕是省城頂有名的師傅都不及這手藝！

他……他要是能學個一招半式就好了！

「二位真是辛苦了，容我先將飯食送去，過會兒老爺怕是會找，你們且去客堂稍候片刻。來人，將兩位小主請去客堂，好生照料。」

秦伯慣是會看人的，他知道這對小兄妹打今兒起就要入了老爺的眼。如此便不能再大意對待，需得好生照料才行。

兄妹倆當真被請到客堂，並有好茶相待。只是如今已到了午時，尹暮年怕妹妹餓壞了。

「歌兒，餓了嗎？」

也不知還要等多久，這兒有丫鬟侍候，他們也不方便取出吃食來。

十歌搖了搖頭，自在的坐在椅子上晃著腳丫子。做了那麼許多膳食，她是一點胃口也沒有了。

如今她只想知道主家會給多少賞錢？

一錢？一兩？

這是個富貴人家，一兩當是要有的。

要說秦伯確實是最了解主子的，不到一炷香的時間他便眉眼含笑的前來招呼這對小兄妹。

「兩位久等了，我家老爺有請！」

閆擴是閆府的老爺，也是冉呂鎮首富，在這冉呂鎮上很有說話的分量。

不同於其他富貴老爺膀大腰圓的模樣，其相貌倒是有些文質彬彬，一副君子之相，而立之年該有的沈穩和內斂他都有。

當秦伯將兩位小廚請來時，縱使見過世面的閆擴也不免錯愕。

方才吃的美味佳餚竟是出自兩個小娃娃之手？還是……這樣面黃肌瘦的小娃娃。

尹家兄妹瘦弱的模樣不比街上乞丐好多少，卻不想會有這樣的手藝，倒是有些古怪。

這對小兄妹倒是懂事，見了他便先行了一禮。

閆擴迫不及待問道：「方才的膳食是你二人做的？」

尹暮年答得肯定。「是的，只盼沒有衝撞了老爺和夫人才好。」

說罷，尹暮年又向面前坐著的老爺和夫人行了一禮。奇怪的是他們口中難以相處的老夫人竟不在此處。

「衝撞倒是不曾。我已經許久未見家母吃得如此開懷，就連我的內人也難得開胃，我心甚悅啊！這可全是你們的功勞。你們小小年紀就有這樣的手藝，當真是不凡。不知你們師出何處？」

「這都是母親生前所教，可惜她走得早……」

尹暮年垂下頭，一副不欲多言的模樣。

「哦，實在抱歉。不知小兄弟家中是何境況？」

「如今我同妹妹相依為命，我們就住在巫陰山山腳下。」

「你們以何營生？」

閆擴再次將兄妹倆打量了一遍，怎麼看都覺得有些古怪，於是問題便一個接一個。

看出面前老爺的質疑，尹暮年便主動道出二人身世。「母親走後，我兄妹二人曾討過飯，後又回到大坑村討生活。今有幸抓到一些野味，才想著下山碰碰運氣。」

簡單幾句話卻清楚告知了他們的來歷，聽得閆擴頻頻搖頭，可憐兩個小娃娃小小年紀便要自力更生。

「難為你們了……」

這話是閆擴夫人許素所言，她本不是多愁善感的，如今卻不然。她輕手撫摸自己的小腹，竟很能夠感同身受，出口的聲音不由有些哽咽。

閆擴伸出大手包住夫人嫩白的小手，輕拍了兩下。

「你們日後可有什麼打算？」

「……自是好好過日子。」

尹暮年沈默了一會兒，出口的話又讓許素一陣鼻酸，淚珠便不受控制的滾落下來。一旁的閆擴和秦伯聽後，心中也有所觸動。

這是經歷過怎樣的生活才會有這樣的感悟？或許，對他們來說「好好過日子」實屬艱難。

「是這樣的，家母已經吃膩了家中廚子的手藝，已有好一段時間食不下嚥。看著母親日漸消瘦，身為孩兒哪有不心疼的道理。且我的內人最近也食慾不振，長此下去恐不是辦法。是以，我便命秦伯出去搜羅一些特色美食。也是我閆擴福大，讓秦伯尋到二位。

「你們兄妹二人的廚藝家母和內人實在是喜歡得緊，我看著也高興。若小兄弟暫時沒有什麼打算，倒不如留在我閆府，我願高價聘請你們為我府上大廚，你看如何？」

聽到這兒，小兄妹對視一眼，心中已有了定奪。他們都看得出閆老爺是一片好意，閆夫人也是個好相與的，可他們還是覺得如此有失妥當，只得拒絕了好意。
「多謝閆老爺抬愛，這是我們兄妹的福分。但……我恐怕不能接受。妹妹還小，正是需要照顧的時候，我不想她過早出來討生計。」
「這不是問題，我可給她安排輕省些的活計。」
閆擴覺得這完全不是問題，只要有心，便沒有解決不了的事。
思及此，閆擴向十歌投去友善一笑。也是此時他才發現，小姑娘一副不懼生的模樣，饒有興致的盯著自己和娘子來回看。小大人的模樣看起來分外有趣，讓人忍不住多看了幾眼。
許素也是發現了小女娃兒，她雖面黃肌瘦，可那雙眼睛十分靈動，看著很是討喜。許素依然輕撫著小腹，露出淡淡笑意，看起來就像一位慈愛的母親。
「好孩子，快過來讓我好好看看。」
許素伸出一雙手，做出擁抱狀。她太喜歡小娃兒的那雙眼睛了，比夜裡的星辰還要奪目，她是怎麼看怎麼喜歡。
對方出於一片好意，十歌自是不會拒絕。她小心翼翼的靠過去，尤其在臨近閆夫人時，更是小心。
「夫人若是喜歡，便讓她在房裡侍候如何？」
閆擴見娘子歡喜，心中也高興。娘子自打嫁給他，便鮮少見她這樣高興了。
「嗯。」

許素揚著唇，輕捧著小女娃兒的臉，看得仔細。

「抱歉，這事我不能答應。」

閆老爺那邊已有了決斷，可尹暮年卻不能答應。拒絕的話語一出，那夫妻二人皆是一愣。

# 第十八章

閆老爺問出心中疑惑。「此話怎講？」

無論如何，在他的府中不比在大坑村無依無靠來得好？他斷是不會輕待他們的。

「我兄妹二人生活雖清苦了一些，但勝在自由。我自己如何都不打緊，但我不希望妹妹淪為奴籍。」

尹暮年回得誠懇。人家以誠相待，他自不會有所隱瞞。

如今他們已有了賣飛龍鳥的一百兩，且還找到了維持生計的營生，相信日子只會越過越好。

那一百兩他不會動的，自是要留給妹妹置辦嫁妝。有了那一百兩，妹妹將來便能風光出嫁，出嫁後也便不用看人臉色。

「這倒不是問題，咱們可以簽活契。先簽個三、五年，時間一到你們便是自由身。」辦法總是比問題多的。

閆擴是個好說話的人，在他那裡，所有問題都能迎刃而解。

只是萬沒想到，小娃兒還是搖頭拒絕了。男娃娃雖沒有再言語，可那堅定的眼神無不在告訴他——他拒絕。這事便是這樣了，沒有其他可能。

闓擴不是那會刁難人的，只在心中覺得可惜罷了。

可惜，是真的可惜！

難得有個人的廚藝能同時滿足母親和娘子的胃，若這事能成，倒是能避開許多問題。既人家無意，他也不好勉強就是。

「妳叫什麼名字？」

許素見小少年如此堅定拒絕，心中不免失落。但她對小姑娘的喜愛卻沒有因此消失，她慈愛的撫摸小女娃兒枯黃的髮絲。心想著，女娃兒若能在自己身邊，定要將她養得白白胖胖。

「我叫十歌。」

小女娃兒昂起頭，聲音脆脆的。

「嗯，很好聽，歌兒真是個好孩子。」

許素輕輕將十歌擁入懷中，緩緩順著小女娃兒的背，如此瘦小的身板又引得她一陣心疼。

闓擴無奈搖頭，擺著手吩咐秦伯。「既如此，秦伯，你去帳房支五兩銀子來。」

「是。」

秦伯領命而去。

尹十歌趴在闓夫人懷裡，眨巴眨巴眼睛，心想著：五兩，好多呀！

「老爺，五兩銀子取來了。」

秦伯再出現時，手上多了一個托盤，托盤上是五兩銀子，和一張百兩銀票，十分晃眼。

他沒有忘記小少年說過想要現銀，可他猜測那是少年的權宜之計。畢竟身上揣著百兩現銀，才是真的不安全。

閆擴將五兩銀子指給小少年。「這五兩你們收下，這是你們應得的。」

閆擴看著五兩現銀，覺得似乎少了點。今兒個母親和夫人是真的很高興，理當重賞才是，想了一下，便道：「這樣吧，秦伯你命人再去取兩斤食鹽過來。我府中別的不敢說，就這食鹽是最多的。如今世道想購買食鹽不易，給你們兩斤，當是夠用好一陣了。」

「還是老爺想得周到。」

許素對老爺的這個安排很是滿意。她覺得和這兩個孩子甚是投緣，便想他們能夠過得好一些。

他們府中什麼都不缺，銀子更是不少。可這兩個孩子年歲尚小，還是孤兒，更當過乞兒……

想到這兒，許素心酸得眼淚又幾欲落下。

待她的孩兒出生後，定是不忍心他受半點委屈的。將心比心，怎能叫人不心疼呢？

「老爺是鹽商嗎？」

十歌聽出端倪，訝異的盯著閆老爺看。

閆老爺勾了勾小姑娘沒什麼肉的小臉蛋，放柔了聲音，道：「是啊，妳知道鹽商嗎？」

「鹽商」二字自一個小女娃兒口中道出，聽起來真有些奇妙。

「嗯！」

十歌重重點頭，一下又一下。她小心退出閆夫人的懷抱，跑到哥哥身邊，拽著哥哥的手晃了晃。

兄妹倆相視一眼，已經了然對方的心思。

尹暮年臉上露出淡笑，他讀懂了妹妹眼中的渴望，自然不想讓她失望。於是抬頭望向閆老爺。「我們可否找老爺再買些鹽？」

閆擴意外，自己都已經送了二人兩斤食鹽，他們怎的還要買？莫不是想要倒賣？這可是犯法的事，他不能看著孩子走歪路！

「這賣鹽可是要經過官府認可的，你們可知私賣食鹽是觸犯律法的？」

閆老爺的話引得兄妹倆一陣錯愕。反應過來後，方知自個兒是被誤解了，不由笑出了聲。

十歌眨著大眼睛，笑道：「老爺放心，我們不賣鹽，食鹽於我們而言有大用處呢！」

尹暮年也點了點頭，表示認可妹妹的話。

閆老爺這才鬆了口氣。

可他還是好奇，兩個小娃娃買那麼許多鹽是要做甚？

「那，你們想買多少？我按進價賣給你們。」

「三兩。」

「三兩?!你可知三兩能買多少？」

閆擴萬萬沒想到，這小娃兒一開口就要買三兩。按市價一斗鹽五百文，約莫十二斤。三兩能買六斗鹽，這得有七十來斤啊！若按進價給他們，這至少還得翻一倍。

他們不是倒賣，要這麼多做甚？

唉，家中無長輩相管，兩個小娃娃這日子過得就太隨意了。

尋常人家誰捨得這樣買鹽？

三兩銀子對兄妹而言，應當是筆大數目了，他們不用在日常生計，怎麼要買鹽？

閆擴本人，包括閆夫人和秦伯都是滿臉不解。

「嗯，我知道。所幸鹽保管妥當便能久放，老爺放心，我們絕不會拿它們來賺不義之財。」

尹暮年堅定點頭，他早在心中合計過了，三兩銀子是六斗鹽，共七十二斤，今日又難得可以廉價購買。鹽不怕多，他們有錦袋，方便存放。妹妹製作鹹菜可是很費鹽的。

「這樣吧，你們先付一兩銀子，我給你們四斗鹽。多了我怕你們用不完，若是少了，你們隨時可以來同我買，我還按這個價位給你們。」

閆擴實在擔心兄妹倆走歪路，又怕他們年歲小不懂得儲存，可別買回去浪費了。

尹暮年同妹妹對視一眼，見妹妹眼中的光亮他便知道，妹妹對這個結果是非常滿意的。也是，闓老爺都許諾了他們，用完了再來買也無差。更何況，他給的這個價實在是很低了！於是，他滿懷感激的點了頭。「老爺的慷慨，我們感激不盡！」

尹暮年拉著妹妹向闓老爺和夫人深深鞠了一躬。

事情一經定下，便有人著手去準備。兄妹倆趁著空檔，在斜挎布包的掩護下，取出藏在錦袋中的一小罐鹹菜，放在老爺面前。

一來是為了感謝闓老爺的善待。二來，也是為了讓他放寬心。

尹暮年開口解釋。「老爺，這是我們自己醃製的鹹菜，給您嚐嚐鮮。至於食鹽，你們儘管放心，我們僅用於醃製鹹菜。」

闓擴知道了二人使用食鹽的真正用途後，懸著的心總算放下，心中不免欣慰。是他多心了啊！

好在兩個娃娃是好的，並未因生活的搓磨而泯滅了心智。

如此，甚好！

當一切準備好後，也到了兄妹倆告辭的時間。海叔早已等在闓府門口，見他們出來便迎上去，對兩位看起來貴氣十足的老爺夫人點頭招呼。

許素向來喜愛孩子，又見這兩個娃兒如此懂事，自然滿心滿眼都是喜歡。如今孩子要回去了，竟是有些不捨。

按理說，只不過是兩個無足輕重的小娃兒，自然驚動不得府裡的老爺夫人，可他們此番竟雙雙出來相送，言語間盡是對孩子的關切。

這些情景，守門的家丁盡數收入眼底。心中暗暗想著，這兩個娃娃好大的排場！老爺甚至將自己的馬車派給二人用，還加派了幾個護衛。

這可是頭一遭見有人受到這樣的禮遇。

上馬車前，十歌回頭同閆夫人告別。「夫人當心身子，我們下個月再來看望您。」十歌想好了，此番回去定要做一些適合孕婦食用的吃食。

原本她還只是猜想，但當她見到閆夫人後，觀她的舉止，以及閆老爺小心對待的模樣，她就確定了。

想來也是奇怪，閆老爺已到而立之年，二人又恩愛有加，膝下竟無一子半女。

「你們回去路上小心些，我都已經聽秦伯說過了，這些時日你們先不要外出。」知道了前因後果，許素哪裡能放心。之所以有這樣的回程安排，是秦總管稟告過閆老爺後安排的。閆老爺認為此事因他而起，自是要護二人周全。

「夫人放寬心，我們知道怎麼做，您快些進去，當心腳下。」

十歌心中感激。為了不影響閆夫人，她一下便鑽進馬車，靠在窗口處同閆老爺夫婦擺手道別。

馬夫在閆老爺的授意下開始緩慢前行。

十歌覺得緣分真是很奇妙。他們與閆老爺一家不過初識，老爺夫婦竟敞開心胸與他們這對無依無靠的小兄妹結交。

沒有不屑，只有關懷。

這便是大戶人家的心胸啊！若世人皆如此，這對兄妹的日子也不至於這麼難，她也便不會重生了吧？

海叔激動得打顫的聲音拉回十歌的思緒。「我……我還是頭一回坐馬車呢！」

海叔坐在馬車上只覺不可思議，他一個大老粗竟然坐上了馬車?!

不僅有馬車，還有護衛相送啊！

村人若見著了，多神氣！

# 第十九章

大坑村算得上冉呂鎮中頗為富裕的村落，有靠山優勢，大部分村人以走山貨為生。縱然如此，卻是無人用得起馬車。

置辦一輛馬車需得好幾十兩銀子，且對他們上山丁點兒益處也無，傻子才會置辦馬車。對他們來說，馬車僅是身分的象徵，只有相當富貴的人家才用得起。

故而，當村子裡出現一輛由五、六個護衛護送的馬車，村人頗有幾分緊張的聚到一處竊竊私語。

好大的排場啊！

可誰家也沒有如此富貴的親戚呀！

這樣富貴的人家，來他們大坑村幹啥？

該不是誰家犯了事？

想不清，於是村人小心翼翼尾隨在後。

怎知，馬車竟去了周海家？

記得周海今日上集市賣野味去了，聽聞老二周通將近幾日採回來的好東西拿去賣了好些個銀錢，著實叫人眼紅。眼看著好日子就在眼前，這就攤上事了？

等等！不對啊！

尹家兄妹怎也在馬車中?!

看著相繼自馬車上下來的幾人，村人們面面相覷，皆有些不敢置信。

「辛苦幾位大哥相送，送到此處便可，餘下的路我們可以自己走回去，你們也好早些回去交差。」

尹暮年禮數周到的與幾位護衛辭別，幾名護衛卻是無動於衷，以抱拳禮道：「還請小公子上馬車，咱們奉命辦事，望小公子莫要為難咱們。」

幾人站得筆直，分毫不肯退讓。

尹暮年見狀只覺無奈。「那便有勞了。」

海叔生怕幾人不識路，好生同車夫講解了幾遍尹家方向，一直到馬車消失在眼前，海叔才放心。不想，他一回頭，發現有大半個村子的人擠在他們家院子裡外，著實把他嚇了一跳。「怎麼了？」

村人們非得聽一聽事情的緣由，怎的這些人對尹家兄妹如此客氣？難道是尹家兄妹尋回了失散已久的親戚？

就說嘛，他們母親怎麼看也不像逃難來的，倒更像富貴人家的夫人！

當周海將來龍去脈說清楚以後，村人們皆是不敢置信。當然，他將飛龍鳥的一百兩及賣鹹菜一事隱瞞了下來，否則那還得了？

縱使如此，也夠村人驚掉下巴了。

那麼許多野味呢！竟全部賣掉了？連著周海家的也一起賣？怎麼這麼有能耐呢?!

這……

難道那對兄妹真是帶福氣的？看啊，就是老虎下了山也不咬他們，反而是那幾個妄想對他們作惡的人一病不起。

嗯嗯，是了，就是這樣了！

尹家兄妹是福星啊！自己日後可得對那對兄妹好些才是！

尹家兄妹哪裡會知道村人們有了怎樣的覺悟，尹暮年依舊每日一早與海叔兄弟幾人一道上山安置陷阱。

「年哥兒要上山啦？」

「年哥兒吃過沒？我家剛烙了餅子，嚐一個嘛！」

不知打何時開始，尹暮年每每出現在村道上，總有人湊上來問候。他本不喜言語，僅點頭以示招呼。

「年哥兒慢走啊，山路難行，可當心些！」

小少年雖未有回應，那些後知後覺想要同尹家兄妹打好關係的人卻是絲毫不死心，不放過任何親近的機會。

不知是誰開始傳的，自打自己對尹家兄妹好一些，只要尹家兄妹肯收下自家的東西，他們家的雞下的蛋都要比往常多幾個。
尹家兄妹是福星，沒跑了！
故而，每日總有人想硬塞些東西給尹暮年帶走，這讓他頗有些頭疼。
村人們的想法實在荒謬，萬一哪一天發現自己並不是福星，指不定又要怎麼編排呢！他們給的好處是萬萬不能收的，偏偏村人態度強勢，一副「要就要，不要也得要」的架勢。
當然，所有吃食最終便宜的是周海兄弟幾人，他們甚至都不用自備午膳了！
白日裡，十歌還像往常那樣，一日出門，一日留在家中醃製鹹菜，釀酒或做果乾。雖是累了些，倒也安逸。
想到她所做的一切都可以換回銀錢，她便有使不完的力氣。
為了下一趟趕集日，兄妹倆從未偷懶。哪怕錦袋中的存貨已經足夠二人一整月不出門，可他們哪捨得放著漫山遍野的野菜不去採摘？
那是野菜嗎？那分明是銀錢！
野菜今兒個剛摘完，過不了幾日又冒出新的來，怎麼也摘不完。對此，兄妹倆均是樂此不疲。
這一日，又是十歌的上山日。
今次，她的目標是榆錢樹。
順著記憶找來，很快便叫她找到心心念念的榆錢樹。樹上榆錢成串成串掛滿枝頭，陽光照射下，金燦燦一片，很是喜人。

十歌圓亮的眼睛在見到榆錢後，便再也挪不開了。

她所在的地方分散著長了好幾棵大小不一的榆錢樹。別看有些樹小，那枝上榆錢的長勢可不輸大樹上的。此時的榆錢最是鮮嫩，分外誘人。

十歌眼饞的跑過去，隨便拽下來一根枝頭，伸手一抓就是一大把，她不由分說便往嘴裡塞。嚼下去嘴裡便生出甜味來，再嚼幾下還能吃出香味，越吃越香，讓人欲罷不能。

一連吃了好幾口，過了癮之後，十歌開始認真採摘起來。

這好東西她最想同哥哥分享了，回頭還能做一些美食。

翡翠榆錢餅、榆錢滑蛋等，光是想想就足夠饞人呢！

心裡頭想著美食，十歌摘起來可帶勁了！不知不覺間，十歌已經叫一棵小樹成了「禿子」，而她的下一個目標是那棵最高大的榆錢樹。

瘦小的小身板猴一樣的在樹上穿梭，空空的小布袋不一會兒便已呈半滿狀。小人兒一門心思全掛在榆錢上，一丁點都不放過。摘完了一個枝頭就再換一個，只是這回她一不留神，踩了個空。

「呃！」

十歌抑制住不讓自己叫出聲，她怕不遠處的哥哥聽見了會操心。

「噗！」

悶悶的落地聲。

好在她爬得不算高，底下又有厚厚的雜草，她這一摔倒是有驚無險。

「咦？」

趴在地上的十歌攤開擺在眼前的小手，是空的。

奇怪，她那一袋子榆錢呢？大半天的成果呢？掉哪兒去了？

十歌起身坐在地上，小小腦袋瓜子左瞧瞧、右看看尋找她的榆錢袋子。袋子沒找著，反倒聽到周圍雜草窸窸窣窣一陣響。

不一會兒，一雙陌生的黑色雲紋布鞋映入眼簾。

十歌愣愣抬頭，一位兩鬢花白的老伯貓著腰穿出草叢。一個抬頭，看見十歌，也是一陣發愣。

在這座巫陰山上，十歌第一次見到生人。

所以說，這兒也不是真的無人問津嘛！

顯然，對方也很意外會在此處遇見一名小姑娘，久久未能回神。

老伯一身灰衣，背上揹著一個竹簍，手上拄著一根枴杖。意外的是，他的皮膚並不似村農那樣黑，臉上氣色紅潤，倒是額上幾道褶皺和兩鬢的白髮出賣了他的年紀。

十歌正欲說點什麼來打破這個沈寂，誰知到口就拐了個彎，成了一聲「呀！」卻是眼尖的瞧見了散落在地上的榆錢。

十歌噗噗爬過去，抓起布袋看了看，好在灑出來的並不多。

看著脆嫩的榆錢，十歌突覺口乾舌燥，她忍不住抓出一把往嘴裡塞。甜甜的滋味讓她欲罷不能，又接連吃了幾口。

正吃著，突然間一個雜糧餅出現在她眼前。

十歌睜著迷茫的眼抬頭看去，方才那位老伯不知何時靠過來蹲在自己面前，鼓勵似的將雜糧餅在她眼前遞了遞，紅潤的臉上盡是同情。

嗯？

請她吃雜糧餅的意思？

十歌懵懵的，這位老伯……人倒是挺好。

來而不往非禮也，既然人家主動交好，她也得有所表示才行！

十歌毫不吝嗇遞出手上的袋子，回以友善一笑。「伯伯吃嗎？可新鮮，可甜呢！」

然而，不知為何，老伯瞧著十歌，竟又嘆了口氣。隨後搖了搖頭，同時伸手摸摸十歌的小腦袋，將手上的雜糧餅送到十歌唇邊。「餓壞了吧？這個給妳，吃吧。」

「我……」

十歌想解釋，見老伯執意要餵她，為避免老伯尷尬，十歌配合的張嘴咬了一口。

罷了，人家也是一片好意。

可惜，雜糧餅硬邦邦的，不是很可口。

麵團也沒有揉好。嗯，滋味真不美。

十歌不知，因著她上山穿的是舊衣裳，自己在老伯眼中，儼然就是一個被餓慘了的小乞兒，跑巫陰山上來覓食的。

瞧瞧，娃兒身上的衣裳已經破到不能再補了，且也小得遮不住瘦胳膊、瘦腿兒。髒兮兮的臉頰瘦得只有一丁點肉，倒是那雙眼睛，靈氣活現，跟會說話似的，怪招人稀罕。

娃兒一看就是個孤兒，可憐唷！

十歌剛嚥下一口雜糧餅，老伯就又將雜糧餅遞到她唇邊，看樣子不吃還不行，十歌只得又咬了一口。

老伯是個心細的，見雜糧餅太乾，導致小丫頭難以下嚥，便取出水壺來餵了丫頭幾口水。

在水的幫助下，十歌可算把老伯的雜糧餅吃完了，心下大大鬆了口氣。

「伯伯上山採藥嗎？」

十歌見老伯背上的竹簍有許多藥用植物，對老伯的身分有了判斷。

「不錯。」

女娃兒過於瘦弱，惹得老伯頻頻搖頭。他順了順頰邊的一縷白髮，有些意外女娃娃除了吐字清晰外，眼神倒是也不錯。

老伯「嘿」了一聲，怪有興致的問了一句。「妳怎知？」
「伯伯竹簍裡摘的好些都是可藥用的，我認得。」頓了一下，又補充一句。「母親教過。」
「哦！妳母親是大夫？」
老伯眼前一亮，一副遇到了知音的模樣。隨即，女娃兒的回答又叫他有些失落。
就見女娃兒搖了搖頭。「不是，我母親會做藥膳。」
「藥膳？嗯……倒也不錯，改日同妳母親討教討教。」
「恐怕不行，我母親走了。」
見小丫頭聲音悶悶的，情緒低落，老伯一下便意會她口中「走了」是哪個意思。
原來如此，莫怪小丫頭會落得如此境地。想想山中情況，老者不免多嘴一句。「妳可知山中有虎？」
十歌想了一下，做出呆愣狀。她想著，裝傻好過於編理由找藉口。只不過她的反應看在老人家眼中，又是另一番感想。
女娃兒勾起了老伯的惻隱之心，他向十歌招招手。「把手伸出來，我給妳把把脈。」
十歌已經確定了老伯的身分，她聽話的伸出小手，狀似疑惑的問：「伯伯是大夫？」
此時，她腦中又生出了一個生財的法子。

# 第二十章

十歌認得點草藥，均是可入菜的。她還是遊魂那會兒，在這山上見到不少，有些草藥還是很稀少的呢！

就是不知這位老大夫可有需要？

老伯並未回答小丫頭的問題，而是認真替她把脈。

觀她脈象無力，多為氣血不足之兆。

旁的倒是沒有問題。

確定小姑娘身子還算健康，老大夫鬆下心。他順順頰邊白髮，這會兒才想起來回答十歌的問題。「正是，想學嗎？」

十歌勾著唇，晶亮的眼睛眨了眨，聲音拔高了些。「不學。但我可以提供藥材給伯伯！」

老大夫聽罷一陣錯愕。

提供？

這詞用得有點意思。

明知道小女娃兒的心思，老大夫還是故意問道：「那妳想得到什麼？」

「自然是銀錢啊！我對這座山很熟悉，知道哪兒有草藥。對，我還見過何首烏！」

老者做出驚訝狀。「還認得何首烏呢？」

「是呀！能入膳的我都認得。伯伯需要什麼藥材儘管跟我說，我供您藥材。」

十歌說得眉飛色舞，怕老大夫不信，還拍了拍胸脯保證。

這小模樣引得老大夫只覺好笑，忍不住想逗逗小女娃，他板起臉來，一副著惱的模樣。「我又不缺胳膊少腿，若需要藥材不會自己上山採藥嗎？」

十歌卻是一點也沒被嚇到，她又不是真的八歲小娃兒，哪裡會看不出老大夫是在作戲。當下十分肯定的搖搖小腦袋。「您就別唬我了，我和哥哥每日在這大山裡轉悠，從未見過生人。再者，伯伯是大夫，哪有時間上山採藥呢？您今日怕不是缺了哪味藥材？」

小女娃兒分析得頭頭是道。別說，還真是這麼回事！老大夫不得不對十歌刮目相看。奇了，一個小女娃兒竟能有此番心思，委實難得！這下不敢再輕視了，他略正了正身子。「那行，老頭子考考妳。」

老大夫自懷中取出一本老舊書籍，書籍內記載了各種藥材的藥性及圖樣。他兩三下就翻到自己需要的頁面，轉個方向指著書頁上一株開著紫花的植物給小女娃看。

十歌湊上前去認真觀察。

書籍雖老舊了一些，可裡頭的畫作卻仍舊栩栩如生。

來回瞧了幾遍，十歌越看越覺得眼熟，喃喃道：「好像是見過的。」

自打交出書籍，老大夫便一直密切關注女娃兒，將她臉上的表情變化盡收眼底，甚至細小的喃喃聲都被他聽了去。

見過？

當真見過？

老大夫不太敢相信，畢竟這紫菀他的藥鋪已經斷貨好些時日，偏生今日又遇上急症，急需這味藥材，他這才不得不上山試一下。

若真有，那可謂是走了大運的。

老大夫不由生出期盼，正是這時，小女娃兒突然叫了一聲。「啊！」

隨後，女娃兒將書籍塞回他左手中，又抓起他的右手食指，硬拉著他向前走，臉上又是那副眉飛色舞的表情。「想起來了！走，我帶你去採。」

經過七拐八彎，繞過一些危險地段，十歌將老大夫帶至一顆碩大石頭的上方。石頭大得十個人都圈不住，上頭還長了一大片滑溜溜的青苔，厚厚的，每踩一腳都能留下一個小腳印。十歌好幾次險些滑倒，好在老大夫眼疾手快，一次又一次將她撈起來。

大石頭就像鑲嵌在山裡頭，石頭的另外半邊裸露在外。站在石頭上，就好似站在懸崖邊，風聲鶴唳，叫人渾身如綿，膽戰心驚。

十歌緩緩趴下，指著石頭下方。「看，是那個嗎？」

老大夫學著十歌的動作趴在石頭邊，探出頭向下看。

果然，觀那葉子形態和紫色小花苞，不是紫菀又是什麼？

老大夫大喜過望，他甚至想要直接滑下去採摘！

「伯伯你等著，我去摘。」

說罷，在老大夫反對的話將將出口之際，她已經滑下石頭，瞬間便不見人影。

「欸！妳……」

老大夫被嚇了個結實。耳邊只聽一陣窸窸窣窣的聲音，那是雜草遭遇碰撞發出來的聲音。

很快的，聲音停了，老大夫的一顆心卻遲遲未能落下。

他本就是治病救人的大夫，見不得傷患。如今無依無靠的女娃兒正遭遇危險，他哪可能無動於衷，當下忙想要滑下去。

「伯伯，你看，摘到了！」

女娃兒脆生生的聲音在大山中甚至有回音。老大夫知道，那是石頭下傳上來的，於是趕緊趴石頭上，對著石頭下方，顯得十分渺小的女娃兒就是一聲吼。「給我站那兒別動！」

說罷，他學著女娃兒下去的方式，「哧溜」一下往下滑。

滑著，滑著……

嗯？

他竟然穩穩的坐在一片濕地上，這一片濕地上還長滿了紫菀。

奇了，女娃兒怎知滑下來就是平地？

「伯伯！」

十歌摘到一株盛開的紫菀，獻寶似的舉在老大夫眼前，好生得意。

「胡鬧！」

老大夫只覺得要被這女娃兒嚇出毛病來，他的心緒到如今還未能平復。

「哎呀，都說了我熟悉這座山，您偏是不信。」

十歌咯咯笑起來，露出兩顆小虎牙。

老大夫氣得吹鬍子瞪眼，十歌卻是不在意，喜孜孜的問：「伯伯，這下您答應了嗎？可以由我來給您供藥嗎？」

「妳這瘦胳膊瘦腿的，等妳供藥？等妳供藥得病死多少人？」

不自量力了不是？

「您反正得用藥，多備一些藥才不會發生類似……缺藥的事情嘛！」

十歌很給面子的把「今日」二字臨時改口為「缺藥」。巫陰山常年無人問津，草藥是真多。

老大夫順了順頰邊白髮，做著思考狀。

這座山中有多少藥材，他方一進山便發現了。這不，他進山不出一刻鐘，竹簍就摘滿了各種草藥。那時他還想著，得找個空閒時間，帶上學徒上山一趟才是。山裡這許多藥材，不採倒是可惜了，且如今更是讓他找到了缺貨已久的藥材。

「也罷，瞧妳這可憐樣，老頭子我就幫妳一把吧！」

女娃兒說得不錯，橫豎找誰拿藥都是拿。小娃娃看起來瘦小可憐，找她拿還能接濟接濟她，也是好事。

小丫頭如此早慧，怪是招人疼。

不過這大山地勢險峻，哪怕熟悉此山，也免不了有個萬一。最主要是還有一頭大老虎呢！

長此以往也不是個事。

仔細想了想，老大夫又覺得不妥。「我看妳悟性高，倒不如隨我回藥鋪，老頭子收妳為徒如何？日後便不用再為生計操心，老頭子養妳！」

這樣聰慧的小丫頭，淪落到如今境地，著實可惜。

誰知，小姑娘竟一口回絕。「那不行，我可是要賺大錢的。」

十歌說得信心十足。

老大夫豈會相信小娃兒的豪言壯志，當即敲了她的頭一記。

「怎麼，還想一口吃成個大胖子？」

小小年紀，竟想那些沒的。

「唔！」

十歌瞪著大圓眼睛，伸手摸一摸生疼的腦袋瓜。

老頭可真不客氣！

最近老有人想收留他們兄妹啊，就離譜！

偏偏他們想白手起家賺大錢，不好嗎？

「妳叫什麼名字？」見小娃兒當真無意拜自己為師，老大夫心中覺得惋惜。

這小娃兒倒是合他眼緣，可惜了，可惜了！

還有這悟性，可惜了，可惜了！

「我叫尹十歌，伯伯呢？」

「鎮上同祊堂便是我的醫館，妳得叫我田爺爺。」

若說同祊堂，十歌是有印象的，那日去鎮上她見過。雖只是淡淡掃了一眼，卻足夠叫她驚訝了。一個不起眼的小鎮，擁有一間足足有三家店面那麼大的醫館，且門庭若市。

「好啊。」十歌笑著答應。看了一下天色，已經到了午時，她想起了一件事，忙伸手去斜挎布袋裡翻了翻。

再出來時，手上多了兩個肉包子、兩個野菜包子，還有兩塊野菜餅子，它們分別用芭蕉葉仔細包裹著。

食物香氣瞬間瀰漫開來。

「田爺爺餓了吧？方才您把口糧給了我，那我便把我的給您。」

田大夫盯著十歌手上用芭蕉葉包裹著的食物，很是意外。

那香氣，太饞人了！

田大夫被香氣勾去了心神，以至於忽略了一個問題——那吃食為何還冒著熱氣？活像剛出爐的？

十歌將吃食塞到田爺爺手中，並催促他儘快食用。「吃啊！」

田大夫將手中食物拿到鼻前使勁吸了吸，那香氣讓他陶醉其中，簡直跟醇香的酒一樣令人迷醉。

胡亂將手放在衣裳上抹了抹，他迫不及待打開芭蕉葉，張開大口，一下就咬掉大半個肉包子。

雞肉經過精心調配的醬汁醃製，再與野菜相結合，那滋味美得簡直無法言說！

哪怕是野菜餡的素包子，吃起來的滋味都比鎮上品軒樓的美上許多。也不知內餡怎麼調配的，怎可以如此噴香誘人？

再說說野菜餅子，實在難以想像，同樣一道尋常的吃食，怎麼小姑娘給的就能如此美味呢？真真是叫人回味無窮，只覺意猶未盡。

田大夫敢發誓，他活了這一大把年紀，見過的世面也是不少。可今日這一餐絕對算得上他此生之最。

飯食於田大夫而言，不過就是止飢之用，他從不挑嘴。如今叫他吃上這與眾不同的一餐，只怕日後飯食吃起來，會食之無味。

嗯？

不對呀，小丫頭不是小乞兒嗎？怎會有如此美食？且還能毫不吝嗇全部贈與他？

田大夫忍不住將十歌上下打量一遍，他想起小女娃兒諸多古怪的地方。只覺她心思敏銳清晰，有條不紊，完全不像一個僅有幾歲大的小娃兒。

思考片刻，忍不住問道：「妳這吃食哪兒來的？」

# 第二十一章

「我做的呀，都是我母親教的！」

十歌昂著小腦袋，一副了不得的模樣。說到了母親，更是有一種與有榮焉的自豪感。其實她心虛得很，看得出來田大夫已經察覺出古怪。是她操之過急了，她應該時刻謹記自己才八歲大。

田大夫想到十歌方才已經說過，她母親生前廚藝了得。想來當是十分厲害的，否則怎會連傳承者的手藝都這麼了得？可他還是想不通。「既有這樣的廚藝，怎麼還上山來覓食？」

「母親走後，我和哥哥便無所依靠，那會兒年歲小，還做過乞丐呢。後來回到大坑村，接受官府的救濟才能勉強苟活。噢！好晚了，我該回家了呢，哥哥找不到我會擔心的。田爺爺，咱們可說好了，下次趕集日我們帶藥材去找您。」

十歌心知自己露了破綻，未免節外生枝，她覺得還是早些離開的好。關於藥材的事，她還是忍不住多提了一句，就怕這位大夫給忙忘了。

說罷，十歌著急慌忙的提步就要離開，誰想走沒幾步就被老大夫提溜起來。

「著急啥，等我摘點紫菀，一會兒送妳回去。」

小丫頭這麼小一隻，田大夫可不放心叫她自個兒回去。附近雜草都比她高！如今正是群蛇出洞的時節，好生危險。

田大夫加快速度，很快摘完了附近的紫菀。在十歌的帶領下，二人很快回到住所。十歌對山路的熟悉程度，再次讓田大夫倍感詫異。更詫異的是，小姑娘竟是住在巫陰山山腳下。

巫陰山有多危險，他比誰都清楚。

看來，小丫頭的日子並不怎麼好過，否則怎會被安排在這種地方？

院子倒是規整有序，顯然是花了工夫的。

田大夫在院子裡轉了幾圈，邊看邊點頭。頰邊白髮已經不知被他順了幾回。

自打靠近院子他就嗅到一股香氣，到了這院子更是濃烈，叫他忍不住探著頭東嗅嗅西聞聞。

最後，他將目光盯在角落的兩個大缸裡。

香，實在是香！

老頭找到香味來源後，貓著腰跑過去，拍了拍大缸，問：「啥玩意兒？」

「我醃的鹹菜呀。」十歌眼珠子轉了轉，又補了一句。「我們每日都要上山摘野菜回來醃製，到了趕集日再下山去賣。」

田大夫恍然大悟。

原來如此，怪不得小娃兒對大山如此熟悉。

記得家中老婆子也買過鹹菜，怎的就沒這個香？

十歌見老大夫一臉垂涎，想著日後要賣他藥材的，倒不如送他一點，先把交情建立起來。

「田爺爺喜歡嗎？您帶一點回去吧！」

說著，她已經去儲藏間拿了個罈子出來，噠噠噠爬上哥哥為她搭建的小階梯，趴在缸口讓老大夫將罈蓋子取下來。

果然還是大人行事方便，一把便將蓋子打開。這口缸實在大，往日掀蓋子這事得他們兄妹二人合力才能做的。

蓋子被打開後，那香氣更是濃郁，饞得老大夫口水直流，好想現在！立刻！馬上！來一碗噴香米飯。

十歌拿大筷子挾起鹹菜往罈子裡頭裝，待裝得差不多滿了，便要蓋上。誰知老頭子這會兒將它搶過去了。「多裝點，這玩意兒老婆子也喜歡。」

二人在缸前忙碌時，突然一道怒吼傳來。

「你是何人！」

聲音稚氣未脫，來人便是尹暮年了。

這個時間他本該在山上摘野菜的，可當他去長著榆錢樹的地方找妹妹時，卻不見妹妹身影。

瞬間，恐慌和無助占據了他所有思緒，像無頭蒼蠅似的找了一圈又一圈。

直到他逼自己強自鎮定後，分析了一番——

妹妹心思細膩，從不會做叫他擔心的事。榆錢樹那邊又是平地，也沒有掙扎過的痕跡，看樣子並沒有發生想像中的危險。

那麼，妹妹會不會是先行回家了？可她絕不會不同自己打聲招呼就自行回去。

既然到處找不到，不如回家看看。

回家後，妹妹是找到了，可家中怎會出現一個生人?!

尹暮年的吼聲讓缸子旁的二人紛紛轉頭看去。十歌這時候才想起來自己忘記同哥哥說一聲了，怕是沒少叫他擔心。

十歌趕緊從階梯上蹦下來，跑過去牽住哥哥的手，甜膩膩的喊：「哥哥！」而後，指著老大夫介紹。「他是鎮上同莂堂的大夫，上山採藥來的，咱們當喊他田爺爺。」

尹暮年並未因為妹妹的解釋而放鬆警惕，他直勾勾盯著老人家看，滿滿的戒備。

田大夫覺得驚奇。他想像中的「哥哥」不說成年，但好歹也該是個十四、五歲的小伙子，怎的竟是這樣一個十歲左右的小孩？還是個瘦成皮包骨的小男孩，其穿著與街上乞丐並無差別。

老大夫看了眼手上的醃鹹菜，有些心虛，他莫不是被視為偷兒？田顯抿了抿唇，道：

「那……既然妳哥哥都回來了，我就先回去了。」

嘖，拿人手短，吃人嘴軟。偏生他又不忍心放棄這到手的美味。

田顯糾結的看了看懷裡的一罈子鹹菜，最終還是選擇抱著它急沖沖離去，只聽小女娃兒的聲音在背後。「田爺爺，記得答應過我的事啊！趕集日去找你啊啊啊！」

十歌扯著嗓門喊了一嘴，奇怪老爺子跑這麼快做甚？跟見鬼了似的。

尹暮年目送老人家離開後，方才看向自家妹子。「歌兒，下次若要提前回來，記得先跟哥哥說一聲。」

「嗯，今次是歌兒不對，讓哥哥操心了。哥哥，打明兒起咱們除了摘野果子和野菜，還要再加一樣採藥。田爺爺答應我會從咱們這兒拿藥，這多少也是進項呢！」

十歌對於自己的錯誤大方認錯，同時興沖沖同哥哥講起新生意。

妹妹所講雖是好消息，可尹暮年卻覺得此事不容樂觀。「好是好，可咱們哪裡認得藥材。」

「我認得呀！不認得的也沒事，我有書。哥哥你看，這是田爺爺給我的。」

十歌取出田大夫在送她回來的路上給了她的那本老舊書籍。

「我見過許多畫冊裡的藥材，明日開始咱們邊摘野菜邊採藥！」

一想到能多些進項，十歌心裡頭美滋滋的。

「好，歌兒說了算。」

既然有畫冊，尹暮年也就放心了。如今妹妹的話他是不會再有所懷疑的，能多些進項自然是最好不過。

因著鹹菜和酒都不急著醃製和釀製，自這日起，十歌便每日同哥哥一塊兒外出。忙忙碌碌一陣子，不知不覺間過了半個月。又到了趕集日的前一日，兄妹倆也就停了外出的行程，專心在家整頓欲出售的貨物。

他們能夠拿出去賣的僅有海叔幫他們看著的野味，巫陰山上抓的卻是見不得人的，其中還有意料之外的收穫。

例如他們抓回來的野雞一個月裡下了八十來顆野雞蛋。有一隻野兔還下了一窩崽兒，另外還有兩隻野兔大著肚子呢！

遺憾的是，這一個月裡並未叫他們獵到珍稀野味。

這倒也無妨，哪能次次都有如此好的運道。兩人姿態放得低，也就沒有過多的奢望。

今次他們決定野雞和野兔各帶十五隻，鹹菜有魚腥草、蕨菜、刺嫩芽和小根蒜，還有薺菜頭。數量也從原本一種鹹菜二十斤，變為五十斤。

一樣五十斤也是不少了，然而在他們錦袋中存放著的鹹菜，可比拿出去賣的多了許多。

既然有錦袋在手，十歌鹹菜做得並沒有太鹹，平均五十斤鹹菜用掉八到九斤的鹽。

哪怕已經儘量省著用，一個月下來，打閆老爺那兒買回來的鹽也已經快要用完。

今次下山還需去一趟閆府。閆老爺待他們兄妹好，伴手禮自然是不能少。十歌決定做好一隻野兔送過去，再送些鹹菜，順便將醃製好的果乾拿一些去給閆夫人食用。

閆老爺在冉呂鎮可是一等一的大人物，連帶著閆夫人在眾多夫人小姐中，定也是頂有臉面的。

十歌這兩個月來做了不少果乾，一直在思考如何才能更高價賣出。她想過，這果乾只能當作零嘴，一般人家自是不會買的。若能讓閆夫人幫忙在夫人小姐中宣傳，豈不美哉？

還有同祊堂的田大夫，也得為他備上一份禮。今次他們可是有一牛車的草藥要拿去賣與他呢！這些草藥可都是曬乾了的，也不知能賣得幾個錢？

將所有明日需要帶下山的貨物和禮品均準備妥後，已經是傍晚了，看著這堆東西，二人別提多滿足了。

然而，還有一個嚴峻的問題。

草藥一事要如何同海叔他們解釋呢？

這一個月少了尹暮年跟隨，周海兄弟幾人也便再沒有摘到稀罕山貨，周通和周懷別提多失落了。

偏偏這幾日周海的兩個娃子均染了風寒，這一趟他們家便由周通外出賣野味。

十歌想著，橫豎周通也不怎麼待見他們兄妹，大不了到了集市再找個藉口分道揚鑣，他們再尋個隱蔽的地方將草藥取出來。

這一夜，兄妹倆為了明日能起得早些，早早便入睡。趕集日每月僅有一日，他們需要去的地方也多，不容許有半點耽擱。

翌日，天未亮二人便已經準備妥當，精神滿滿的向鎮上出發，待到了鎮上天才剛有些魚肚白。

他們第一個要去的，便是閆府，因此他們一入了鎮上便自個兒租了輛牛車，並與周通道別。

牛車上僅放了禮品和鹹菜，再有幾盒果乾和野雞野兔各十五隻。就這麼幾樣東西，也差不多塞滿了一牛車。

周通聞著兄妹倆的醃鹹菜直流口水，如果沒聞錯，似乎還有肉香。這兩個娃娃當真是白眼狼，好東西淨往外頭送。

他們家的野味，他大哥可是出了不少力的，怎麼不說送些禮給他們一家？

嘖！

周通憤憤不平的離去。

二人來到閆府門口時，也就卯時三刻，閆府的大門還未打開。

啪，啪，啪！

尹暮年因著年歲小，搆不著門環，只得用手去拍打玄色楠木大門。

「誰啊？這一大早的。」

一名家丁不情不願的開門，手裡還拿著一把掃帚。然而當他微微抬頭後，見著站在門口的小少年，他臉上的不悅突然褪去，換上了一副難以言喻的喜悅之情。

緊隨其後便是丟掉手中的掃帚，興沖沖的向院子裡跑去，一邊扯著嗓子高喊。「來了，來了，他們來了！」

如此反應，當真有些古怪。

# 第二十二章

門外的兄妹倆面面相覷，有些摸不著頭腦。

怎麼這就跑了？

那，他們是進還是不進？

這個問題並未困擾他們太久，家丁只離開不久，再出現時，身邊已經多了一個秦伯。

秦伯的腳步有些急切，嚴肅的模樣在見著了門口這一對小兄妹後，終於鬆懈下來。他大大鬆了口氣，換上笑臉，親自出門迎接。

「可把你們兄妹盼來了！我還想說今日你們若沒來，我便要去集市上尋你們了。來來，快請進。老爺和夫人得知你們來了，可都在前廳候著呢！」

秦伯將兄妹倆迎進去，同時命人幫他們把牛車牽入府中。牛車上的物品被他瞧了個遍，尤其在見著了那些野味後，已經繃緊好些天的臉終於鬆動了些。

牛車上時不時飄來一股食物香氣，惹得秦伯頻頻向牛車看去。那是一股烤肉的肉香，不知用的什麼醬料，那香氣比尋常聞到的烤肉香還要香上許多。

秦伯暗暗深吸了幾口氣，好似少吸一口就要吃大虧似的。

不怪老夫人會對小兄妹的手藝念念不忘啊！

兄妹見了秦伯的模樣，很是疑惑，秦伯似乎分外激動。

他們二人何德何能，讓秦伯這樣的大管家殷切對待，這是為何？

「你們可算來了！」

二人剛入了前廳院子，閆擴便迫不及待迎上來，一手牽著一個往前廳進。許素因著身子不便，僅站在前廳正門口，眼巴巴的瞧著兩個小娃兒越來越近。

「好孩子，快過來我瞧瞧。」

見著十歌那雙會說話似的眼睛，許素心中喜歡得緊，遠遠便開始招手。當小娃兒來到她身前，便忍不住蹲下身與她相視，憐愛的撫摸著小娃娃的臉頰。

「不錯，可算長了點兒肉，可還是太瘦了。」

許素拿起絹帕，為十歌抹了抹額前和鼻尖上的汗珠。

「夫人，可是發生了什麼？您在發愁嗎？」

十歌心細發現，閆夫人眉頭一直皺著，滿是愁緒，忍不住伸手撫平她的眉頭。

女娃兒的話叫許素一愣，想起什麼似的，眉頭皺得更深了，叫一旁的閆老爺看得心疼，頻頻嘆氣。

其實倒也不是什麼大事，就是他那娘親，在嚐過小兄妹的手藝後，變得更加難侍候了。

而他的娘子便是第一個受氣的，偏她如今又雙身子，動不得怒。他就怕再這麼下去，娘子恐要憋出病來。

可這些事又如何能同兩個小娃娃講呢？

見閆老爺一臉有苦難言，尹暮年默默走去牛車的地方，將要送給閆老爺的物品取過來。

「閆老爺，這是我們一早做的烤兔子，還熱乎著，您和夫人快嚐嚐看。還有這些鹹菜，用的便是同老爺買回去的食鹽。鹹菜並非稀罕物，但開胃用甚是不錯，老爺和夫人莫要嫌棄才是。」

尹暮年邊說邊將打包好的禮品一樣樣遞給閆老爺。他本是個話少的，卻也不忍見閆老爺為難，雖不懂開解，但他可以轉移話題。

早在少年提著兩手禮品進來，閆擴便聞到一股奇特的肉香，注意力馬上被吸引了去，就連閆夫人也分了心神。

雖剛用過早膳，但聞著誘人香氣，閆老爺夫婦忽然又有了食慾。他們迫不及待拆開包裹了好幾層的芭蕉葉，一隻烤得香噴噴的大肥兔子現於眼前，沒了芭蕉葉的束縛，香氣更加濃烈了，饞得人口水直流，一旁的秦伯眼睛都看直了。

「來人，取把刀過來。」

閆擴一聲令下，下人立刻著手去取來一把鋒利尖細的刀子。閆擴親自將野兔切成兩半，指著較大的那邊吩咐道：「快送去給老夫人嚐嚐。」

說罷，切下來一個兔腿遞給身旁的夫人。「娘子當多吃一些。」

許素並未接過兔腿，而是拿起刀子也為夫君切了一塊。「相公也吃。」

看著閆老爺和閆夫人相親相愛的畫面，兄妹倆對視一眼，覺得他們就如一幅畫，美極了。

烤兔實在太香，當二人咬下第一口便再也停不下來，沒多久就將半隻野兔吃得乾乾淨淨，僅剩下一堆骨頭。

許素從不會這樣不顧及形象，甚至還直接用手去抓吃食，吃完了以後方才覺得不好意思。

「果然還是你們兄妹的手藝了得，今日可是叫我飽了口福！」

閆擴淨手的同時不忘誇讚小兄妹的手藝，眼睛炯然有神，透著興奮之光。

「你們有所不知，我那老母親自打上個月嚐過你們的手藝後，便再吃不下其他人做出的膳食。」

閆擴擦了擦手，繼續道：「好在還有你們贈送的鹹菜，母親她就好這口。

「可鹹菜很快便被母親吃完了，沒了鹹菜，母親便食不下嚥，足足有兩日不曾進食，可把我愁壞了……」說著說著，閆擴自然回想起當時情形，眉頭便擰了起來。

尹暮年哪裡想得到閆府老夫人是個這麼挑嘴的，只覺自己一方犯了錯。他低下頭，聲音悶悶的，帶著歉意道：「是我們的錯，連累了老夫人……」

「小兄弟可千萬別這麼說！家母的性子便是如此，若是換了其他事情也會如此。」

見小少年將錯歸咎到自己身上，閆擴趕緊解釋。

然而，事情若是只如他口中所言便好了，他也無須過多擔心。事實卻是母親不僅挑剔，還疑心重，尤其不待見他的娘子。

娘子嫁給他多年，行事作風如何，他最是清楚不過。偏他的母親是個愛找碴的，整日裡疑神疑鬼，偏說娘子仗著有了身孕便霸著美食，苛待她這個婆婆。

要說娘子嫁給他多年，他們孩兒早該滿處跑，可就因為母親對娘子的諸多為難，娘子終年抑鬱寡歡，以至於懷不上孩子。

正因此，母親更是對她不待見。自己夾在二人中間，著實為難了好幾年。

如今娘子好不容易懷上身孕，他萬是不能讓這得來不易的孩子出了什麼差池。

自打娘子懷了身孕後，他出門便少了，就怕自己一不在，娘親便會來找碴。

實在是難啊！

想到此，閆擴無奈的搖搖頭，重重嘆了口氣，又道：「後來聽聞品軒樓出了鹹菜，好吃得叫人垂涎三尺。我便命人去將剩餘鹹菜全部買回，這才解了燃眉之急。

「娘子本不愛鹹菜，奈何近些時日胃口不佳，自那日吃了你們送的鹹菜後，她便好上這口。」

說到這兒，閆擴又鬆了口氣，伸出大掌包裹住娘子的嫩白細手。

「後來，你們猜怎麼著？」

閆擴突然反問兄妹倆，二人哪裡猜得到，只得老實搖頭。

「那品軒樓裡賣的鹹菜和你們那日送的，味道可是一模一樣！我就問問，品軒樓的鹹菜可是你們在供應？」

鹹菜並非尹暮年經手，他看向妹妹，只見十歌還是搖頭。

「不是，我們當時是賣給一個賣菜的婦人。」

十歌在心中哼笑一聲。果然不出她所料，那婦人就是買去倒賣了。

「妳當時賣價多少錢？」

「十五文一斤。」

「十五文?!妳可知品軒樓賣多少？」

闆擴忍不住拔高音量，他是個商人，哪裡會不知道裡面的彎彎繞繞，心中很是替這對小兄妹不值。尤其這對小兄妹吃了大虧了還一臉懵懂，看得他著急。

闆擴道：「品軒樓可是賣到了六十文一斤！你們若是還要再賣鹹菜，記得那價錢萬不能低於三十文一斤。」

這個價錢讓尹暮年一陣詫異。他算過，五十斤鹹菜約莫需要三百七十五文錢的鹽量，哪怕賣十五文一斤，他們還是能賺不少的。

可闆老爺卻開口就是三十文，這……怕是賣不出去吧？

還有那品軒樓，怎的可以把價錢提得那麼高？這誰還吃得起？

相對於哥哥的震驚，十歌就顯得平靜許多。哪怕闆老爺不說，她也是要把價錢調上去的。只是並沒想一下便提到三十文，畢竟這裡不是皇城，鹹菜大多數人吃不起。

唯一意外的是，這樣一個小鎮，鹹菜的價錢竟然喊得……比她家在皇城的酒樓裡賣的鹹菜還要高！

「那日我也嚐了一口鹹菜，猜怎麼著？那味道竟與我去皇城的第一樓裡吃的是一個味兒！」

說到這兒，閆擴又是一陣激動。

而更意外的是十歌，在聽到皇城第一樓時，她猛的抬起頭。

閆老爺他……去過皇城？他知道第一樓?!

「老……老爺，您、您您經常去皇城嗎？」

十歌努力緩了緩心神，可說出口的話還是帶著顫音，讓尹暮年投來不解的目光。

可她怎還能分神去顧及哥哥的感受，她現在只想知道閆老爺什麼時候會再去皇城，她想知道父親還好嗎？

天知道她有多想念父親！如今每日辛勞，為的不過是能早些去到皇城，與父親齊聚一堂。

閆擴並不覺奇怪，微搖了搖頭。「倒不是經常，一年至少得去一、二回。」

「第一樓……第一樓的鹹菜比我們做的還好吃嗎？」

十歌有很多問題想問，可她不能，只得拐著彎去打探。

「要我說，不分伯仲。簡直是一個味兒！可惜啊，第一樓關門歇業了。可惜，真是可惜！」

聽到這兒，十歌的臉唰一下變白，她的聲音顫得更厲害了。

「是……生意不好嗎？為什麼……為什麼歇業了呢？」

淚珠在眼眶裡打轉，十歌心中只感到無力和絕望。

「怎會！第一樓之名可是先皇御賜，裡頭的吃食絕不是浪得虛名。我是聽說第一樓東家唯一的女兒遭人毒害，香消玉殞。東家絕望，便收了第一樓，如今無人知曉他的去向。」

聽了閆老爺的話，十歌傷心的同時也鬆了口氣。既然第一樓是父親收起來的，那便說明父親還活著。

沒消息就是好消息！

只要父親還活著，她便不會放棄前往皇城，她一定會將父親找回來的！

閆擴沒有發現小姑娘的情緒變化，像是想到什麼似的，又笑了起來，道：「我原以為再也吃不到像第一樓裡那樣的美食，沒想到在冉呂鎮這小地方，竟叫我遇上了你們兄妹二人，實在是我閆某之幸啊！」

正這麼說著，突然一道拔尖的叫罵聲傳來。

「許素妳這個妖婦，毒婦！死哪兒去了？還不快給我死出來！反了天了，竟然敢苛待婆婆，讓妳不得好死！」

尖細的聲音帶著滿腔怒火，出口的聲音都有些破嗓了，聽得十歌起了一身雞皮疙瘩。

心道，這該不會就是閆府的老夫人吧？

# 第二十三章

十歌猜得不錯，來人正是閆老夫人。

她風風火火趕來，罵罵咧咧的話語不曾停歇。在進了前廳大門後，更是一手扠腰，一手指著兒媳婦的鼻子罵。「妳個賤婦！懷個身子就矜貴了是嘛？妳算個什麼東西！敢苛待婆婆，老天爺也不會答應！怎麼不讓天打五雷轟！」

說罷，老夫人甚至衝上前去，欲掐許素。十歌眼疾手快，閃了個身子護在閆夫人身前。可她畢竟才八歲大，小身板哪裡護得住。

好在閆老爺大步向前一跨，攔住自己的母親，輕聲細語哄著。「母親，母親！母親消消氣，消消氣，可別氣壞了身子，兒要心疼的。」

老夫人見兒子出來擋路，更是慪了一口老氣，伸手就擰了一把兒子的耳朵。「我呸！自打這娘兒們入了咱家門，你眼裡還有我這個母親嗎？你看看你是怎麼縱容她苛待我的！」

「冤枉啊母親！我與娘子哪捨得苛待母親啊，只盼著母親能長命百歲，常伴左右呢！」

閆擴捂著發疼的耳朵，在心中嘆息。有時候真覺得母親無理取鬧，可他又能如何呢？

「哼！捨不得？捨不得會把美食藏著掖著，自己吃獨食嗎？我看你們是盼不得我早死！我倒要看看你們還藏著什麼！來人，給我搜！」

一聲令下，卻是沒有人敢輕舉妄動，惹得老夫人更加怒火中燒。

下人們偷偷看了眼老爺，愣是沒敢動彈。老夫人雖可怕，可家中作得了主的畢竟是老爺和夫人。叫他們搜老爺和夫人？

可饒了他們吧！借一百個膽子也不敢啊！

只盼老爺能快些把老夫人哄下來，否則待會兒他們怕是也要遭殃啊！

「母親聽我說，絕對不是母親想的那樣！咱們也是一早才得到的烤野兔，自己都捨不得吃，馬上就將大半隻分去給您。是，咱們不該留下半隻。可兒子這不是想著您的金孫嗎？也是兒子嘴饞，另外的小半隻基本都進了兒的肚子。母親可萬不能怪兒搶您金孫的吃食，兒這不是從未吃過這麼美味的烤野兔嘛！一時貪嘴，求母親見諒！」

其實閆擴吃得並不多，他見娘子難得喜歡，便捨不得多吃。如今卻是把所有責任往自己身上攬，唯有如此，母親方能消些氣。

許素縱然知道相公為何說這些話，可親耳聽著，心中還是難免難受。婆婆待她，真的是越來越不待見了……

先前許素在十歌護住自己的時候先是一愣，反應過來後趕緊撈著小女娃兒躲向一旁。

許素雖深知婆婆的性子，可還是被她的言語氣得發抖。十歌感受到了閆夫人的怒氣，她搭在自己肩膀上的手正不住的顫抖。

今日這老夫人著實叫她大開了眼界。竟可以為了一口吃食便這樣謾罵？

見兒子說得慚愧，並不似作假，閆老夫人的氣才稍緩了一些。但她還是沒有全信，兒子對那毒婦的心她會不知道？騙誰呢！

「你就會護著那臭婆娘！」

不行，又來氣了！

眼看著母親好不容易降下的火氣又要上來，閆擴趕緊解釋。「母親，兒不是同您講過嗎？上次的野味是母親福氣大，這才讓兒託福尋來手藝了得的廚子。」

「哼！」

閆老夫人打鼻孔裡哼出一口氣。

閆擴繼續說道：「不巧的是那廚子有自己的打算，這才未能留下來侍候。」

「怎麼，你是捨不得多出些銀錢嗎？是咱們閆府太窮，還是你見不得老娘過得好，非要給我添堵是嗎？是不是那娘兒們指使的？我就知道，我就知道！」

「哎喲，母親！您想到哪兒去了？人家小神廚確實是個有想法的，咱們可不好硬逼人家不是？」

「逼？有錢能使鬼推磨！你分明就沒有這份心！你個不孝子，不孝子！蒼天啊，我怎麼就生了這樣一個逆子！」

說著說著，老夫人開始哭嚎起來，怨天怨地。

尹暮年實在看不下去了，他還從未見過這樣蠻不講理之人！

說起來今日這事也與他們兄妹有關，若非他們送來烤野兔，哪裡會有這些事端？男兒應當有所擔當，他不能見閆老爺受難卻未出面相助。

思及此，尹暮年便站出來。怕老夫人只顧著鬧騰而聽不見自己的聲音，他特地拔高了音量。「老夫人真的是誤會閆老爺了，那野兔是我們兄妹一早送來的。閆老爺著實是個孝子，我們都親眼見到了閆老爺先孝敬您。」

尹暮年的話是叫老夫人停止了數落，可她只掃了那不自量力的小乞兒一眼，就再沒忍住，開始將目標轉向臭乞丐。「哪來的乞丐？我們家的事輪不到你來摻和！還不快給我滾出去！臭要飯的！」

尹暮年沈默以對。

十歌沈默不了。她打小就是個護犢心切的，她的人，不能被欺負！

這倚老賣老的貪嘴老太婆！

十歌有心想要雄赳赳氣昂昂站出來與之對峙，奈何她人在閆夫人懷中。閆夫人怎會讓十歌出來做吃力不討好的事情？

十歌昂頭看去，只見閆夫人垂眸看著她，輕輕搖了搖頭，示意她不要輕舉妄動。末了，還向她投來抱歉一笑。

閆夫人愧疚難當的模樣，讓十歌鎮定下來。

是了，她若逞一時之快，怕是要連累閆夫人的。面前這老太婆看起來軟硬不吃，哪怕是閆老爺在她眼裡都不那麼吃得開。

「母親可千萬莫要唐突了小神廚。」

聽母親稱呼小少年為「臭要飯的」，閆擴趕緊上前護在尹暮年身前，心中覺得虧欠了小兄弟。

是自己連累了這對兄妹啊！

為避免母親說出更難聽的，閆擴退開來一步，半舉著手為母親介紹尹暮年身分。

「母親，這位便是上月為咱們府中做了吃食的小神廚，包括今次吃的那許多鹹菜，都是這位小神廚與其妹妹製作而成。」

「嗤——一個小毛孩懂屁廚藝？當你娘好騙是嗎？你這個逆子，越來越不像話了！」

閆擴只覺有口難言，似乎自己說什麼都是不對的。

正在閆擴不知如何解釋才能讓母親相信的時候，管家秦伯出了個主意。「如若不然，可以請小兄妹當場做一道菜來給老夫人品鑑。小公子，可否煩勞你們受累做一道菜？」

尹暮年沒有立刻回答，只沈默思考。

今日他與妹妹的行程本就緊湊，若是再留下做菜，豈不是要耽擱了？錯過了這個趕集日，便只能等下月了。可他們若是不幫忙，只怕老夫人還會繼續鬧騰。

十歌卻是不這樣認為。她算是知道了，想要堵住老夫人的嘴，唯有美食了。且閆老爺是個孝順的，老夫人侍候好了，他們的賞銀自然不會少。與其在這兒讓哥哥叫人看低了去，倒不如離開去躲個清靜。

然而，十歌還未來得及去勸說，老夫人拔尖的聲音先一步響起。「那還不快去，杵這兒等死嗎？」

刻薄的話語再一次叫尹暮年皺起眉頭，且不等他做出反應，老人家又嘴尖舌薄的甩來一句。「只會遊手好閒，好吃懶做，沒教養的野猴子！」

這一次，不只尹暮年，好不容易勸著自己穩下情緒的十歌也悄悄握緊了拳頭。

這老太婆哪裡像大富人家的老夫人，分明就是村中潑婦！

「母親！」

閆擴語氣加重了些，這次母親真的過分了。兩個小娃娃憑藉自身能力，努力在這世道中過活，有多不易他是知道的。

一旁的秦伯眼看著形勢要不好了，突然想到兄妹倆的一牛車物品，裡頭的野雞和野兔可不少！

若全做好了，可以放冰窖裡頭，老夫人可以吃上好一段時間呢！

對，就同上次一樣！

秦伯覺得這個想法十分可行，立刻上前去請示。「老爺，小公子難得下山一趟，倒不如咱們把他們獵到的野味都買來，再煩勞小公子將它們都烹飪好，如何？」

秦伯的話叫閆擴眼前一亮，他怎沒想到?!若能如此，可就幫了他大忙了！他立刻拍手叫好。「好！如此甚好！不知小兄弟意下如何？你們放心，若是做得好了，我定有重謝！喔，對了，你們今次可有售賣醃鹹菜？有的話一樣給我留二十斤，我按品軒樓的價格來買。」

「有是有，可……品軒樓的價錢太高，我們怎可收?!不妥不妥！」

尹暮年連連搖頭。閆老爺這麼照顧自家生意，怎可這樣占人家便宜。

這種事他是萬萬做不來的！

然而，尹暮年的實誠在老夫人眼裡，又是另一回事，她不屑的冷哼。「嗤，小家子氣，沒見過世面。這是看不起誰呢！」

尹暮年又是一陣無話可說。

「哥哥，咱們先去處理野味吧？可不要耽擱了老夫人用膳。」

十歌走過來用小手拽了拽哥哥的手，眨巴著大眼睛，全然無害的模樣，心中卻是把老夫人罵了百八十遍。

哥哥要是自此一蹶不振，看不弄死她！

死老太婆！

不得不說，這老太婆還是好福氣。若沒有閆老爺，以她這性子，早死上幾百回了。

不能和她一般見識，早些將銀錢賺回兜兜裡要緊！

閆擴招了招手。「秦伯，你親自送小神廚過去，若缺了什麼便立刻置辦，一切以老夫人喜好為主！」

秦伯接收到老爺使過來的眼色，立刻意會，他拱手作揖，道：「是。」轉過身，比了個請的手勢，急急將二人帶離。

路上，秦伯細細告知了老夫人的飲食習慣及喜好。老爺嘴上這麼說，除了叫他來提點二位，還有便是要他囑咐夫人的忌口，畢竟夫人此時懷著身子，正是關鍵時期。

兄妹倆一一記下，不知不覺便來到灶房。與上次不同的是，今次剛踏入院子，便見大師傅和幾個手下正圍坐在院子裡的石凳上，一籌莫展的模樣。

聽到動靜後，他們以為又來傳膳，一個個苦著一張臉。

可當他們見到那對小兄妹後，竟馬上變了臉色，欣喜若狂，活像見著了救世主！

太好了，是他們！

他們來了！

# 第二十四章

這對兄妹的出現，無疑是來解救他們出水深火熱的！雖然，幾人知道老夫人是因著嚐過小少年的廚藝，才會對灶房人員有更嚴苛的要求。

這回，兄妹倆發現大家變得友善了，就連那大師傅，也僅僅只是冷哼一聲，而後轉過頭去，但臉上並未見不快。

回想老夫人的性子，以及閆老爺說過的話，不難想像這些人都經歷過什麼。

兄妹倆對視了一眼，心中一片清明。十歌拿眼向牛車上的野味看去，尹暮年立刻意會，他向著幾人拱手作揖道了好。

「可否幫我們把這些清理一下？」

「當然沒問題！」

「好說，好說！」

人群快速散開，各個爭搶著要幫忙，最後僅剩下大師傅。

尹暮年知道，這個大師傅心高氣傲，斷不會幫襯自己。好在，也不差他一個。

哪知，大師傅在尹暮年牽著妹妹，邁開步子向灶房走去時，語氣生硬的問了一句。「俺能幹啥？」

尹暮年頗感意外，他停住腳步，看了眼妹妹，看大師傅一臉彆扭，謙和問道：「可否幫我們備菜？」

大師傅立刻站起身，開始摩拳擦掌，挽起袖子，一副要大幹一場的模樣。「成！俺還會雕花。」

尹暮年道：「那真是再好不過了。」

不得不說，大師傅還真有兩把刷子。那刀法真是十分精湛，手起刀落間行雲流水，一氣呵成。正好彌補了十歌年歲小手腳不便的缺點，倒是夠格當她的助廚的。

備菜期間，尹暮年想過，老夫人嘴刁，他和妹妹一旦離開，這整個闔府，包括老爺和夫人就又要受累。

與其如此，倒不如將做法告知，能不能有所成就看大師傅自己的造化了。

妹妹每次做菜都會將方法和步驟說出來，久而久之他也就記下了。自己也試著做過，倒是不難吃，就是怎麼也不如妹妹的手藝好。

且他們之所以故作神秘，是擔心這些人下黑手，手藝會不會被外人學去倒是無所謂。

尹暮年當真道出了菜譜。大師傅意外，馬上聚精會神記下，能記多少，便是多少！其中有許多做法是自己從未嘗試過的，這讓他受益匪淺。而學得越多，驚訝越多，心中的感激更多。慚愧自己竟然不知好歹，怠慢過他們。

他真想找個地洞鑽進去！

今次，在一幫人的幫襯下，所有野味很快被清理妥當，再加上大師傅的幫忙，兄妹倆倍感輕鬆。

當一切準備就緒，大師傅竟主動拱手作揖行了一禮。「既然要開始烹煮了，我們就先行退出。」

大家自覺的退出，大師傅也解下圍兜，擦了擦手便出去了，順便還為兄妹倆帶上門。

「嘿嘿……」

十歌對著哥哥「嘿嘿」一笑。誰不喜歡輕鬆一些呢？她找到當年的大廚風範了。

不用萬事皆由自己準備，原來是如此令人愉快的事啊！以往的自己從未因此心存感激，只覺一切理所當然，如今她的心境是完全變了啊！

十五隻野雞和十五隻野兔，竟然讓十歌做出三、四十道不同的菜來。樣樣精緻，色香味俱全，簡直無可挑剔！

早在他們做出第一道菜的時候，那香氣就已飄散出來，讓外頭的人一個個卯足了勁大口吸氣。

只覺得，光是聞著味兒就醉了！

天啊，不知是什麼神仙滋味？他們要是能嚐一口就好了！

老夫人因幾日不曾好好用食，心中又想著美食，早就按捺不住了。又見已接近午時，忍不住紆尊降貴一回，叫兒子攙著她向灶房行去。

閆夫人如今雙身子，雖胃口不好，卻也容易餓，一日都需加上幾餐。這麼許久，唯有小娃兒的手藝叫她念念不忘。因此，她默默跟在相公身後，但她不忘與婆婆保持足夠遠的距離。

空氣中瀰漫著食物的香氣，越靠近灶房，香氣就更濃郁，幾人腳下的步伐也更快更急了一些。

「都杵這兒幹麼，不想幹了就都給我滾！」

來到灶房院子，老夫人見一幫子人都擠在院子裡，一口氣便憋得慌。這群人，沒點本事還好吃懶做，養他們不如養幾頭豬！

閆擴陶醉的深吸了口氣，在心中嘆了一句「妙啊！」回過頭才笑著向母親解釋。「母親，您吃到的，可都是秘傳的手藝，小神廚的手藝不輕易示人的，您先坐下歇歇。」

「哪裡來那麼多見不得人的規矩，誰借他的膽！」

老夫人不屑，她偏要進去瞅瞅。

就不信還有她看不得的東西！

老夫人硬脾氣一來，也不需要兒子的攙扶了，提起裙襬，邁開步子便快速朝灶房走去，誰也別想阻攔！

閆擴急忙上前去拽住母親。老夫人的力道卻是不小，一把甩開兒子，牛似的往前衝。

雖然有了大夥兒的幫忙，可要做好三十隻野味也需要耗上不少時間。兄妹二人在灶房裡有條不紊的忙碌著。

忽然間，門口處傳來敲打門板的聲音。對方卯足了勁拍打，不將門板拆了不罷休的架勢。

拍打了幾下沒反應，老夫人扯開喉嚨開始吼。「給我開門！少在我面前裝腔作勢，老娘不吃這一套！還不快給我滾出來！」

兄妹倆相視一眼，慶幸方才把門給閂住。原本見大家自覺的離開，心想著應當不會再發生同上次一樣的事。可為了謹慎起見，他們還是把門閂住。如今看來，這麼做真是對極了！

這老太婆，真是任何時候都不安生！

好在，他們將將完成所有菜品的烹飪。

「咿呀——」

門毫無預警打開，兄妹倆一人開一邊，以至於中間位置漏了空。老夫人因門突然打開而失去重心，猛的向灶房內急急跨了幾大步。

待她站穩了，立刻河東獅吼。「沒教養的野猴子！敢暗害老娘?!說，是不是那賤婦指使的！天殺的！」

老夫人聲音尖銳刺耳，她一手扠腰，幾步向前欲掐死那個看起來沒有二三兩肉的小丫頭。

十歌自打重生後就在山裡頭混，天天爬上爬下，再加上年歲小，手腳靈活得很，一下便躲開老夫人的手。

老夫人再次撲了個空。

她氣紅了雙眼。「還敢躲？看我不打死妳！來人，給我把這野丫頭抓起來！」

滔天怒吼驚得下人們立刻湧進來，卻只是將老夫人簇擁起來，沒人敢去動這兩個小神廚。

就連老爺都對兩個小娃娃客客氣氣，他們怎麼敢與老爺對著幹？

闔擴隨後進來，見母親除了發脾氣，身體一切安好，便放心了。他來到兄妹面前，關切問道：「可有受傷？」

受到關照，十歌心裡猛的一驚。偷眼向老夫人的方向看去，好傢伙，老夫人因兒子關照他人而瞪圓了一雙老眼，眼看著就要發作了。

十歌靈機一動，隨手端來一盤置於她身旁的鮮椒兔，討好的端到老夫人面前。「是十歌不懂事衝撞了老夫人，累得老夫人受罪。老夫人快快消氣，這盤鮮椒兔可迫不及待想讓老夫人品嚐呢！」現在她身在底端，輕易能叫人拿捏。但她能屈能伸，深知什麼處境便做什麼事。待她翅膀硬了，看誰敢來招惹！

鮮椒兔近在眼前，老夫人一下便被其賣相吸去注意。兔肉丁雖小，看起來卻飽滿鮮嫩，在翠綠與鮮紅色彩椒的搭配下，更叫人看之胃口大開。鼻間鮮香麻辣味直叫人聞之食指大動，恨不能立刻品嚐。

「嘶——」狠狠吸了口口水，老夫人故作清高的抬起頭，不屑的睥睨面前的小不點，邊向外走邊數落。「小小年紀就養了這等心機。誰給妳的膽？竟敢拿老娘的東西來做人情。若是做得不好，看我不把妳的頭擰下來！」

「放心，老夫人一看便是福氣大的，只配世間最美好的事物。咱們哪能叫您吃到不好的食物，這種委屈您萬是受不得的。」

十歌前生雖是一等一的廚子，可越是這樣的身分，越要去侍候那些身分地位頂頂矜貴的老爺夫人，恭維的話她信手拈來。

說著，他們已經來到院子中的石桌旁。十歌的話看來還是受用的，老夫人臉色雖沒有和緩，卻也沒再數落。

不願再多費那許多力氣，老夫人直接坐在院子中的石凳上，等著被侍候午膳。

見此情形，闓擴鬆了口氣。心中驚訝小姑娘竟能說出這樣一番恭維的話來，看來他們先前真真是沒少吃苦，當是早看盡了臉色。

闓擴自然而然坐在老夫人身旁的位子，他不忘將許素輕扶著坐到自己身旁。

老夫人不願意同兒媳婦一起進食，黑了一張臉，她惡瞪許素，刻薄的話語馬上到嘴邊。

誰承想，她剛張了口，一粒兔丁就挾進她的口中。她下意識含住並咀嚼開來，她最愛的麻辣味瞬間在口中瀰漫，鮮香麻辣，實在是爽快！讓人欲罷不能啊！

十歌很清楚自己做出來的膳食有著怎樣的影響力。

瞧吧，老太婆可算閉嘴了！

趁著老夫人分心的當下，十歌同尹暮年快速折回去又取出兩道菜來，都是適合閆夫人食用的。

周圍的一幫下人也是被桌上的美食吸引注意，已經偷偷嚥了好幾口口水。

這回是真的很羨慕老夫人了……

閆擴第一次見母親和娘子和諧用餐，心中更是對這對小兄妹感激不盡。

他們真是自己的福星啊，可算幫他把大難題給解決了！

當賞！當重賞！

# 第二十五章

老夫人吃飽喝足便回了自己的院子。

閆擴沒有食言，他在用過了午膳便將兄妹倆請到二堂。從他笑容滿面的模樣，便能看出他對於兄妹倆的表現是非常滿意的。

沒了老夫人從中作梗，兄妹倆心情放鬆了不少。

「孩子，真是辛苦你們了。因著我們的私事而連累了你們二位，閆某實在過意不去。」

想起母親對兄妹倆的怠慢，閆擴心中有愧。越想越覺得虧欠了二位，他向秦伯使了個眼色，秦伯立馬微微點頭，而後離開二堂。

「老爺家灶房裡的師傅們都出了力的，辛苦的是他們才對。」

尹暮年並未想自個兒攬走功勞，實事求是。

閆擴想起來近段時日母親沒少開罪灶房師傅，也是有些於心不忍，他點了點頭，面上現出苦笑。

「你倒是提醒了我，這些時日也著實是為難他們了。」說罷，他又立刻接口，道：「不過一碼歸一碼，你們最是功不可沒。而且……唉！今日讓你們受委屈了！」

「閆老爺千萬別這麼想，是我們兄妹二人該感謝閆老爺的多方幫襯。」

這話，尹暮年說得誠心。如今他們錦袋中的銀錢，可大部分是自閆老爺這邊賺回去的。若沒有閆老爺，他們如今恐怕還窩在集市裡，野味也不見得能賣得出去。

「好了，無須再多言，我知道你們都是好孩子。」

尹暮年的話讓閆擴更加無地自容。他心中自有一桿秤，知道是這對兄妹對自家的幫助更多一些。

秦伯這時候手持托盤出現。托盤上放了四錠銀子，都是五兩重的。他來到尹暮年身旁，笑道：「這是野味及醃菜的錢，餘下的是老爺的心意。老爺最能體恤他人，今次叫二位受累了。」

「可……這也太多了！野味和鹹菜不值幾個錢，哪裡能收下這麼多，且閆老爺這兒的鹽還給了我們這麼大的便利！不行不行，我們不能收下這麼多！」

閆擴舉手示意小少年不要再說下去。「你可別再推辭了，僅憑你們解了我府上大難題一事，你們就受得起這賞錢。不僅如此，今次我還要送你們一石鹽。」

「……一石?!」

尹暮年有些傻眼了。

一石鹽可得五兩銀子呢！

當十歌看到二十兩銀子的時候，並不驚訝，甚至可以說是意料之中的。

想想，若按照閆老爺方才所說，醃鹹菜一斤六十文，那麼光他買下的鹹菜便要近五兩，野味頂多也就三、四兩銀，餘下的十餘兩才是賞錢。

只是她也不曾想過，閆老爺竟然還送了他們一石鹽?!

他們這一趟的目的本就是找閆老爺買鹽，卻沒想到反而叫他們賺回來這麼多銀錢！

閆老爺可真是太仗義了！

「老爺，您可真是大善人呢！」

十歌搶在哥哥開口前甜膩膩開口。閆老爺顯然已下定決心，他們再推辭就顯得生分了，倒不如大方收下。

「傻丫頭，這啊，都是你們應得的。」

許素憐愛的撫摸十歌的小腦袋，她只要一想到這小丫頭竟然站出來欲保護自己，心裡頭就軟得一塌糊塗。

要是能生一個像她這樣懂事的，哪怕生的是女娃也不打緊！

「夫人，我有好東西要給妳，妳等等啊！」

十歌覺得現在正是拿出果乾的好時機，說罷便向門外的牛車跑過去，風風火火的，嚇得許素在後頭直喊道：「妳慢一些，當心腳下！」

再回來時，十歌手上已經多了幾個精緻的小罐子。小罐子雖蓋著，淡淡果香還是自裡頭飄散出來，酸酸甜甜的味道，很是喜人。尤其許素如今雙身子，三不五時喜歡來粒果乾。

蓋子尚未打開，許素已經猜出裡頭是何物，她的眼睛一下便亮了。

這可比她屋裡那些香了許多啊，聞著更是饞人！

許素迫不及待打開一個罐子，暗紅色的果肉飽滿喜人，她忍不住將罐子捧到鼻前深深吸了一口，誘人的香氣勾得她急急取了一粒放進嘴裡。

酸甜適中，滋味美得叫她瑟縮了一下。

她如今食用的果乾都是相公差人從皇城快馬加鞭購回來的，其滋味還不如小丫頭送她的一半好！

「你們做的？」

這話雖是問句，可許素心裡明白，答案是肯定的。

許素雙目發亮，在心中暗喜。

太好了，如此她便無須大費周折找人幫忙採購。

託人採購有時候遇到氣候不好的地界，還得耽擱些時日。冉呂鎮上的果乾滋味更是差了許多，她實在吃不來。

這下可好了，不用勞心費力就能吃到這麼好吃的果乾！

十歌也不扭捏，重重點了下頭。「嗯！」又小心翼翼的問道：「夫人，好吃嗎？」

「好吃，比皇城的還好吃！」許素回得毫不猶豫，又捏了粒果乾放嘴裡嚼開。

「那……我們要是拿出來賣，可有銷路？」

十歌睜著大眼睛，企盼的盯著閆夫人看，好一副無辜可憐又無助的模樣。

許素並未立即作答，而是垂下眸子，將自己置於女娃的立場來思考，不由擔心道：「銷路自然是有的，那有些家底的夫人小姐都好這口。只是……妳若像醃菜一樣拿去集市裡賣，恐怕賣不出去。」

十歌當然不會拿去集市裡頭賣，那種地方一般賣不上價。她在心中斟酌著，該如何開口請闆夫人幫忙，讓她在夫人小姐圈裡說上幾句。

實在有些難以啟齒，畢竟闆夫人如今身子多有不便，可不要給她造成麻煩才是。罷了，橫豎有錦袋在手，果乾放多久都沒事。如今他們也不缺銀錢，尋找父親的事也急不得，倒不如等闆夫人身子方便了，再請她幫忙不遲。

十歌思考的神情，看在闆擴夫婦眼裡，卻像是正發愁。

闆擴忍不住笑道：「這事不難。夫人近來心情煩悶，如今正是春暖花開的時候，倒不如辦個賞花宴，將那些夫人小姐請上門。」

「咦？這倒不失為一個好主意！還是相公有辦法。」

這法子許素甚是滿意，簡直是一舉多得，不過……

還未開心多久，許素又垮下臉。「母親那邊……」

「夫人放心，母親那邊我來想辦法。」闆擴拍了拍娘子的小手安撫，又看向十歌，軟著聲問：「小丫頭打算出個什麼價？」

怎麼也沒想到闆老爺會出面幫忙，十歌心中很是感激。這麼好的事情她怎麼也不能錯過，趕緊將自己想好的價錢道出。「一罐十五文。」

皇城裡的果乾價格不一，像這樣小小的罐子，均價為一罐果乾二十五文。當然，大鋪子裡頭的要更貴一些。這裡畢竟不比皇城，賣個十五文已算高價。

她算過，他們用的這罐子品質不算太好，一個也要花去五文錢，好在糖塊與鹽不同，便宜得緊。如此一來，賣十五文，他們還能賺八文錢。

這兩個多月以來，山上各種果子都入了他們的錦袋，紛紛被醃製成果乾。兩個多月的時間，已經攢下不少果乾，若能全部賣出，也能賺上一筆。

「不行，十五文太便宜。這麼好的果乾，就該賣二十五文。」

許素為小娃兒們的手藝覺得不值。這裡但凡是個富裕一些的地方，她就敢再往上喊。就她認識的那些個夫人小姐，哪個缺這麼些錢？

二十五文，趕上了皇城的均價。十歌自信自己的果乾甚至不只值這個價，卻擔心沒人買呀！人家夫人小姐們雖不缺錢，可也不是傻的呀！畢竟分量少不是嘛。

「妳那兒有多少存貨？可都帶來了？來人，去把果乾幫我都取來。」

不等十歌回覆，許素自個兒派人去牛車上把果乾全部取過來。

清點完畢，總共一百個小罐子。許素甚至當場命人取來二兩五錢，直接先把錢給了。

「夫人，這錢我們還不能收。」

十歌哪好意思真的把錢給收了。這與其他的不同，畢竟還未賣出去不是？若是未能賣出去，豈不是要叫夫人平白吃了悶虧？

萬一真找不著銷路，一百罐子的果乾，若沒有存放在錦袋中，怕是容易壞。

「妳只管收著。放心，我定能賣出去。你們下月還帶果乾下山，我再幫你們賣。」

許素說得信誓旦旦。若說真有十足的信心？那是真沒有。她只要一想到小丫頭在危難之中還想著護住自己，便想要待她好一些，再好一些。

哪怕未能賣出，不過二兩五錢，於她而言，九牛一毛而已。更何況，相公也不會坐視不理。

「可是……」

閆擴見小丫頭尚在猶豫，只得出面替娘子攬下活兒。娘子什麼想法，他怎會看不出？於是，耐著性子哄道：「丫頭放心，娘子若是未能賣出，還有你閆叔叔不是？不過一百罐子而已，怕是還不夠塞牙縫呢！」

十歌知道閆老爺是個做生意的好手，門路也廣，這點果乾對他來說實在算不得什麼，這才終於將銀錢收下。

又是一筆意外的收穫呢！

眼看著時候不早，他們還有許多事情要去辦，兄妹倆便不再多停留，秦伯親自出門相送。

秦伯也算是兄妹倆的貴人，這一趟二人也是為他備了禮的。

二人的手藝秦伯清楚，能收到他們親手醃製的鹹菜和果乾，是他萬萬沒想到的，心中自是十分歡喜。

兄妹二人離開閆府後，本欲先去同祊堂找田大夫。卻因時間問題，而決定先去集市上把剩餘的鹹菜賣掉。

也不知道這次能否像上回那般順利？

他們家的鹹菜都在品軒樓裡熱賣了，還能賣不出去嗎？只要那婦人還在集市中，自己的鹹菜就絕對有銷路。

這麼想著，二人已經來到集市口。尹暮年向上次賣野味的地方看去，見原先那兩個獵戶都不在此處，心中大石方才放下。再向四處看看，並無上次圍觀的人，這下他才徹底放心。

不怪他多心，主要上次他在這兒一下賺了一百兩，有多少人眼紅他是看在眼裡的。

「怎麼這時候才來？一會兒該退市了。」

見到來人，周通隨意瞥了一眼，啃一口手上的雜糧餅子，再看看自己身旁的位置，皺起眉頭。「這兒位置太小，不如你到對面賣去。」

「不必了，野味我們已經賣完。」

尹暮年淡漠回了一句。此人不是海叔，還成天想要占他便宜，自是無須給他好臉色。

這話周通一聽還得了，當下氣得跳腳。「賣完了?!你小子不厚道，有這好事你怎麼不帶上我！」

好傢伙，他在這裡傻坐了一早上，也才賣出去八隻野味。這次想著是同尹家兄妹出來的，他還特地多帶了一些。

這傢伙竟然自己躲起來悶聲發大財?!

給他等著，這事沒完！

周通還欲再發作，十歌卻是不給他機會，拽著哥哥到對面去。

十歌發現，上次那兩個婦人果真還在。

兄妹倆牽著牛車走過去，十歌甜膩膩的喊道：「嬸嬸！」

兩名婦人見著了十歌，原本死氣沈沈的臉，瞬間變得鮮活。

想起上月在死丫頭這裡吃的虧，以及她那鹹菜的滋味，和那討喜的賣價，不禁在心裡頭想著：肥羊來了！

# 第二十六章

心中雖打著算盤，兩個婦人面上卻盡是討好。

那心急嘴快一些的婦人先開了口。「哎喲！妳可算來了，我還當妳今日不來了呢！今日又帶了什麼好東西？快讓我瞧瞧！」

嘴裡說是瞧瞧，動作可不是那麼做的。她快步走出自己的攤位，來到牛車旁，將罈子的蓋子打開，動作迅速得叫人來不及阻攔。她甚至伸出髒兮兮的手往罈子裡頭撈鹹菜，並一口將它塞進嘴裡。這邊罈子的嚐過了，其他罈子的也不放過。

婦人土匪式的作派令人無語，尹暮年上前阻攔，誰知婦人伸出她粗壯的胳膊猛力一推，尹暮年直接被推倒在地。

這下把十歌激怒了！

確認哥哥並無大礙後，她一下爬上牛車，護在罈子前，怒氣沖沖道：「嬸嬸，妳這是要搶嗎？」

婦人嚐到了心心念念的滋味，哪肯罷休，伸出大手將十歌抓到一旁，嘴裡叨唸著。「妳讓開，我就嚐嚐。」

十歌料到她會這麼做，一雙小手早就抱緊了醃菜罈子，扯著嗓子，她要把動靜鬧大。

「想嚐跟我說一聲就是，我給妳挾！怎麼就上手了?!妳看看妳一手的泥，叫人家還怎麼買！若是弄髒了，妳可得都買回去！」

這話，十歌是說給另一名婦人聽的。

她年歲小，治不了這壯實的婦人，那就拉一個能和她匹敵的唄！

果不其然，另一名婦人在聽了十歌的話後，再也坐不住。她急沖沖過來，一把拽住粗壯婦人，眼裡閃著火光，聲音拔尖道：「幹啥呢！光天化日之下妳還行搶了？信不信我這就去報官！」

她可不打算將醃菜分給這粗鄙的女人！方才沒有過來，不過就是想借這女人的手給臭丫頭一點教訓。

牛車上的所有鹹菜她可都要定了，誰也別想分去一丁半點！

「走開！臭娘兒們，別以為我不知道妳在想什麼？我告訴妳，妳休想！」

粗壯婦人在她們村裡也是個頂有名的潑婦，那聲音比河東獅吼還嚇人。

這女人也好意思來阻攔她？不就是想吃獨食嗎？

想得美！

上次是自己一時未能反應過來，才被這女人搶了先機，叫她賺了一筆。

哼！今次自己可是帶了足夠的銀錢過來，定要將臭丫頭的醃鹹菜都帶回去。她才不會那麼傻，拿去給別人賺這個錢，這好東西，她可以自己賣！

十五文錢買的，一斤可賣六十文啊！要大賺一筆了！

上一次，她覺得自己太委屈了。花了大錢買了那麼點醃鹹菜回去，本是要藏著給兒子配飯吃的，家裡的賠錢貨她可是一點也沒捨得給。

誰承想，誰承想……她不過離開了會兒，她家那個不靠譜的男人，竟然將所有鹹菜拿去孝敬那個酒鬼公爹和兩個大伯！

只一小會兒就將鹹菜吃了個精光！

末了，幾個大男人還醉醺醺的找她討要，討不著竟怪她藏私?!任憑她怎麼嚎啕大哭也沒用，一大家子指著她的鼻子罵！

真是倒了八輩子的楣才會嫁去他們家！

啊呸，一大家子都是狗娘養的！

說到底還是這臭丫頭的不對，坑了她兩斤的醃鹹菜！這回她可是要連本帶利找她討回來的！

「妳快省省吧，別在這邊打腫臉充胖子，妳錢帶夠了嗎？嗤，慣會丟人現眼。」

另一名婦人死死拽著粗壯婦人，硬是將她扯遠了一些。看著牛車上四罈醃鹹菜，就好似見到了四罈銅錢，可把她高興壞了。對於有人欲同自己搶鹹菜這件事，她是怎麼也不會同意的。

「妳個狗娘養的，走開！這次妳一丁點都別想得到！」

兩名婦人有著同樣的想法，二人在牛車邊上拉拉扯扯，互不相讓。

這樣大的動靜可是吸引了好些人來圍觀。周通還在氣頭上，見這對兄妹惹上麻煩，他不僅不出來幫襯，還巴不得他們鬧得越凶越好！

原本圍觀人群只是為了看笑話，待到了近前，紛紛被牛車上醃鹹菜的香氣吸引了去。

有人忍不住問了。「這是啥東西，怎麼這麼香？」

有那鼻尖的立刻聞出來。「這是品軒樓的鹹菜啊?!」

經這一嗓子宣揚，圍觀的人越來越多，在場圍觀的群眾均不淡定了。「什麼?!不對不對，品軒樓的鹹菜怎麼可能擱這兒賣，你傻不傻！」

「別說，還真是品軒樓醃鹹菜的味道！咱們雖沒有吃過，可聞過啊！」

「品軒樓不會是找這小丫頭盤的醃鹹菜吧？」

「我說，丫頭，妳這醃鹹菜怎麼賣？」

近段時日，整個冉呂鎮都在傳品軒樓醃鹹菜實在好吃，大夥兒都忍不住好奇前去一探究竟，只不過都被那賣價勸退了。

反過來想想，不就是醃鹹菜嗎？

也就……也就比其他家的香了些，也就……也就那鹽稀罕！

一個個跟瘋子似的，花六十文去買一斤鹹菜，傻不傻？

現如今卻是不同，浸在這股奇特的香氣中，他們的饞蟲被勾出，竟一門心思想著要是能嚐一嚐就好了！

看著圍觀人群，十歌非常滿意。

如此一來，她的鹹菜哪還需擔心賣不出去？她就是喊出三十文，這些人也只會覺得賺了大便宜。只不過現在還少了叫他們買下的動力，是時候拿出殺手鐧了！

十歌面朝人群，笑咪咪的扯著甜糯糯的嗓子。「各位叔叔大娘伯伯嬸子們，可以先嚐一下味道喔！」

嘴裡說著，她快速取出竹筷子，往那罈子裡一挾，一筷子誘人的醃刺嫩芽菜就顯露在大夥兒跟前，饞得大家忍不住嚥了嚥口水。

哪知，十歌剛探出去半個身子，後頭就傳來一道尖銳的怒吼聲。「妳敢?!」「我看誰敢碰我的鹹菜！都給老娘滾蛋！」

兩個婦人突然同仇敵愾，一個一手扠著腰，一手將十歌拎回來。一個則是抄起扁擔就是一陣亂揮，硬是把圍觀的人群打散了。

十歌被拽了一把，險些自牛車上摔下來，好在尹暮年眼疾手快，閃身扶住她。

十歌氣極。

這兩個土匪婦人！

粗壯的婦人不知何時已經跳上牛車，張著雙臂護在罈子前，一雙虎目惡狠狠的盯著底下那些人，嘴裡還罵個不停。

「幹麼呢！」

十歌氣呼呼的上前推了粗壯婦人一把，仍是沒有推動她分毫。縱使她拔高了音量，這婦人像是沒聽著一般，紋絲不動。

此時的十歌只恨自己還是個小人兒，不能與之匹敵。她回頭同哥哥對視了一眼，哥哥立刻意會。

他來到大黑牛身旁，左右看了看，最後取來粗壯婦人放置在地上的扁擔，提起來便往大黑牛身上招呼。

大黑牛皮糙肉厚，再加上尹暮年年歲尚小，使不出多大的勁兒，疼不疼的不知道，但大黑牛顯然是被嚇到了。牠突然叫了一聲，向前邁了幾步。

粗壯婦人一時不察，一個趔趄，十歌乘機推了她一把。只聽「噗」的一聲，婦人面朝大地，摔了個狗吃屎，引得旁觀的人哄堂大笑。

「哎喲喂……哪個天殺不長眼的，看我不擰斷你的頭！」

粗壯婦人摔得結實，由於長得粗壯，爬起來費了不少力氣。就這樣還不能叫她安生，嘴裡罵罵咧咧不停歇，瞪著眼睛咬牙切齒的模樣就跟惡犬似的。

十歌本就不是任人宰割的性子，雖然身板小，脾氣可不小。面對老夫人她尚且能夠忍受，是因為她懂得審時度勢。至於這兩個無理取鬧的婦人，呵！給她滾得遠遠的！竟然敢驅趕她的顧客？

今兒個她們一口也休想買到！

十歌鼓著腮幫子，雙手扠腰護在罈子前，時刻警惕那粗壯女人的動向。她要是敢再上前，看不砸死她！

哪知，那女人爬起來後，見大夥兒還在看自己笑話，大步上前去廝打。「滾滾滾，都給老娘滾開！」說罷，不要命似的見一個掐一個，嚇得大夥兒紛紛逃竄，不敢再留下。

周圍人群一哄而散，十歌氣得全身發抖。

這兩個惡女人！

十歌腦中閃過各種整治二人的法子，最中意的法子便是讓哥哥跑去報官。可她知道，哥哥一定會因為不放心她而不肯離去，那兩個婦人也絕對不會叫哥哥安然跑去報官。若因此引得她們更加癲狂，繼而傷了他們兄妹，這可就得不償失了。

別說，這兩人還真有可能會這麼做。

轉念一想，十歌覺得報官實在不是明智之舉。或許，還有其他解決辦法呢？

十歌忽然揚起一抹與年齡不符的笑，睥睨牛車下的婦人。

「想買我家的醃鹹菜是嗎？」

這話，終於使她們停了手，向十歌看來。

十歌笑意更深了。「我這兒總共四種鹹菜，一樣三十斤，妳們各要幾斤呢？」

「我全要！」

兩個婦人異口同聲。

說罷，在得知有人要同自己搶醃鹹菜，二人不淡定了，挽起袖子怒氣沖沖向對方行去，嘴裡蹦出不堪入耳的謾罵聲。

「跟老娘搶？回去撒泡尿照照，妳是個什麼東西！」

「妳個王八龜孫，還真把自己當人看，臭不要臉的！」

罵著罵著，二人當真打了起來。

十歌全程冷眼旁觀。

果然，惡人只有惡人能治。

待到二人臉上都掛了彩，身上衣衫已被對方扯得稀巴爛，頭髮比那路邊的乞兒還要亂，十歌終於解了氣。

她笑咪咪充當和事佬。「哎喲，二位嬸嬸可別傷了和氣。我跟妳們說過了嗎？今次的醃鹹菜漲價了，一斤三十文喔！」

「什麼?!三十文?!」

「妳怎麼不去搶！」

「臭丫頭，三十文妳也喊得出口！還想坑老娘？想得美！」

「我呸，看我不給妳點教訓！」

兩個婦人在聽了價格後，果真開始跳腳。她們原本想得可美了，十五文一斤，三十文至六十文賣出，能賺好多呢！

現在這臭丫頭一開口就是三十文？

乾脆弄死她！

「欸欸，嬸嬸，妳們可想清楚再動手。我哥哥已經去報官了，想吃牢飯儘管來。」

方才趁著二人不察，十歌終於說動哥哥，讓他趕緊去報官。

經十歌提醒，兩個婦人向旁邊看去，小少年果然不在此處！

這下她們猶豫了。

十歌知道她們雖然一副惡霸行徑，但都是怕事的，官差她們是無論如何也不敢惹。

十歌笑著解釋。「三十文真不貴，咱們這次用的可是食鹽呢，那口感與鹽巴絕對不一樣！」

「呸！騙誰呢？老娘都吃不起食鹽，妳一個野丫頭還能用得起食鹽？」

說罷，粗壯婦人上前去，伸出大手掌欲把十歌拽下牛車。她竟然忘了，上個月這對兄妹可是賺了一百兩呢！叫她眼紅了好些天。如今她因占不著便宜而意難平，怎麼著也得挫挫這臭丫頭的銳氣，不給她點教訓，難消心頭恨！

怎料，粗壯婦人還未碰到十歌，一道中氣十足的吼聲先傳來。「做什麼！來人，把這惡婦給我抓起來！」

婦人回頭一看，竟是衙役！

當下，婦人被嚇了個哆嗦，她開始哭嚎。「冤枉啊官爺！是她……對，是這丫頭，她、她有問題，她私購食鹽！」

這年頭，因食鹽鬧出的事，可都不是好事。

# 第二十七章

衙役頭子皺著眉頭向兩個小娃娃看去。

衙役頭子將兩個小娃娃上下打量一遍，見他們確實不像買得起食鹽的，便板著臉問：「你們鹽哪兒來的？做什麼用？」

「我知道，我知道！官爺，他們將食鹽拿去醃鹹菜，再高價售賣！」另一名婦人乘機出頭，掐準時機咬她一口。自己占不著便宜，別人也休想好過！

衙役頭子將兩個婦人打量一番，一眼望去，那嚇人的模樣，不用問便知曉方才發生了什麼事。他舉手示意手下將婦人的嘴堵住，並不耐煩道：「讓妳說話了嗎？給我堵緊！」幾個大男人早做慣了這類事情，手腳麻利的把婦人的嘴給堵上，只聽婦人發出「唔唔唔」的抗議聲，死命掙扎，髒亂的髮髻更加凌亂了。

「官爺，您要嚐嚐我家的醃鹹菜嗎？可好吃了！」十歌脆生生的聲音響起。正說著，就從罈子內挾出醃蕨菜。她站在牛車上尚不足衙役高，只得努力伸長她的小短胳膊，等著衙役頭子過來品嚐。

衙役頭子原本不屑一顧，嗅到香氣忍不住向醃鹹菜看去，一下便被那蕨菜的色澤和誘人的香氣折服。

「咳！」衙役頭子乾咳兩聲，嚥了嚥口水，眼角餘光還放在鹹菜上，面上卻是一本正經。「說，你們的鹽哪來的？」

十歌眨巴著眼睛，很是無辜。「鹽商閆老爺送的呀！」

「閆老爺?!」

乍一聽到這名字，衙役頭子心頭一顫。閆老爺，那可是知府老爺都要禮待三分的啊！整個冉呂鎮，但凡遇上點事，哪次不是去找閆老爺出面。修橋造路，所有需要的善款均是他在出，整個冉呂鎮誰不知道閆老爺的善舉？

若說送，倒也不是沒可能。

「你們父母何在？和閆老爺是什麼關係？」

「我們是孤兒。」

回話的是尹暮年，他上前護在妹妹身前。對於自己的身世，無意隱瞞。

「孤兒？」衙役頭子退離了幾步，搖著頭。「那不對，閆老爺怎會送你們食鹽?!來人，把這兩個娃娃押回去候審，還有這車東西，通通押回去！」

說罷，他忍不住又往那牛車上看一眼。

尹暮年張開雙臂護住牛車上的妹妹，他哪能料到這些衙差會突然變臉，只因他們是孤兒……

無依無靠便注定要受人欺壓嗎？

「您若是不信，可請閆老爺前來作證。」尹暮年強自鎮定。他知道，像他們這種孤兒，官府若真要定他們的罪，他們就是百口也莫辯。而他，定不能讓妹妹受那牢獄之苦！

「請閆老爺作證？你好大的面子！」

衙役頭子自是不信。那閆老爺可是頂頂尊貴的人，哪是說請就能請到的？

尹暮年馬上接口。「那便請秦伯來作證。」

「秦……」衙役頭子未能反應過來「秦伯」乃是何人，好在一名手下及時告知，這下才知道他們所說的是閆府管家。

可就算是閆府管家，那也是身分尊貴的！通常閆老爺不便出面時，都是管家代勞，他代表的便是閆老爺。這樣的人，請他來作證？

美的你！

「帶走帶走，廢話那麼多！」

衙役頭子已失去了耐性，不管那麼許多，帶走再說！

嘿！

衙役頭子暗暗搓了搓手，為搜刮到好東西孝敬知府大人而開心！

兄妹倆哪裡是那些衙役的對手，衙役將他們一手拎一個都綽綽有餘。

十歌原本是想賄賂衙役頭子，民不與官鬥，她是懂的。哪知他心肝大至如此？

以往她哪裡經歷過此等事件，凡事都有下人為自己打理得妥妥當當，她只需專心烹煮食物便可。

如今世道，可是太叫人心寒。

這一次，她深刻體會到手無縛雞之力的苦。有些事情，不是有能力便能解決的。

尹暮年為自己的無能紅了眼眶。原以為生活好過了些，然而，有太多難關卻是此時的他們跨不過去的。

他想要快些長大。

若這一次能夠僥倖脫困，他定要變得更強！

反之，那兩個婦人見兩個小娃兒也遭了難，臉上竟現出得意之色，就連一旁觀望的周通也暗暗揚起唇角。

對，把他們通通抓走！

周通就算清楚尹家與鹽商老爺的關係，也絕不會站出來幫著解釋。誰叫兄妹倆自私自利，得了好處便私藏。鹽商老爺指不定送了多少鹽給他們，他們竟然只給自家送了兩斤！

實在小家子氣，不值得相幫！

就這樣，衙役押著四個人和一輛牛車，浩浩蕩蕩的走著。只是還未走幾步便被攔住，一道尹暮年和十歌特別熟悉的聲音傳來——

「這位差爺，敢問這尹家兄妹可是犯了什麼錯事。」

「是……是秦管事啊！」

秦伯直挺挺的立在他們身前，不卑不亢的模樣看得衙役頭子一陣心虛。

秦管事怎的會在此處？難道……難道小娃娃說的是真的？

「秦伯伯，救命！」

十歌掙扎著喊救命，一雙大眼蓄著淚水，卻倔強的不肯叫它落下來。

她並非害怕，是不甘！

不甘心只能逆來順受。

秦伯見十歌被拎著，心裡一驚，快速走了過去。

抓著十歌的衙役見狀，趕緊將兩個小娃娃放下來。

得了自由，十歌一下便撲到秦伯腿邊，死死拽著他的衣角，秦伯則是蹲下身將她抱了起來。

「尹家兄妹可是我們老爺的貴客，今日是怎的惹到幾位官爺？」

秦伯的話聽著倒是客客氣氣，細聽會發現他口氣冷硬，眼神也變得犀利。

衙役頭子眼珠子轉了幾圈，心下正為自己想著開脫之詞，誰料，小丫頭先開口了。

「秦伯伯，他們不信老爺送了我們食鹽。您來了正好，一定要幫我們作證！」

十歌兩隻手拽著秦伯的衣領，臉上已沒了笑靨。

秦伯直視衙役頭子，抿著的唇向下壓了壓，好一會兒才出口解釋。「若是此事，卻是如此。」

「誤、誤會……誤會！是小的有眼不識泰山，得罪了小貴人，這、這就回去領罰。還請小貴人海涵，千萬莫要往心裡去……」

衙役頭子向秦伯和兄妹倆深深鞠了幾次躬。不敢再多言，逃也似的，押著兩個婦人離去。

該死！若是因此得罪了閆老爺，知府大人絕對不會放過他，他可就玩完了！

誰能想到兩個不起眼的孤兒會是閆老爺的貴客？

都怪這兩個死婆娘！看他不扒了她們的皮！

而那兩名婦人呢？早在秦伯出現後就瞪圓了眼睛，她們哪裡能想到這兩人還有這樣的靠山！

真是瞎了她們的狗眼！

這下……完蛋了……

待到幾人離去，秦伯方才收回視線。他見兩個孩子都有些愣愣的，心想著他們應該是被嚇到了。

想來也是，這樣小的娃兒，哪裡見過此等陣仗！

今日實在叫他們受了不少委屈啊！

可憐啊，小小年紀便要經歷這些苦難。若不是他來得及時，還不知會有怎樣的遭遇……

這事，回去後他得同老爺說道說道。在這冉呂鎮，也就唯有老爺能護著他們了。

「沒事了。你們放心，他們定不敢再來欺壓你們。」

秦伯摸摸十歌的頭，又拍拍尹暮年的肩膀。見二人還是那副無精打彩的模樣，他繼續耐著性子輕哄。「別擔心，他們若是再敢如此對待你們，咱們就找老爺去，老爺自會去找知府大人，到時可有他們的好果子吃！」

兄妹倆依然默默無言，他們並非擔心再遇上衙役，他們是在懊惱自己的無能。

十歌畢竟已是碧玉年華的姑娘，很快便收起低落的情緒，這時候才想起來問秦伯。「秦伯伯，您怎麼會在這邊呢？」

秦伯將十歌放下來，改為牽著她的小手，笑著解釋。「你們走後，老爺便讓我跑了一趟品軒樓。那品軒樓的東家是老爺的朋友，我已將你們兄妹二人的情況跟東家說過了。東家承諾，日後你們的鹹菜直接供應給他，一斤三十五個銅錢。」

「咦？」

十歌驚訝，她沒想到閆老爺竟為他們兄妹做到這個分兒上。

方才因世態炎涼寒了的心，正在逐漸回暖。

「具體事項還需你們親自去商談。」頓了一下，秦伯又道：「放心，我會在旁幫你們看著。」

秦伯心想著，他們還不過是兩個年歲尚小的娃兒，哪裡懂得商場上的彎彎繞繞?若不幫他們盯著點，自己也不放心。

幾人相攜離去，一旁的周通怎麼也料不到事態會這般發展。幾人說的話他可是聽見了，醃鹹菜一市斤三十五文?!這也太好賣了吧！都趕上肉價了！

品軒樓前，十歌站在門前仰望這相傳是冉呂鎮最好的酒館。

酒樓看起來已有些年頭，酒樓的大小估摸著也就同她皇城的後廚一般大小。陳舊的擺設和裝飾，實在叫人懷疑，他的生意是怎麼維持下來的。

見多了世面的十歌並不覺得此地有什麼稀罕之處，可這畢竟是一個並不富裕的地方，如此規模的酒樓，也算對得起這個地方。

「呦！貴人來了?!快快請進！」

酒樓老闆挺著圓滾滾的肚子費勁的迎過來，臉頰上的兩塊肥肉隨著他的步伐晃動，一雙小眼笑咪咪的只剩下一條縫。

「不必了，價格既已定好，我便再補充兩點，您若是做得到，我們便為您供貨。如若不然，權當我們兄妹沒有這個福氣，賺不來這個錢。」

尹暮年拒絕了酒樓老闆的好意，他條理清晰，全然沒有受挫後的頹敗。見到他如此模樣，十歌懸著的心終於放下。

她是真的擔心哥哥會就此一蹶不振。

「小貴人但說無妨！」

酒樓老闆回得爽快，一雙小眼睛卻不知已經繞了幾圈。

如今他的鹹菜已經有了一定的名氣，說是他酒樓新晉的招牌也不為過！

上一批貨可以說是被瘋搶的，那場面，簡直太壯觀！連帶著他的酒樓生意都更上了一層，就是其他供貨方的鹹菜也多少能賣出去一些。原因是他將其他貨家的鹹菜放在了先前那些的醬汁裡頭，別說，味兒雖遠不能比擬，卻還真提上來一些。

這是好現象啊！長久下去，他可是要發了！

可惜上等的醃鹹菜就是太少了……

這下好了，直接叫他找著了貨源！這樣的小祖宗他可得好好供著！

尹暮年也不扭捏，見酒樓老闆這般態度，他有條不紊的開口。「第一，你們的賣價不可再漲，若是漲了，咱們便不再供貨。第二，我們每月不一定供幾種鹹菜，每一種鹹菜僅供應五十斤。」

第一條是他自個兒想的，若酒樓繼續漲價，怕是沒多少人吃得起。他們辛苦採摘，再用心醃製，自然是希望可以得到更多人的認可。

至於第二條，那是他和妹妹商量好的。無論身上有多少存貨，每月只賣這麼許多。總要留下一些，以備後用。

一直在旁觀看的秦伯見尹暮年有這樣剔透的心思，心中很是欣慰。

偏偏，兩條要求都足夠酒樓老闆頭疼的。他早想好了，今次要再漲價。且一種醃鹹菜僅供應五十斤？他怕是一日就能賣完！

「這……價……價格可以不漲，但五十斤也太少了，供不應求啊！小公子行行好，一樣供我二……不，一、一百斤！」

酒樓老闆伸出短胖的食指，「一」了好一會兒才喊出一百斤。要照他的想法，一百斤都不夠塞牙縫呢。

「既達不成共識便罷，叨擾了。」

尹暮年不再猶豫，他牽著牛車就要轉彎。酒樓老闆痛拍了一下大腿，趕緊晃著圓滾滾的身軀上前去阻攔。

「別！別別別，小公子先不急，咱們有話好好說……行吧，五十斤就五十斤！」

最終，酒樓老闆還是在尹暮年淡漠的注視下點頭答應了。

只恨自家的廚子怎麼就醃不出這味兒的鹹菜，讓他一個大老闆在這兒看一個小娃兒的臉色！

「好，不過今次一樣鹹菜僅有三十斤。」

「啊？三十啊？那……下月能補上嗎？」酒樓老闆心存期盼，但小少年淡漠的眼神告訴了他——不，他什麼都別想，否則這生意就別想做了！

酒樓老闆還算識時務，他只得妥協。「罷了罷了，你給多少我們收多少吧！」

如此，他們便一手交錢，一手交貨。酒樓老闆付錢很是爽快，沒一會兒的工夫，便把事情辦妥。

確定兄妹倆事情都辦好後，秦伯也才放心回去。

此時牛車空空如也，兄妹倆一下子鬆下心來。

雖然波折，好在都賣出去了，且還是這麼固定的收貨商。

真是太好了！

接下來，只剩把藥材拿去賣給田大夫便可！

# 第二十八章

兄妹倆找了個隱蔽的地方將草藥取出來，牽著牛車來到同祊堂門前。

經一番折騰，也到了未時。此時的醫館仍然門庭若市，從外往裡看，藥童忙碌得不可開交，壓根兒沒人顧得上堵在門口的二人。

「哥哥，你在這兒等著，我進去找人。」

說罷，十歌跑開，一下便鑽入醫館。

十歌找來一把小板凳，就著小板凳爬上去還是搆不著櫃檯。她兩隻手緊緊的扒在櫃面上，小腳懸空掛著。略微蒼白的小臉因使盡了力氣而氣血逆流，漲得臉蛋紅撲撲的。

「這位小哥哥，請問田爺爺在什麼地方呢？」

十歌說得頗有些吃力，她滑稽的模樣引來不少人的側目。

「嘿！這是誰家的小孩，還請自個兒看好！」

藥童見十歌這模樣，只當她是哪家的頑劣小孩，吼了一嗓子又自去忙碌。

見此情形，十歌不再多言，一下便蹦回地上。

求人不如求己，她還是自個兒找吧！

這家同祊堂自外頭看來，並不覺得特別，進了裡邊才發現別有洞天。光一個廳堂就能容下四、五十人，內裡設有三間診堂，診堂外頭不少面色或蠟黃、或蒼白的人坐在門口的長凳上候診。

十歌也不知道田大夫在哪一間，只能挨個兒探頭進去找。總共也就三間診堂，十歌很快便找著田大夫。

「田爺爺！」

十歌跑到田大夫跟前，彼時他正對著一名病患給身旁的徒弟講解，他另一邊還站著一個年歲尚小的學徒。

突來的叫喚引來幾人的注意，尤其是田大夫，被嚇了一跳！

田顯吹吹鬍子，瞪著眼睛。「妳不知道人嚇人嚇死人嗎！」

十歌表示很無辜，她眨眨眼睛。「田爺爺，咱們不是說好了，我採藥來供應您的醫館啊！」

老爺子怕不是把這事給忘了吧？那怎麼行?!

十歌兩步湊上前，一下子也瞪圓了眼睛。「田爺爺，您忘了嗎？」

田顯紅潤的臉現出笑意。「沒忘沒忘，走，看看妳的藥材去。」

診堂內的病號在他眼裡不過就是小問題，他的徒兒完全能夠看診。故而，他率先走出診堂，臨到門口還不忘停下腳步催促。「趕緊的，過來啊！」

那招手的模樣，跟要去做賊似的。

十歌自然是飛也似的跑出門口，對著牛車昂起腦袋瓜，好不得意道：「田爺爺你看，滿滿一牛車，好多種藥材呢！」

一牛車的藥材於田顯而言，算不得什麼。可他還是受了大驚嚇一般，瞪圓了眼睛，死死盯著牛車看，蓄著鬍子的下巴微張，久久無法回神。

「田爺爺？」

十歌晃了晃他的胳膊，硬是將他的神思拽回來。

田顯瞪著眼睛指向牛車，那手甚至在微微顫抖，連說話都結巴了。「妳、妳妳、妳這些草藥都是巫陰山採的？」

「那不然呢？」看出田大夫的異常，十歌心裡一驚，她該不是摘錯了吧？好些個藥材她都是根據藥材書找出來的。

所以，認錯了？

「田爺爺，這些都不能用嗎？」

虧得她和哥哥忙碌了那麼許久，竟是做了無用功！

十歌心裡不免有些失落。

「能用能用，太好用了！哈哈哈！」

怎知，田顯貓著腰跑到牛車旁，對著一些草藥癡笑。一雙白嫩嫩的手撫摸著草藥，跟見著了稀世珍寶似的。

「貝母？厚朴！黃柏?!天冬！人……人、人形何首烏！哈哈哈，好樣的，好樣的！咦？五裂黃連?!

「好傢伙！真是好傢伙！這些寶貝都能叫妳尋著，妳可真是好樣的！」田顯激動得語無倫次。

十歌懸著的心可算落地。不怪田大夫會如此，她採草藥時，可是專門尋的罕見藥材。什麼藥材稀罕，藥材冊上標得一清二楚，書裡頭還注明功效及使用方式。

唯一怕的就是怕她尋錯，畢竟第一次嘛！

當遊魂那會兒，夜裡不需就寢，漆黑的夜對她的視線也構不成影響，每日閒得到處飄也不是辦法，那怎麼辦？於是她便用心記下每一樣植物，知名的也好，不知名的也罷，反正記下就對了。

誰叫她閒！

也正是因此，如今採起藥來如有神助。

就是不知，能賣個什麼價格？

看田大夫的反應，應該不少吧？

十歌研究過，野生何首烏難尋，尤其是已經長成人形，且有七斤重的。書上記載，這樣的何首烏至少百年以上，珍貴無比。

「小的們，趕緊過來給我把這些好東西抬進去！」

田顯扯開嗓門一聲吼，立馬有藥童跑出來。他親自盯著幾個毛頭小子搬運，一再叮囑他們務必小心謹慎。

「來來來，你們快隨我進來。」田顯不忘招呼兄妹倆進醫館。

進了醫館，他們又拐到了後院。院子不小，曬著許多草藥，一進到後院就有一股草藥香。田顯當著兄妹倆的面秤起各種草藥，藥童欲接手他都不讓。

田顯對待藥材也是輕拿輕放，好比那哄著娃娃的母親，耐心細緻。

待秤完了，還是他自個兒收拾。那些罕見的藥材都被他另外藏起來，誰也別想碰，想偷看一眼也不行！

直到藏妥了，田顯方才大搖大擺走出來，神氣活現，紅光滿面，就連說話的聲調都飄了。「走，結帳去！」

說到結帳，十歌可就積極了，辛苦這麼許久，可不就是為了這一刻？

田顯引著兩位小娃兒來到二樓的一間診堂，裡頭的家具擺設都是最上乘的。

一看就是一間專為富貴人家準備的診堂。這作派，怎麼也不像是開在貧窮村鎮裡的醫館啊！

這老頭，怕是不簡單！

「人形何首烏屬實難得，照成色來看已百年有餘，我便以一錢五百文收下。何首烏有七斤重，給你們三百五十兩。其他幾樣全照著市價給你們，加起來四百六十八兩二錢。你們且數數，清點完可得收好喔！」

田顯自懷中取出幾張銀票和一些散銀，豪邁的塞進尹暮年懷中，不見半點留念。

十歌不免驚訝。這老頭似乎很富有啊！將近五百兩銀子，竟給得如此痛快！好傢伙！

十歌暗暗想著，他們錦袋中還有另一株比今兒這個還要大一些的人形何首烏呢！他們採摘的藥材當然不止這些。所有藥材的藥性她全記下了，為了以備不時之需。畢竟，餘生還很長。

為此，她每樣草藥都留下一份，全部存放在錦袋中。

如今錦袋中存放的藥材、鮮食材，以及醃鹹菜已經多到數不清。尤其是那些經過錦袋滋養了好些時日的酒，以現在的醇香度來賣，完全可以賣出一個非常可觀的數字。

若將錦袋中的存貨全部換算成銀錢，那數額已經足夠他們兄妹二人前往皇城，且生活無憂。

然而，現在還不是時候。尤其在經歷了今日種種，她更加覺得對於現在的他們而言，活著，才是最要緊的。

一定不能再發生類似今日這樣糟心的事！

今次賺到這麼多銀錢，尹暮年卻怎麼也開心不起來。他心中還在為險些讓妹妹受牢獄之災而自責。

錢對他來說，似乎並沒有那麼重要了。他將銀錢清點了一遍就收起來。抬頭見田大夫正盯著自己看，便淡漠回了一句。「沒有錯。」

田顯只覺新奇，他還是頭一次見到有人對金錢不為所動！

這對兄妹倒是有些意思。

「娃娃，過來，我考考妳。」田顯向十歌招了招手，待她走到近前，便坐直了身子，擺出一副學堂夫子的架勢，道：「我問妳，貝母有何功效？」

十歌無須思考，開口就是正解。「貝母用於肺熱燥咳，咳痰帶血。」

田顯頗為滿意的點點頭，一手撫了撫花白的鬍鬚，轉而看向尹暮年。「你來回答，厚朴是何功效？」

尹暮年微愣，沒想到田大夫會考自己。好在採摘草藥時，妹妹將功效都告知他，如今他也能好生作答。「厚朴，用於食積氣滯，腹脹便秘。」

「不錯，不錯！」田顯再次滿意的點點頭。

嗯，是兩棵不錯的苗子。

十歌嘻嘻一笑，好不得意的昂起頭。「田爺爺，您等會兒，我們有東西給您。」

說罷，十歌抓著哥哥的手回到牛車旁，將牛車上掛著的幾個小罈子取下來，這才又回到二樓的診堂。

四個小罈子分別裝著四種醃鹹菜。她記得田大夫說過，他的夫人好這口。

「田爺爺，這是我們的一點心意，您且收下，若是吃完了還可到家裡去取。」

今日自這兒賺了不少錢，送點醃鹹菜完全不在話下！

十歌主動打開小罈子的蓋子，熟悉的醃鹹菜香氣襲來，讓田顯更是精神抖擻。他立刻探頭湊過去，不管那麼許多，直接出手捏了一片魚腥草，便抬起頭將它丟進嘴裡，而後瞇著眼睛，很是享受的慢慢咀嚼。

「嗯，就是這個味兒！絕了！」

「那田爺爺，我們先走了喔！」

時辰已不早，此次下山他們還需去採購一些用品，再耽擱下去，怕是天黑了也到不了家。

不說山路難行，就是他們兩個小娃兒天黑了還在外頭遊蕩，也是不安全。

# 第二十九章

兄妹倆迅速買好一個月用度的物品，而後尋了隱蔽的地方將什物藏於錦袋中，最後方才將牛車牽去還。

然而此時的尹暮年心中卻有了另一番計量。

如今他們身上的銀錢已能夠確保日後生活無憂，現只差一輛馬車。

沒錯，是馬車。

往後免不了要時常到鎮上去，路途遙遠是一個理由，而且還需幾次三番尋找隱蔽的地方打開錦袋。

長此以往也不是辦法，萬一叫人發現了可怎麼得了。有了馬車，一切問題便可迎刃而解。

「哥哥，咱們就選這輛吧。」

十歌手指著一輛車篷，徵詢哥哥的意見。

尹暮年並未發表意見，但凡是妹妹中意的，他便無妨。

他們挑了相對精壯的馬匹，車篷則選較為簡樸的，如此搭配也花去了五十六兩銀子。但是這銀錢花得不虧，日後行事要方便許多。

待到二人回到村口，已經日落西山，他們只得藉著月光趕路。

遠遠的，尹暮年發現有人打著燈籠站在村口，不住向道上看來。待到馬車行近一些，那人便退到邊上去。

尹暮年本不是多事的，因著覺得對方身量有些眼熟，忍不住看了一眼，卻沒想那人會是海叔，他便喊了一句。「海叔。」

聽到叫喚，有意躲著馬車的周海方才向駕車之人看去，誰知這人正是自己苦等了好些時候的小子。見他架著馬車，不由怔了一怔。「年……年哥兒？」

「嗯。」

尹暮年只略點了下頭以示回應，倒是聽到動靜的十歌探出頭來，笑著問候。「海叔，您怎在此？」

「可不就是在等你們！我正尋思著你們若再不回來，我便要到鎮上尋你們去！」

仔細一看，周海眼眶竟有些發紅，他盯著兩個小娃娃吸了吸鼻子。

「真是對不住，叫您操心了！海叔您快些上來。」

十歌知道今日回得晚了，定是沒少叫海叔和林香嬸操心，趕緊給哥哥使了個眼色，讓他將海叔請上馬車。

周海坐上馬車，將駕車一事攬過來，沈默了幾個眨眼的時間，方才開口。「你們的事我也聽說了，今日叫你們受委屈了。」

那周通真是混帳，竟見死不救！若非母親見他僅賣出去那麼些野味，一再逼問，他甚至不願意將兄妹倆遭了難一事道出。他還將錯歸咎於尹家兄妹不仗義，獨自悶聲發大財。好在今次母親心思通透些許，認定是老二未能跟兄妹倆建立好關係，以至於沾不到福氣。

周海自責道：「是海叔不好，若海叔今日同去，也不至於叫你們招罪。今後不管再難，海叔也會陪你們同去！」

兄妹倆對視一眼，對於海叔的關懷，他們感激於心。只不過海叔若跟著，他們反而不好辦事。

「海叔放心，日後不會再發生類似事件。無論是野味還是醃鹹菜，我們都找到了固定買家，往後僅需送一送貨便可。」

十歌眉眼含笑，眼珠轉一圈，立刻又有了主意。「這樣吧，明日叫哥哥上海叔家去，把你們家餘下的野味按市價買來，回頭我們帶鎮上幫你們賣。往後一個月收一次，你們獵到多少我們買多少！」

小丫頭說得雄赳赳氣昂昂，海叔聽完這個建議，忍不住勒緊韁繩，回頭訓斥丫頭。「胡鬧！那閆府雖是富貴人家，可人家也不是冤大頭，哪能每個月買下咱們這麼多野味，這不是給人家添亂嘛！」

「不胡鬧的，海叔放心，我們自有辦法賣出去。」

十歌雙目晶亮，此時腦中已經有了想法。閆老爺同自家約定好，每月送野雞野兔各十五隻至閆府。可他們一月個獵到的可不止那麼些，餘下的養起來也是麻煩事，所以她打算做成肉乾。

肉乾可以分成好些個口味，一隻野雞可至少做成三罐肉乾，價格要比單賣野雞來得高，如此他們還能再賺一些。

這生意本可以找海叔一起賺，可海叔畢竟尚未分家，家裡頭盡是些愛打秋風不靠譜的，此事便先壓一壓。

十歌的話海叔顯然不信。「妳逗我的吧，丫頭。」

「海叔可知我們鹹菜的主顧是誰？」十歌賣關子似的頓了一下才道：「是品軒樓。品軒樓是鎮上頂有名的大酒樓呢，對野味定有需求，您就放心吧！」

為了讓海叔相信，十歌甚至搬出品軒樓。只要他們幫海叔一家把野味解決，那麼今後到鎮上去便無後顧之憂了，一舉多得呢！

「當真？」

海叔將信將疑。品軒樓一事他倒也有所聽聞，若能如丫頭所說，那真是再好不過！

十歌自然是拍胸脯保證。

尹暮年尚不知妹妹有做肉乾的打算，但他相信妹妹不會胡來，故而跟著點了點頭。

海叔這才放下心。「那行！不過待趕集日前夕再賣給你們，要不然這麼許多野味，怕你們照料不來。」

兩個小娃兒，照顧好自個兒都是問題，哪還能分神照看牲畜。再者，他們背靠巫陰山，若白虎再跑下山，這得犧牲多少野味！

那不是虧大了嗎？不妥，不妥！

在海叔的堅持下，兄妹二人只得妥協。

事情既已定下，海叔方才有心思將心頭疑惑問出。「這馬車是怎麼回事？」

尹暮年心知定有人會發問，打決定好買馬車那一刻起，他便已想好藉口。「用賣靈芝的錢買的。」

「什麼？」海叔驚得又一次勒住韁繩，瞠目結舌，回過頭去看身旁的小伙子。

「我說你們買什麼不好，你們買馬車?! 這得花幾十兩啊！」

「總比放著招人惦記來得好。」

尹暮年說得頗有幾分無奈，一句話便堵得海叔啞口無言。

是啊，這與先前的六兩是同一個理啊！

待兄妹二人回到家中，時間已過了戌時。洗漱過後，十歌坐在西屋窗腳下，昂頭望著圓月發呆。

如今占據十歌心神的便是遠在皇城的父親。

今日閆老爺的話猶在耳邊，如今父親下落不明，她怎會不擔心？

祖父尚在時，是宮裡的御廚，深受先皇器重。父親則希望叫更多人品嚐到自己的手藝，故而未進到宮中，而是在城中開酒樓。酒樓生意一向興旺，父親的名氣在百姓中很快便超越祖父。

這樣的一個人，若是有了新狀況，那肯定是滿城皆知。

所以，她該心存僥倖的。

沒有消息便是好消息。

只願父親一定等她回去！

「歌兒，有心事？」

尹暮年已經在旁看了妹妹許久。他想起妹妹今日在閆府裡有過的奇怪行為，如今又看她心事重重，莫不是有什麼事情瞞著自己？

今日他們剛經歷徜差抓人事件，只盼妹妹不要因此受影響才好。妹妹不過才八歲大，卻要跟著他經歷這些糟心事，實在是他太沒用所致。

十歌沈默片刻方才開口。「……哥哥。」

又是片刻沈默，她保持望天的姿勢，目光有些許空洞，道：「等我們再大一些就去皇城吧。」

尹暮年沒有回答，心中驚訝妹妹的想法竟與自己不謀而合。只不過他想去皇城是有打算的，妹妹呢？她又是為何？難道……她知道點什麼？

等不到哥哥的答案，十歌再次開口。「我想去皇城。」轉過身面向哥哥，眼神變得堅定，鄭重說道：「很想去！」

「好。」

尹暮年不再糾結原因，他只知道，無論妹妹想去哪裡，他都會守在她身邊，護她一輩子。

「還記得闖老爺說過的第一廚嗎？」哥哥雖沒有詢問，十歌卻覺得自己有必要斟酌著告訴他一些事，以免造成不必要的誤會。

尹暮年自然是記得的，因為自打闖老爺說起那個第一廚，妹妹就開始變得奇怪。難道去皇城的事與此人有關？

果然，十歌馬上解了他心中的疑惑。「老神仙是第一廚的父親。我答應過他，待我們日子好過了，有了足夠的能力就上皇城找第一廚。」

原本並無多大情緒變化的尹暮年，在聽了妹妹的解釋後，猛的抬起頭。他已經許久未曾聽到妹妹說起老神仙，卻沒想到還有這樣的事。

若是老神仙的囑託，那定不能馬虎！

尹暮年心中有驚濤駭浪，最終只剩下一句。「好，哥哥帶妳去。」

正好，皇城也是他想去的。

翌日，兄妹倆依然早起。他們並未因為兜裡有幾百兩銀子而沾沾自喜，自此消極怠工。相反的，二人心中因為有了明確的目標，而更加賣力。再加上尹暮年一心想變得更強，哪怕再苦再累他都咬牙忍著。

皇城，那是多遙遠的地方啊，若不變強，如何能平安到達？

一個人若有了目標和方向，並願意為此付出努力，那麼橫在面前的一切問題便都不成問題了。

顯然，尹暮年便是這樣的小少年。

自那日之後，他們每日的收穫比往常多出許多。家裡的野味實在是多到沒法餵養了，十歌開始將牠們做成各種口味的肉乾，這放在夫人小姐的圈子裡，也是頂好賣的。

闖夫人那兒若能打開銷路自然最好，若是不能，這些果乾和肉乾她都可攢起來，待到了皇城再取出來售賣也無不可！

接下來幾日，兄妹倆留在家中處理野味。他們僅留下那些正在下蛋的母雞和幾窩兔子，其他的，全成了香噴噴的肉乾。蜜汁的、醬烤的、麻辣的，應有盡有。

一隻野雞可以做成三小罐肉乾，一隻野兔則可以做成將近六罐肉乾。野雞若是一罐二十文，野兔二十五文，那麼他們能多掙不少銀錢呢！

整整花去八日，他們才終於把野味製作得差不多。

這之後，他們又開始了往日的日常，只不過這次他們行走的方向與之前正好相反。

巫陰山上有一條溪，溪水靜靜流淌，潺潺流水聲尤為悅耳，不時能見到魚兒躍出水面。

這一次，他們便是在這條溪水上活動。只因十歌想到了新的商機——魚乾、魚丸。

這條溪很寬，到尹暮年大腿處那麼深。溪中魚蝦眾多，第一日他們僅僅徒手就有不少收穫。

為了能夠多抓一些回來，尹暮年甚至做出一張漁網，如此一來，他們每日都是滿載而歸。

兄妹倆一日外出，一日留在家中共同處理魚貨。

這一日，他們又來到溪邊，正準備下水的時候，卻看到一個黑黝黝的不明物體向他們所在的方位漂過來。

那黑物周圍的溪水均被染成了紅色，十歌心裡一驚，突然意識到了什麼，還來不及開口，哥哥已經下水將黑物打撈上岸。

竟是個受了重傷的男子！

男子被撈上岸後，尹暮年探了下他的鼻息。

氣息微弱，還是活的。

男子身上還在持續淌血，兄妹倆迅速自錦袋中取出能夠止血的草藥。在溪中找了兩塊石頭，將草藥搗爛後為男子敷上。

不多時，血是止住了，可二人又開始犯愁。

男子十分高大，他們二人根本扛不動，但總不能將他放在此處吧！
傷口既還在流血，便說明剛受傷不久。會受這樣重的傷，定是遭人追殺。
也不知是在哪兒受傷，離這裡近不近？可不要連累了他們兄妹才好！
他們如今可是惜命得緊！
時間緊迫，十歌實在沒辦法了，便道：「哥哥，要不咱們用錦袋試一下？」
尹暮年微愣，還是點了頭。「好。」
再不行，他們便只能將此人推入溪中，讓他順水漂，能不能活下來，只能看他的造化了。
既有了這個想法，十歌立刻取下掛在脖子上的錦袋，張開袋口，朝男子的頭上蓋過去。
神奇的是，他真的被收入袋中！
兄妹倆對視一眼，都鬆了口氣。
不敢再耽擱，他們快速清理掉地上的血跡，而後匆匆離去。
「歌兒，一會兒若有人追來，妳便躲進錦袋中，聽到了嗎？」
尹暮年牽著妹妹的手，邊跑邊叮囑。
「好。」
十歌乖乖答應。她知道，這時候的自己便是哥哥的累贅。所以，她理當消失。
好在二人對山路十分熟悉，哪怕是在狂奔，也都能輕易避開危險之地。

他們所到之處，都能夠引起腳邊草木一陣窸窣響。

所幸，直到他們逃回家中，都不曾遇到追兵。

將男子從錦袋中拉出來，十歌快手快腳的跑去燒水。

「哥哥，我留下照顧他，你快去把田爺爺請來！」

尹暮年也正有此意，只是他怕妹妹獨自在家中會有危險，若是追兵殺過來可怎麼辦？

看出哥哥的憂慮，十歌趕緊安撫。「哥哥放心，若追兵殺過來，我便躲進錦袋中。」

如此，尹暮年才終於放心外出。村裡頭的人見尹家小子駕著馬車，均覺稀奇，卻是來不及發問，只得上周海家去打聽了。

當田顯見到著急慌忙跑來的小少年，第一個想法便是——莫不是小丫頭受了傷?!

尹暮年見著了田大夫，便衝口而出。「田爺爺，請快隨我來！」

小少年的模樣只叫田顯坐實了心中的想法。他沒有過問其他，抓著藥箱便往外跑。當他坐在馬車內才恍惚意識到——這兩個小娃娃，何時買了馬車?!

好傢伙，真是好傢伙！

從尹暮年外出到請來田大夫，花了不到一個時辰的時間。

「田爺爺，快！快！要出人命了！」

十歌迎過來，將田大夫拽進屋中。

當田顯見著了十歌，方才知道自己猜錯了。

小姑娘這不是活蹦亂跳的嘛?!

再一看，田顯見床上躺著一名昏迷不醒的男子，出於本能的，他沒再耽擱，大步走向床邊為男子看診。

兄妹倆在一旁看著，大氣也不敢喘，生怕擾了田大夫看診。

診著診著，田顯眉頭越皺越深。而後，他取出銀針，眼看著四周沒有點火，便取出隨身攜帶的烈酒，將銀針在烈酒中過了一遍，最後再插入男子的各個穴道中，並在他指尖開了一道口子。瞬間，一股黑血自指尖順流而下。

這一日注定是不平靜的，除了男子的傷勢，兄妹倆還需時刻提防，就怕追兵殺過來。尹暮年隔段時間便要出去巡邏一圈。

「這傢伙什麼人啊？你們就敢往家裡帶，就不怕惹禍上身！」

經過一段時間的救治，待到確定男子已經脫離生命危險，田顯開始訓斥兩個不知天高地厚的小娃兒。

真是初生牛犢不怕虎。這種來路不明的人他們怎麼敢救？又是毒，又是傷，那身分能單純到哪兒去？

不過，他們能夠正確迅速的尋來草藥，並為男子敷上，這點倒是做得不錯。

「碰都碰到了，總不能見死不救吧？」十歌小聲回了一句。

事實上至今為止她仍然內心忐忑，這其中的利害關係她怎麼會想不到呢？可真要他們兄妹見死不救嗎？好像也做不到啊！

「妳還有理了?!」

田顯氣得吹鬍子瞪眼，氣呼呼的在兄妹二人面前來回踱步。

老爺子的模樣，宛若護犢子的長輩在訓斥調皮搗蛋的孫兒。兄妹倆就是那調皮的孫子，只得乖乖並排站著接受訓斥。

十歌連連搖頭擺手。「沒有，沒有！」

她心裡清楚老爺子這是關心他們，心中不由淌過一股暖流。她笑得瞇起眼睛，討好道：「田爺爺辛苦了許久，快好好歇息。我們去準備晚膳，等用過晚膳再叫哥哥送您回去。」

說罷，十歌用袖子在板凳上擦了擦，拽著田大夫叫他坐下，同時不忘朝哥哥使個眼色。

# 第三十章

不多時，尹暮年便端著一碗花茶水過來，恭恭敬敬遞到田大夫面前。

田顯先前只顧著為男子療傷，確實已許久未進水。如今一碗既有茶香，又帶花香的茶水就在眼前，他抿了抿唇，猶豫了一下，最終還是接了過來，一口飲盡。

一碗清茶入肚，口中仍留有餘甘，田顯忍不住道：「好茶！」

「田爺爺喜歡就好，您回去的時候給您捎點。」

說罷，兄妹倆自去忙碌了。

這會兒有了空閒，田顯方才有閒心仔細欣賞兩個小娃子的住處。

別說，還真是打理得井井有條，兩個小娃兒能做到這分兒上，著實不易。

晃著晃著，田顯竟晃到了廳堂，廳堂擺著一盤野果和兩盤精緻的糕點。

糕點是牡丹花和紫蓮的形狀，也不知怎麼做出來的，顏色和形狀與那實物看起來一般無二。

沒聽說鎮上有哪家鋪子的糕點做得這麼精緻的呀！

思及此，田顯跨著大步伐去灶房，打算去問個明白。

他家老婆子最喜歡那些個甜糯糯的糕點了。

彼時兄妹倆已經開始下鍋炒菜，香氣飄散開來，充斥整個院子。
他們還捉了一隻野雞，做成乾煸雞。十歌見老爺子隨身攜帶烈酒，且很是寶貝的樣子，心想著他應當嗜酒如命。當下便決定取出釀了好些時日的桃花酒，還特地做了幾盤下酒菜。
如今他們身上的存貨除了野菜、野味，還多了魚蝦，還都是新鮮的，隨便就是一桌子好菜。
老爺子好歹是他們兄妹的客人，怎麼著也得盛情款待才是。
當田顯來到灶房，見到的就是這樣一幅景象——兄妹倆一個燒火遞盤，一個下食材和調味料，默契十足。
原本他還憋了一肚子疑問，卻在聞到滿滿的食物香味後，硬生生把疑問嚥回肚子裡。
於是，田顯退出灶房，坐在石凳上等著，眼巴巴的瞧著二人忙碌的身影，心下不免為二人的廚藝感到驚奇。
他是知道兩個娃兒的母親廚藝了得，只是萬沒想到兩個小娃娃，竟能夠將廚藝完美傳承下來！
這天賦，簡直是逆天了！
呃……
不對不對，娃子們醫術方面才是更有天賦！
做飯中的兄妹倆只覺背後視線燙人得緊，忍不住回頭去看了幾眼，只見老爺子捧著腦袋朝他們笑得……很賊？

很快，一桌子好菜上桌，重頭戲則是已經滋養得十分純美的桃花酒。

打開酒塞子，瞬間一股濃濃酒香飄散開來，醇香醉人。

田顯猛的坐直了身子，喜出望外的盯著酒罈子。光聞那味兒便知道，絕對是極品佳釀！

「快快，滿上！」

田顯趕緊遞出面前空碗，著急的模樣，像是晚了就喝不著似的。

十歌幫他添了滿滿一碗。田顯小心翼翼接回去，一滴也未曾落下。

迫不及待飲上一口，甘醇佳液入肚，沁人肺腑，芬芳酒香在口中瀰漫，真是好不享受！

「好酒！」又豪飲了一口，再道：「這少不得有十來年了吧！」

田顯眼睛怎麼也離不開美酒，頻頻搖頭讚嘆。

「田爺爺別光顧著喝酒啊，來，吃菜。」

十歌為田顯挾去一隻香辣蝦。

果然如她所想，田爺爺果真嗜酒如命。

田顯直接伸手去抓蝦，兩三下便把蝦剝好，往嘴裡丟。

蝦仁辣味十足，又鮮又嫩，叫人欲罷不能。再飲上一口酒，美的唷！

田顯不願再多言，一口美酒，一口好菜，吃得津津有味，一桌子菜全被他掃光了。

「丫頭，我問妳，廳堂桌上的糕點，可是你們自己做的？」

吃飽喝足，田顯一派滿足的蹺著腿，一邊剔牙一邊問。其實，在他心中早已有了肯定的答案。

「是，今兒一早才蒸起來的，還剩下不少呢。田爺爺若是喜歡，一會兒捎帶一些回去。」

這話叫田顯喜孜孜的笑瞇了眼。

瞧，小丫頭就是上道！

「倒不是我喜歡，是你們田奶奶喜歡。」

田顯喜歡又不好意思的模樣，像極了一個扭捏的小媳婦。

「田爺爺待田奶奶可真好！」

這倒是真心話。田爺爺真是任何時候都記掛著田奶奶啊！

聽得女娃兒這麼說，田顯挺直了腰板，得意洋洋的昂起頭。「那可不！」

老婆子可是他好不容易才騙……呃，娶回去的！

「你們這些時日可有出去採藥？拿來給我看看。」

見時辰不早，也到了該動身下山的時間。田顯起身四下找了一番，卻沒找著草藥。

「有呀！田爺爺稍等，我去拿來給您瞧瞧。」

十歌進到儲藏間，自錦袋中取出少許半乾的草藥。這些都是近幾日採的，有幾種新找著的草藥，也不知對不對，正好叫田爺爺瞧瞧看。

「田爺爺，您看一下，這些採對了嗎？」

十歌只是將每一樣草藥取出來一點，分別在田顯面前攤開。她說得隨意，隨手撥弄草藥，手上動作並不仔細。

但是在眨眼間，她突然被老爺子一手給拎到一旁去。

再看田顯，那眼珠子都快凸出來了！

「怎麼這都能叫妳尋著?!這、這這……」

田顯激動得說不出話來，他抖著手捧著一整株紅景天。

是紅景天啊！

因著它的生長環境極其惡劣，鮮少有人能夠採摘到。市面上根本尋不著，只有那些達官貴人才能收上幾株，異常貴重。

這巫陰山可真是一座寶山啊！怎麼什麼藥都能找著？

十歌在心中竊喜。觀田爺爺反應，想來他們又摘對了。這紅景天他們可是採回來好多呢！為了採它們也是受了不少罪，好在一切都是值得的！

藥冊上可是說了，紅景天十分稀有，很是貴重，全株均可入藥。於是，他們就把那一大片紅景天連根拔起。

當然，為了日後著想，他們每一叢都會留下一、兩株。

「你們這兒可還有紅景天？」

田顯盯著紅景天，捨不得移開眼睛，眉眼全是笑。

十歌脆生生的回答。「還有一些。」

不過她可不打算賣太多，日子還長著呢，指不定日後就需要了呢？若是將它拿來送禮，可是相當上得了檯面。

聽說還有一些，田顯才終於抬起頭，看著十歌的眼睛別提多明亮，急切道：「快去取來！」

十歌總共取出十六株。因著紅景天過於稀少，加上十歌還採了些常見草藥，田顯給了五百兩。

尹暮年拿著銀票，猶在震驚中。最近，他好像經常收到銀票。

今次才這麼點草藥就給了五百兩啊！於他們而言，可是太多了。

十歌卻不這麼想，她相信這些草藥便值這個價。她也曾是富貴人家的千金，世面還見得少嗎？這樣稀少的草藥，那些富貴人家，多少錢都能出的。五百兩，算低了。

唯一叫她驚訝的是面前的老爺子。

他竟隨身攜帶銀票？

這作派，當真只是一名鄉野大夫嗎？

「田爺爺，我去收拾些東西給您帶回去！」

既然老爺子這般豁達大氣，自己也不能太小心眼。於是十歌收拾了好大一個包裹，裡面有老爺子稱讚過的花茶，還有老爺子方才詢問的糕點。果乾、肉乾、魚乾，以及鹹菜，各弄一些，酒最是少不得。

臨走前，田顯不忘再進屋瞧一瞧那名受傷的男子，並叮囑二人一些注意事項，這才放心回去。

尹暮年駕馬車送田顯回去，待到回來時，天已全黑。他的床被男子占去，只得打地鋪。好在上次下山時，他們置辦了草蓆，以及多備了一張被子。

先將就著過吧，這都是他們自找的。

入夜，正是好眠時，尹暮年卻沒半點睡意。他仍在擔心，害怕突然有殺手闖進來。他要時刻做好準備，一定要護住妹妹！

正是這樣的意念，他將錦袋緊緊捏在手上。若是有什麼動靜，便先去將妹妹藏進錦袋中。

就這樣戰戰兢兢過了兩日，到了第三日，男子還是沒有轉醒的跡象。其間二人很是用心看顧，傷口的藥必定每日一換。無論是藥還是米湯，他們盡心盡力餵養。情況有多艱難，只有兄妹倆最清楚。

家中多了一個病患，能夠出門勞作的便僅剩下尹暮年。且他擔心妹妹照看不過來，出門時間縮短了許多。

「你可是太貪睡，再不醒來就太對不起我們兄妹了！」

十歌擰乾帕子，替男子擦了擦臉，嘴裡又開始絮絮叨叨。

這幾日她負責待在家中看顧此人，時間久了，便開始同他「閒聊」。這人在她口中，可是被嫌棄得一無是處。

「你就是這麼貪睡，莫怪人家要追殺你。年紀輕輕不學好，枉為少年郎啊！」

滿滿的嫌棄，哪裡像一個八歲大的娃娃會說的。十歌還揪著人家的耳朵，大喊追兵殺過來了。又故意拿著美食在他鼻前晃，將美食誇得天上有地上無，在他耳邊吃得可香了。

可惜，無論她怎麼鬧，昏迷著的人就是毫無反應。

真是風水輪流轉，她什麼時候這樣侍候過別人？

今非昔比啊！

十歌這邊剛把水盆的水拿出去倒，遠處便傳來一陣叫喚。

「丫頭！丫頭在嗎？」田顯人未到，聲先到，大老遠就開始叫喚。

十歌站在原地等著，直到田顯打開院子門，方才喊了一聲。「田爺爺！」

「等會兒跟妳說件事，我先去看看那小子。」

進了院子，田顯一刻也不曾停歇，直接便進到屋子，來到床邊為男子把脈。又在他身上幾處地方捏來敲去，好一番忙碌。

「田爺爺，他怎麼還不醒？」

小丫頭出口的話帶著幾絲哀怨，引得田顯回頭看了一眼。

嘿，那委屈的小模樣還挺招人疼。

「我再給他扎幾針，過不了多久該是能醒了。」

說罷，田顯取出那套任何時候都閃亮的銀針，仔細過了一遍烈酒後，便一根一根往男子身上招呼。

「會疼嗎？」

十歌見他拿那細長的針把人扎得一身，卻又不見血，只覺神奇。

田顯見女娃兒來了興致，他那一雙三角眼賊溜轉了一圈，一本正經的乾咳了一聲，故作高深的開始解說。「不會疼。這針療法十分有講究的，必須十分熟悉各處穴道，同時，施針的方法也需講究。」

說罷，田顯偷瞄了女娃兒一眼，見她聽得認真，便繼續解說，也不知她能記下多少。

待他講解差不多時，昏迷中的男子已經被扒了衣服，胸膛上也被扎了好些針。

反應過來的二人相視一眼，而後一本正經回頭，田顯擺著一副為人師的架勢。「丫頭，妳來拔針。可還記得我方才講的，拔針的注意事項？」

「嗯，此人當用補法，需按緊針孔，速度要快，並需注意是否出血。」

十歌也不知哪來的勇氣，挨到床邊，照著描述的那般，快狠準的將針一根根拔起。一番動作下來，怎麼看都不像是第一次拔針，看得田顯好生欣慰。

丫頭記性好，講過一遍就能記住，當真是奇才！

後繼有人啦，哈哈哈！

「田爺爺，您方才不是說有事要同我講？」

將針全部拔起後，十歌不忘去淨手。也是此時，她想起田爺爺剛進門時說的話。似乎還挺著急？

田顯在十歌的提醒下，突然想起什麼，他一拍腦袋。「對，差點把老婆子交代的這事給忘了！

「那日妳不是給了不少糕點，妳田奶奶嚐過以後，那是讚不絕口啊！翌日便喊來幾位相好的姊妹，分與她們品嚐。那口感，直叫一個個拍手稱絕，紛紛求著妳田奶奶幫她們買一些。

「妳田奶奶怕你們兄妹年歲小，做多了身子該吃不消，每一樣只允了八十個，一個要價十文錢。」

聽到這裡，十歌不免訝異。她哪裡想到，自己不過是隨手送了些糕點，竟還能招來這樣的生意！

一個十文錢?! 如此昂貴，竟還能一下幫她賣出去一百六十個糕點？

這豈不是飛來橫財？

自重生後，十歌便養成了囤糧的習慣。再加上白日裡事情多，為了節省時間，她每次下廚便做上四、五天的量，而她每隔三日便要下廚一次。

如此一來，久而久之便囤了不少食物及糕點。之所以敢這麼做，全仰仗有錦袋傍身。

如今要叫她一下便拿出這麼許多糕點，也是不成問題的。不過，她卻是不能這麼做。

「田爺爺，她們有說何時取嗎？」

「沒說。妳田奶奶想得周到，取糕點的時間以她的通知為準，不著急。」

「那行，待明日做好了讓哥哥送去醫館，此番還要勞田奶奶受累，田爺爺替我們向田奶奶道聲謝。」

十歌爽快應下，腦中已將家裡存貨過了一遍。要想做出一百六十個糕點怕是不太夠，只得先將錦袋中的糕點拿去應急。待哥哥下山送糕點時，再讓他買些材料回來。

她有信心，貴人們一旦吃了她做的糕點，日後定還會再買。既如此，還是多備一些食材才是，且她還可以多做幾種糕點混著賣。

反倒是田顯頗為驚訝。「明日？」

看了眼小丫頭細細的胳膊，田顯很是擔心。

可別為了賺點兒銀錢，把自己折騰慘嘍！

「說了不趕時間，妳著急啥！」

兩個小娃娃僅憑一日便要趕製出那許多糕點，這不殘也得廢啊！

不行，他不同意！

原本他家老婆子也不是這愛多管閒事的，要說起事情的緣由，便是那一日，小伙子送他回去那晚。

老婆子迎出來接他，卻是在見到小娃兒後，便魂不守舍。細問之下，方才知道這兄妹倆曾是小乞兒。

老婆子接濟過這對兄妹。因著好一段時期不曾見著，便以為已經餓死。不承想，是躲到大坑村過日子了，還過得有模有樣。

最想不到的是，兄妹倆竟還有一身好本事，那糕點是真合了她的胃口。老婆子當下便決定好好幫襯他們，可不能叫他們再淪為乞兒。

可若是因此反拖累了兩個孩子，田顥可是萬萬不會同意的！這兩個娃娃的手，將來可是要用來救死扶傷的！

「田爺爺放心，我們自有分寸。」

他們可沒傻到為了一兩幾錢來為難自己。

十歌笑開顏，露出一邊的小梨渦，甜美笑靨叫人情不自禁跟著喜笑顏開。待反應過來，田顥立刻又板起臉，嚴肅起來。

「別給我逞強！」

以他對兄妹倆的觀察，他們倒不像尋常人那樣見錢眼開，一門心思鑽到錢眼裡頭。反而很是淡然，幾十兩的馬車，他們說買就買，丁點兒不見心疼。

且他們從來不驕不躁，兜裡頭分明有不少銀錢，可還是認真努力生活，該做的事一樣也不會落下。

過於正直了，如此才更叫人操心。

「我沒有逞強，這事我們做慣了，不會辛苦。」

十歌再三保證，甚至舉起手發誓。

然而，正是因為這對兄妹做事一向認真到位，田顯才更擔心。如今見了小丫頭的倔模樣，他氣得吹鬍子瞪眼。

「噹——」

正當二人爭執不休之際，屋內傳出物品落地的聲音。二人急急跑進去，卻見床上原本昏迷不醒的人已經醒來。

只見男子艱難支著身子，另一隻手還伸在半空中，顫抖著。他唇色發白，盯著地上的空碗和水漬，懊惱與憤恨交織在眼中，讓他的臉看起來有些猙獰。最終，所有情緒均化為苦澀。

十歌輕嘆。這人怪好看的一張臉，實在不適合鬱鬱寡歡。

「別急啊！田爺爺好不容易把你治好。」

十歌上前去，小小的身子費力的扶住他，順勢讓他躺回床上。轉身便蹲下去將空碗拾起來。「想喝水是嗎？歇著吧，我去給你倒。」

說罷，十歌已經旋身向屋外走去。

田顯上前去為男子把脈，也不忘說上一嘴。「就是，毒都解了還急啥急！不就是點破傷嘛，少在我面前悲秋傷春。」

「可別再叫傷口裂開，兩個小娃娃看顧你可不容易。」

兄妹倆可是要成為他關門弟子的人，稀罕著呢！誰叫兄妹倆為難，便是在為難他老田！

十歌端著水進來，順著田顯的話往下說。「那可不，待你把傷養好了，可是要報答我們的。」

什麼不求回報？簡直一派胡言！當然得報！

她專門研究過此人的手，他手上盡是老繭，身上也有幾處老舊的劍傷。再結合他的遭遇，十歌猜測此人應當是習武的。

要是有個人能教授哥哥武藝，那他們便無須擔心被外人欺壓，豈不美哉？

思及此，十歌侍候起人來可帶勁了。仔細將他扶起來，小心翼翼餵水，周到得很。

「來，先自報一下家門。」

田顯把完脈便開始刨根究底。直覺告訴他，此人定不簡單。瞧他先前的衣裳，那布料可金貴著呢！

十歌侍候男子喝光了一碗水，並細心為他擦拭殘留在唇邊的水珠，一雙耳朵豎得直直的，大眼睛裡滿是興味。

到底是不是江湖人士呢？

誰知，男子在靜默了一會兒後，薄唇輕揚，僅吐出兩個字。「趙宵。」之後，便不肯再多言。

「瞧瞧，你們辛苦撈回來的是個什麼人？」田顯很是不屑。這號人他可見多了！說白了，都是有不可告人的身世，哪一個也不會簡單。可別連累了他的兩個乖寶。

「趙大哥，你再歇歇。田爺爺，時辰不早了，我去熬粥，您中午就在這兒吃。」十歌安頓好趙宵，不忘回頭安撫田顯。

她雖不曾接觸過江湖人士，但多少聽聞過。那些江湖人多半有獨特的性子，打打殺殺是家常便飯，謹慎一些也是好的。他們才剛認識，互相還不知根底，不怪趙宵有意隱瞞。

田顯不樂意了。「他還是我治好的呢，憑啥我要遷就他喝粥?!」十歌覺得好笑。多次和老爺子相處下來，她已經摸清了老爺子的性子。總喜歡嘴上不饒人，偏生又是個心軟的，遇著病患可積極了，生怕治得晚了。且，很好哄。

「田爺爺，您還沒喝過我熬的粥呢，那滋味，保證念念不忘！」

「真的？」田顯瞬圓了他的三角眼。想起他曾在此處吃過的飯菜，那滋味當真是怎麼也忘不掉。這不，他才尋臨近午時過來。

老婆子知道他欲外出蹭飯，可沒少取笑。

「您就等著吧，不會叫您失望的。」

說罷，不再耽擱，十歌自去忙碌。

她熬的還是野菜粥，加了鮮蝦進去，滋味鮮甜無比。香味早早飄散開來，饞得田顯吸著氣，一再探頭探腦。就連閉目養神的趙宵都忍不住睜眼，向外頭看去。也是此時，他方才意識到，自己早已飢腸轆轆。

不知何時開始，趙宵的唇角開始慢慢向上提。

他昏迷期間，耳邊不時傳來嘰嘰喳喳說話聲，很吵。然而，聽久了他竟不覺得煩，反而覺得那些嫌棄的話語頗有趣味。

他覺得新鮮，除了仇家，再沒人敢如此對待自己。

甚至，此時飄來的食物香氣他都倍感熟悉，似乎有人經常拿著食物來饞他。他曾幾次想睜眼，卻怎麼都是徒勞。

那時候他便想著，待他醒來，定要好好嚐一嚐。

外頭的香氣越發濃烈，除了粥香，還混雜著其他菜香。

十歌就著家裡現有的食材炒了幾盤菜、野菜餅子、鮮蝦餅子各烙了些。肉的話，這一餐是吃不到了。

哥哥上山去，一般到申時才會回來。不說今日錦袋在哥哥身上，縱然沒有，她也是不敢輕易使用的。

炒菜做飯對十歌而言，完全駕輕就熟，很快便做好了。她將菜盛上桌，將提前盛好放涼的粥一併端上來，這才開口招呼。「田爺爺，都做好了，您敞開吃，不夠鍋裡還有，我先去給趙大哥餵食。」

「行行行，去吧！」

田顯早就被饞得食指大動，恨不能大快朵頤。他一雙三角眼盯在餐食上，催促似的擺著手。

「趙大哥，你已許久未進食，當少食多餐才好。」

十歌端著一碗粥和幾碟小菜進來，那粥僅有七分滿。她特地多熬了些粥，打算每隔半個時辰餵他一回。

喝粥本就容易餓，且他目前還不宜進食那些餅子，又是個男兒，飯量本就要大一些。為了能讓哥哥學到本事，她辛苦一些值得！

趙宵本欲自個兒起身，奈何身上劍傷未癒，稍微用點力氣，傷口便灼燒般的疼。若僅有皮肉傷倒不打緊，忍一忍就過去了。可他還有內傷，這個恐怕短時間內難以治癒。

十歌見他如此，趕緊跑上前去幫襯，待他靠坐在床頭，方才取來食物，仔細吹了吹才敢送到趙宵嘴邊。

小小丫頭細胳膊細腿兒，趙宵哪能讓這樣由著小姑娘來侍候自己，便伸出手。「我自己來。」

十歌拍掉對方的手，將手裡的碗握得更緊一些，生怕一不小心灑了。

「哎呀，你別動！傷口若是裂開就不幫你換藥了。」

手被拍了一下，趙宵一陣詫異，愣了幾個眨眼時間才醒過神。正是這時，小丫頭又倔強的送來一匙噴香的粥。

也不知是粥太香了，還是小丫頭的目光過於堅定，趙宵沒再堅持，張口含住那口粥。一粒米都不曾落下，全進了他的口中。

一餐下來，二人相對無言。

一個是餓了幾日，碰上滋味美極了的粥，那肯定顧不上說話了，且他本就不愛多言。

一個則是因著鮮少這樣侍候人，顯得有些笨手笨腳，於是分外認真。

故而，這一餐吃得格外迅速。

十歌方才出了屋子，耳邊便傳來田顯毫不客氣的一句交代。「丫頭，這剩下的餅子一會兒我帶走啊，給妳田奶奶也嚐一嚐。」

「田爺爺儘管吃便是，田奶奶的分我早就備下了。」

十歌用甜甜的聲音說著最貼心的話。

田奶奶主動幫襯他們兄妹，她理當想著人家的好，謝禮自是少不得。幾個野菜餅子就是點心意，算不得什麼，謝禮她還需另外安排。

「嘿！那多備一些！」

田顯也是真的不客氣。他就是想著多備一些回去，便能陪老婆子一起享用。若是帶得少了，他可捨不得吃。

十歌回得響亮。「好的！」

田爺爺待田奶奶可真好啊！

真好！

十歌是祖父和父親帶大的，少了母親的關愛，這讓她對母愛十分嚮往。

家裡有個傳言，他們唐家的女人都活不久。

她本是不信，可她的死印證了這一則傳言。她們真是一代不如一代啊，一個比一個走得早！

到她這一代，老唐家算是絕種了……

吃飽喝足後，田顯美滋滋的下山去。

能不美嗎？有得吃，還有得拿，美呀！

心中雖如是想著，但他也不忘告誡自己，下次娃娃們送藥材過去時，定要多給些銀錢。

# 第三十一章

老爺子前腳剛離去，十歌後腳便開始忙碌。雖然每日要照看病患，可她該做的事一樣也不曾落下。醃製野菜、果乾、釀酒，忙得不亦樂乎。

至於肉乾，只得等尹暮年中時回到家中再準備。

現如今家裡多了一個外人，他們不敢再輕易使用錦袋。尹暮年每日帶回來的山貨也僅夠十歌忙碌一天的量。做好的成品也不敢再往錦袋裡放，因此，儲藏屋堆放著不少大小不一的罈子。

尹暮年回來時，十歌將將把野菜放下去醃製，他便幫著把罈子都搬到儲藏屋，再小心翼翼將錦袋中的成品取出，新製作的收進錦袋中。

儲藏屋便是他們拿來做掩護的。

這邊終於忙碌完，尹暮年正要把野味料理一下，便聽妹妹開口說道：「哥哥，今日田爺爺來了一趟，給趙大哥施了針，如今他人已經醒了，過會兒你去看看，幫他換個藥。」

尹暮年微愣，回過神後明顯鬆了口氣。他走去淨了手，默默應了一聲。「嗯。」

尹暮年進到屋子，兩個陌生又都是話少的男子碰面後，最多也就相互點個頭，以示問候。

尹暮年手中拿著新的繃帶和剛搗好的藥，無言的走向床邊，將病患扶起來後，便開始為他換藥。

動作一氣呵成，與十歌比起來，熟練了許多。

尹暮年換藥的同時，趙宵也在觀察這個小少年。

小少年無論是力量還是敏捷度，都叫人驚嘆。趙宵不著痕跡試探了一下，發現小少年甚至還有優異的判斷力，這點實屬難得。

一直到換好藥，小少年都不曾開口，其謹慎之心哪裡是一般同齡人能夠比得的！

可惜了他這身奇骨，被埋沒在深山中。

翌日，尹暮年未再出門勞作，而是在家中幫妹妹揉麵團，二人將家中所剩無多的材料全做成了糕點。

尹暮年下了一趟山，卻沒有帶回銀錢，而是將收到的銀錢換成一大馬車材料。那是妹妹吩咐，要用來製作糕點的。

田大夫夫婦拿著那麼許多糕點，並未見欣喜，反而擔心他們兄妹是否安好。這點著實叫尹暮年的心暖了一下。

趙宵雖然醒了，經過幾日悉心療養，傷口已經癒合得差不多，但他畢竟還有內傷，以至於都醒來好些時日，卻仍下不來床。

時間一晃，又到了趕集前一日。

今次十歌需留下來看顧趙宵，便只能由哥哥獨自一人下山。

經歷過上月的事件後，下山一事，說不擔心，那定是騙人的。

好在各項生意都有了固定買家，哥哥只需去三處地方便可。

趙宵只覺今日的兄妹倆異常忙碌，卻仍然分心來照顧自己。雖不知他們在忙些什麼，但他似乎成了累贅。

一直到了第二日，他才恍然大悟，原來小少年要拿著山貨到鎮上去賣。

幾日相處下來，趙宵已然摸清了這對小兄妹的身世來歷。

他們曾經以乞討為生，如今靠賣山貨維持生計。

也是兩個可憐人。

「趙大哥，我哥哥要下山，有什麼需要幫你帶回來的嗎？」

十歌站在門口處，探進來一顆小腦袋。晶亮的眼睛閃爍著光芒，恍若將世間所有希望納入眼中。

趙宵不明白，如此身世，怎的還能保有希望？

趙宵垂頭看了眼自己身上的衣裳，這是兄妹倆先前為他置辦的。材質雖遠比不上自己往常所穿，卻不似市井人家穿的那種粗布衣裳。

兄妹倆不僅救了他的命，還為他破費，這情，豈是那麼容易能夠還清的？

他該如何報答這對兄妹？

無論如何，他是斷然不能再給兄妹添亂的。

沈默了片刻後，趙宵才回道：「沒有。」

小姑娘仍然站在原地不動，只是微微歪了歪腦袋，看著他，不知在想什麼。

突然，她笑了。笑得眉眼彎彎，笑得毫無防備，彷彿世間沒有煩愁。

「趙大哥無須有負擔，缺什麼便買什麼，咱們有錢！」

原來十歌看出了趙宵的顧忌，這讓她很滿意。是個懂得感恩的。

十歌的一句「咱們有錢」，說得趙宵心中淌過一股暖流。

她這話，像是將他納為自己人。

趙宵唇角微勾。「好。」

尹暮年下山前，十歌跟小尾巴似的，走哪兒跟哪兒。嘴裡嘰嘰喳喳好一番叮囑，一遍又一遍，不厭其煩。

「歌兒放心，不會有事的。」

面對妹妹的囑咐，尹暮年只覺得好笑。他回過身，揉了揉妹妹的小腦袋。只有面對妹妹，他才會毫無防備。

「要是遇上歹人，逃命要緊，知道嗎？」

留得青山在不怕沒柴燒。

尹暮年知道妹妹還在介意上個月的事，說實話，那件事他自己也不曾忘記。甚至時常會有意想起，以此來勉勵自己。

一定要變強！

尹暮年堅定的點點頭。「好，我早去早回。歌兒快些進去，趙家大哥的藥已經熬好，快些喝下才好。」

近幾個月他在山中穿梭，身手遠比常人敏捷，他有自信能夠避開危險。

目送哥哥離開後，十歌便垂著小腦袋，一步三回頭。

將藥端進屋子遞給趙宵後，十歌還是忍不住向外頭看去。一次又一次，小臉上明晃晃的寫著擔憂。

終於，趙宵還是問出口。「擔心？」

十歌將空碗接回來，擰著眉點點頭，腦中已不知第幾次浮現上個月的事。

「嗯。上個月我們在集市上賣醃鹹菜，遇上兩個無賴。本以為報官便能解決，誰知那官爺竟想私吞我們的醃鹹菜，我們兄妹差點被帶去吃牢飯。好在閆老爺家的秦伯出現，解救了我們。」

說著，十歌沮喪的垂下頭。這事就像一道坎，短時間內是跨不過去的。

此等市井小事，於趙宵而言算不得什麼。可這對小兄妹不一樣，他們手無縛雞之力，甚至連能夠為他們撐腰的人都沒有，能夠活到今日，實在不易。

趙宵嘆了口氣，伸出大手在小姑娘頭上揉了揉。

他已經想到該如何報答這對兄妹了。

讓他們變強，遠比給他們金山銀山更靠譜。

「我乃玄劍宗少宗主，明日起我便指導年兄弟武藝，日後便沒人能欺負得了你們。」

既已知曉了兄妹倆的身分，且他們又是自己的救命恩人，趙宵便不再隱瞞。

「咦？」

十歌猛的抬頭，睜圓眼睛。她當真沒想到趙家大哥會在此時報出身分，甚至主動提起教授武藝一事。

原本她是想著待他身子好一些，能夠下地了再同他提及。

「可是，趙大哥，你身子沒問題嗎？還是先養好身子再說吧？」

雖然正合了她的意，可她也不能為了一己之私而不顧念他人的死活啊！

玄劍宗的話，好像有些耳熟。似乎經常在皇城中哪位客官那兒聽到過，且還不止一次聽到，想來應該是鼎鼎有名的。可惜她以往一心沈浸在研究廚藝上，對於江湖之事向來不聞不問。

小姑娘一副懵懂又擔憂的模樣，趙宵摸了摸小姑娘的腦袋，安撫道：「無礙，我自有分寸。」

「那，趙大哥量力而為，萬不能為難自己！」

十歌心下開心極了，洗去眼中的小沮喪，明亮的眼重新燃起希望。

然而，出了屋子她又開始擔憂了。

哥哥畢竟還未學來本事，小小年紀，獨自下山做買賣，好危險。好擔心……

十歌注定要白擔心一場的。

尹暮年到鎮上後，依然是先去閆府。

此次他們照舊為閆老爺夫婦和秦伯備了禮，還是那些在賣的東西。賣什麼，便送什麼，今日一早特地烤了一隻兔子和一隻野雞送來。

秦伯知道今日小兄妹會過來，一早便在門口處候著，等著親自迎接。

當陌生的馬車出現在巷子口，他不由有些失望。但當他看清了趕車人正是尹家小公子後，笑意立刻浮上臉龐。

秦伯急急迎過去。「小公子來了！」

尹暮年停穩馬車後方才跳下來，向秦伯行了一個禮。「秦伯。」

等了會兒，不見馬車上有人下來，秦伯疑惑道：「嗯？小姐呢？」

被秦伯喚做公子，讓尹暮年有些不自在。他不過賤命一條，哪裡值得被這樣高看。

「秦伯不必如此多禮，妹妹今日留在家中。」

「可是出了什麼事?!」

秦伯心裡一驚，可不要受了傷才好！

「秦伯放心，妹妹一切安好。不過是到鎮上交貨，我一人便可，讓妹妹在家中歇一歇。」

閆家待他們兄妹一向極好，尹暮年不想叫他們擔心，該有的解釋他一句也不會少。只不過關於趙宵的事，他隻字不提。

秦伯鬆了口氣，喚來下人將馬車牽進去，自己也是將他引至前廳。老爺夫人早已候在那兒。

事隔一個月，好不容易盼來小兄妹。許素欣喜迎出去，卻不見討喜的小丫頭，頓時既失落又擔心。「歌姐兒怎的沒來？可是出了什麼事？」

小兄妹靠山吃飯，巫陰山她雖不曾去過，但有多凶險卻是知道的。聽聞山裡頭還有一頭猛虎，他們家便在巫陰山山腳下，真是危險！

「夫人放心，妹妹一切安好。是因交貨一事我一人便可，是以讓妹妹在家中歇一歇。」

尹暮年不厭其煩的解釋，許素這才放下心來。

「那便好。」想了想，許素又接口道：「若是遇上什麼難事，可一定記得來找你閆叔叔。」

許素懷有身孕，需保持好心情。為避免她憂心，閆擴並未叫她知道兩兄妹上個月的遭遇。

那日秦伯回來後，便將此事告訴他。當日他便去了一趟府衙，跟知府大人打過招呼，日後衙役若見到這兄妹倆，千萬要善待。

「是啊，你們兄妹若遇上事，可千萬要第一個想到你閆叔叔。但凡是在冉呂鎮的地界上，我便能保你們安然。」

說罷，他自懷中取出兩塊質地不錯的羊脂玉珮，遞給尹暮年。「這便是信物，你們兄妹一人一個。日後若是遇上事，將它拿出來，便無人敢為難你們。」

擔心小少年會拒絕，閆擴強行將玉珮塞入尹暮年手中，一副不許拒絕的模樣。

尹暮年並不打算拒絕，上個月的事叫他看透了許多事。玉珮能夠保他們兄妹平安，他自然會收下。

在他們長大之前，這便是他們活下去的保障。

如此大的恩惠，哪是那麼容易能夠報答的。所有感恩積在心中，尹暮年當即跪下，行了一個大大的叩頭禮。

「老爺和夫人的恩德，我們兄妹一定銘記於心！」

這樣大的一禮，看得閆老爺夫婦一陣錯愕。他們急急上前去，將尹暮年扶起來。

許素一向多愁善感，見不得小少年這模樣，當下便哽咽了。「傻孩子。」

「夫人，莫要忘了大夫的交代。當想些好的才是，妳不是有好事要同他們講嗎？」

經閆擴的提醒，許素突然想到了什麼，馬上眉開眼笑。「年哥兒今次可有帶果乾？」

「有的。」

尹暮年一看閆夫人的反應，便知道是果乾的生意成了。原本他還想著貿然帶肉乾和魚乾下山，不知會不會成為閆夫人的負擔。如今看來，倒是他想多了。

妹妹說了，若果乾的生意能夠做成，那肉乾和魚乾便不成問題。

「那，你可有多帶一些？」

許素眼裡閃著熠熠之光。

上個月留下的一百罐果乾，在賞花宴當日就被搶購一空，還有好些個夫人小姐沒買著，天天來找她問。

因著這事，府裡每日都有夫人小姐結伴前來拜訪。忙是忙了些，可她高興啊！長到如今年歲，第一次有那麼多人求著她，可風光了！

這個月她每日心情愉悅，連帶著飯也多吃了不少，肚子裡的小娃娃也長了不少。

閆擴見夫人如此，他自然是最欣慰的那一個，心中向這對兄妹感激了不下百遍。他甚至聽聞，小神廚把廚藝傳授給了他們家的廚子。難怪他覺得母親這個月安靜了許多，原來是廚子終於能夠做出叫她滿意的食物了。

「果乾的話，還是一百罐。」

妹妹說了每月的供貨量必須固定，多了並無益處。因此，無論是果乾、肉乾，還是魚乾，每一樣僅供應一百罐。

「家裡可還有？一百罐恐怕不夠。」

許素皺眉，腦中盤算了一下有多少人上個月沒買到，已經提前預定了這個月的。一百罐真的太少，完全不夠分。這要是沒分配好，怕是要遭人閒話的！

許素先前有多風光，現在就有多煩愁。

見夫人鬱結不歡，閆擴反而笑了。他捧起夫人的手拍了拍，以示安撫。轉頭看向尹暮年，眼中盡是笑意。「你小子，還挺會做生意。」

# 第三十二章

許素不解。「什麼意思？」

她都快急死了。

閆擴解釋道：「夫人，這商道啊，可是也有很多講究啊。貨源充足了，也不見得好。妳要懂得拿捏買家的心理，許多人不外乎如此，得不到的才是最想要的，物以稀為貴。」

許素沈默著將這句話來回品了品，越品越覺得有道理。

可不就是如此嗎？上個月有幸買到的夫人和千金們，一個個得意得走路帶風，鼻孔朝天。

不過，歌姐兒做的果乾是真的好吃，再多也不怕！

「其實，今次不只帶了果乾。我們還做了肉乾和魚乾，各帶了一百罐。」

尹暮年不好意思的撓了撓頭，果乾雖熱賣，可肉乾和魚乾市面上賣得少，喜歡的自然也不會多。

至今為止，他還是擔心此舉會給閆夫人造成麻煩。

「老爺，夫人，你們先嚐一嚐，若是覺得不好，萬不能勉強。」

尹暮年趕緊將每一種肉乾奉上，生怕晚了一步會叫兩位大善人先答應了去，繼而給他們帶來不必要的麻煩。

各種罐子上桌後，香氣便已經飄散開。誘人的肉香和獨特的秘傳手法相融合，讓香氣美得讓人垂涎三尺。

許素畢竟是女子，雖迫不及待想嚐一嚐，但仍保持矜持。倒是閆擴，哪裡會講究那麼多，大手一伸，將所有蓋子揭開來。

更加濃郁的香氣讓他眼前一亮，立刻便取出一塊遞給夫人。之後便不再客氣，將每個罐子、每種口味的肉乾都嚐過一遍。滋味在口中流轉，久久不散。

尹暮年一一為二人介紹，可他們哪裡有心思去聽這些，連開口誇讚都嫌費事。

他們只覺得越咀越香，一塊接一塊，根本停不下來。

秦伯慣是個會辦事的，早早便差人去沏茶來，這會兒正上前侍候兩位主子飲茶。但他眼角餘光不時看向桌上的幾個小罐子，心想著，過會兒定要找尹家小公子買幾罐回去，也解解饞！

終於，二人再也吃不下了才肯停手。閆擴接過秦伯遞過來的帕子，擦了擦嘴角，臉上是散不去的笑意。

閆擴很是享受的靠在椅背上，甚至還打了個飽嗝。

「你這肉乾打算怎麼賣？」

閆擴一向不喜女人家吃的零嘴，今日卻是破例了，他甚至還吃得很享受。

「一罐十五文。」

尹暮年說得有幾分心虛。一罐肉乾成本才幾文錢，裡面的量其實不多。妹妹說賣十五文是良心價，可這價格都不只翻了一倍，還能是良心價嗎？她原本還想定三十文，硬是被他給降下來了。

「你看，你就是不經誇。這麼好的吃食，你賣十五文？這樣吧，兔肉乾五十文一罐，雞肉乾四十五文，魚乾也四十五文。夫人覺得呢？」

閆擴見不得小少年傻憨憨的把錢往外推，乾脆直接替他定價。這價格著實把尹暮年唬了一跳。「這！這也太昂貴了！使不得……」

尹暮年知道妹妹做的肉乾好吃，可這個價有幾人能吃得起？

「傻孩子，你閆叔叔說得對，你定的價格我可是拿不出手。你要知道，我的圈子都是那些夫人小姐，她們都不差錢。」

許素上前摸了摸尹暮年的腦袋，笑得慈愛。這孩子在想什麼她豈會不知？尋常人家哪個會花十幾文來買零嘴？不到逢年過節，是想也不要想的。

「你放寬心，你帶來多少，我便能幫你賣出去多少。秦伯，去帳房支銀子。」

夫人有令，秦伯立刻動身前往帳房。

尹暮年仍未自震驚中回過神。

看來，妹妹早就想到這一層，所以一開始才會定價三十文。他竟還說這種黑心錢不能賺……哎，他的心思還是不夠剔透，今次又誤會妹妹了。

尹暮年這一趟來閆府，可是大豐收。除了果乾、肉乾和魚乾，閆家仍以六十文一斤，買了各種醃鹹菜，各二十斤。

這樣加起來，他這趟共賺了二十四兩三錢。

尹暮年覺得慚愧。閆夫人平白幫他們賣東西，還以高價購買醃鹹菜。

他們這樣處處為他們兄妹著想，這恩情，這輩子也只能欠著了。唯有在他們力所能及的範圍，盡可能多送一些他們喜歡的。畢竟，他們兄妹也只會這些。

果然，世上還是好心人多一些。

懷著感恩之心，尹暮年去了品軒樓。原先便同他們說好，每月供應的鹹菜種類不一定，但每樣都會供應五十斤。

這月他還是取了四款，共兩百斤，七兩銀子。

今次依然是老闆親自出來相迎，但尹暮年沒有多停留的打算。他知道自己耽擱多久，妹妹就要平白擔心多久。

他想快些回去。

於是，拿了銀子尹暮年便離開，一口水也沒喝。品軒樓東家本想同尹暮年攀攀交情，這下是半點機會也沒有了。

最後要去的地方是醫館，今次除了送草藥過來，還有一千個糕點。

不知是哪個富貴人家要辦喜事，一口氣訂了一千個，足足十兩銀子啊！

這一次不只田顯笑咪咪的出來相迎，他的妻子也跟在身旁。

尹暮年見了二人，自是要先行禮的。

田顯卻是不管他，直接貓著腰爬上馬車。他想知道，今次可有給他帶來什麼驚喜。

馬車空間不大，還裝了一千個糕點，能裝下的藥材就不多了。一眼望去，也就兩、三個大麻袋。

好藥材難尋，少也是正常的。藥材雖少，可田顯仍舊不死心，一個個打開來。只是那唇角勾起的弧度，在麻袋一個一個打開的過程中，慢慢垮下來。

嘖。

田顯垂著腦袋，下了馬車，大手一揮，立馬有藥童上車搬草藥。

白香芙美目輕掃，對自家夫君不加掩飾的失落表示嫌棄。扭過頭便對著尹暮年笑著招呼。「來，進來吧。那些你就別管了，自有人去搬。」

「我取個東西就來，田奶……夫人稍候片刻。」

面前婦人膚白貌美，明豔動人，怎麼看也不像奶奶輩的。尹暮年實在叫不出口，偏偏田爺爺又幾次三番告誡過，必須尊稱此人為田奶奶。

待與田夫人交代一聲後，尹暮年便回到馬車內，將放在座椅上的一個木盒抱下馬車，這才同白香芙一同進了醫館。

他們來到後院，田顯已經在那兒盯著藥童給藥材稱重。
「田爺爺，您看看，這些靈芝品質如何？」
說罷，尹暮年將木盒遞到田顯面前。早在見到小伙子手上的木盒，田顯就已經眼前一亮。再一聽，竟然是靈芝?!
田顯二話不說，幾乎可以稱得上是「搶」的將木盒一把撈過來，二話不說便打開來。木盒裡靜靜躺著四朵赤芝和一朵紫芝。赤芝大小不一，成色倒是極佳的。
好傢伙，真是好傢伙！
看到一盒子靈芝，田顯立刻眉開眼笑，宛若孩童得到了心愛的寶物。
「等著，我去給你取銀票！」
今次田顯連稱重也不稱了，揣著木盒往屋裡走去。還一步三回頭，神經兮兮的左顧右盼，跟防賊似的。
進去了該有兩盞茶的工夫，田顯方才昂首挺胸走出來。大搖大擺，很是顯擺。他手裡窩著圈成圓筒的銀票，眼也不眨的塞進尹暮年手中，不忘叮囑。「收好。」
尹暮年將圓筒拆開，裡面竟有四張百兩銀票?!
這這可太多了！
他知道靈芝金貴，可那麼點竟給了四百兩啊！上次通叔叔的一朵靈芝也才賣出去三十兩，這差別也……

「這……田爺爺……」

尹暮年驚訝得已經不知道說什麼，兩隻手抓著銀票，久久動彈不得。還是白香芙看不下去，伸手將他遠遊的心神拍回來。「你就收著吧，它們值這個價。而且你田爺爺有錢，不差這麼點。你放心，占便宜的肯定是你田爺爺。」

除非用來治病救人，否則但凡是那些富貴人家來尋藥，他們都要把這價格提上幾倍的。當然，他們收別人的藥可就不是這個價了。老頭時常去找兄妹蹭飯，每次有吃又有拿，是該補貼一些，否則她都要替他臊得慌。

人家兄妹倆努力生活，憑什麼叫他平白占便宜？

不行，她不准！

尹暮年還是有些呆愣。他想到那天摘到的靈芝，可是今日的四倍之多，其他的都收在錦袋裡呢。這要是都賣出去，將來妹妹的嫁妝可就太豐富了！

對了，妹妹說去了皇城要開鋪子，開鋪子得花不少錢吧？他們得多攢些銀錢才行！

思及此，尹暮年不再推辭，仔細將銀票收起來。

白香芙本欲留尹暮年用午膳，奈何尹暮年一心想要快些回去，好安了妹妹的心。

田顯回到家中時常誇讚小女娃，如今又聽到小少年口口聲聲記掛妹妹，白香芙實在好奇，是什麼樣的小娃兒，讓這一老一少如此掛念。

身上揣著這麼多銀錢，尹暮年實在不敢在外頭逗留，他快馬加鞭趕回家中，彼時午時剛過不久。

如他所料，妹妹並未歇晌，而是搬著小板凳，坐在門前邊上翹首期盼。

「哥！」

見到哥哥，十歌立即衝過來站在哥哥面前。睜著一雙晶亮的大杏眼，眼裡有說不出的興奮。

「哥哥，哥哥！」

哥哥平安歸來，十歌自然鬆了口氣。但她只要一想到哥哥可以學本事了，就很開心！這一開心，一連喊了好幾聲哥哥。

「哥哥，你聽我說，趙大哥說了，他明日起開始傳授你武藝！」

# 第三十三章

這話乍一聽是極好的事，尹暮年也十分開心。可他很快意識到，趙大哥還病著，不宜操勞。且他還得外出勞作，漫山遍野的野菜、草藥和野果還等著他去採摘，溪裡還有那麼多魚蝦等著他去撈捕，他若留下來習武，該耽誤多少時間啊？

「趙大哥的傷勢恐怕不宜操勞，我們還是不要擾了他休養才好。」

要說鍛鍊的話，他每日外出勞作也是在鍛鍊體魄啊！

「我也是這麼想的，可趙大哥說他自有分寸。」

許久相處下來，十歌對哥哥瞭如指掌，一眼就能看出他的顧忌，便搶在他之前開口。

「咱們的存貨已夠你我在家中閒坐幾月，但是習武不同啊！趙大哥遲早要離開的，你先把本事學下來，日後便能保護我了呢！你看，若再遇上像上個月那樣的事，咱們便不用任人宰割。」

一說到上個月的事，尹暮年便沈默了。回想起來，他仍舊耿耿於懷。

是了，他必須變強！

「好，我知道了，我定會好好練的。」

習武，一直是他所嚮往的。模糊的記憶中，總有那麼一個人，他身材魁梧，孔武有力，每每總是背對著他操練。他武藝超群，一招一式遒勁有力，勢如破竹。

那時候的他便已心生嚮往，期盼自己能夠早些長大。

現在回想起來，心中的澎湃之情竟遠超當時。

當嚮往成為渴望，當遙不可及變成觸手可及，他滿心期待。

以往，尹暮年卯時便要外出勞作。今日他一樣起了個大早，熬粥、劈柴、挑水，所有事情都駕輕就熟。

十歌依然是在劈柴聲中醒來，她快速爬起來，穿戴整齊。自個兒洗漱完畢，便是備好水去侍候趙宵。

趙宵眠淺，加之聽覺敏銳。早在尹暮年起身時，他便醒來。為了能夠快些好起來，他每日便是這個時間起身，背靠床板，不動聲色的調養內息。

這麼許多時日相處下來，十歌早已摸清了趙宵的習慣。於是她踮著腳尖進屋子，輕輕地靠近床邊，再小心翼翼地將木盆放在床邊的木椅上，盡可能不發出半點聲音。

趙宵終究還是睜了眼，他揚唇淺笑，笑容淡淡的，溫暖而柔和。

十歌咧開嘴，回以燦爛笑容。眼兒彎彎，像深夜空中的月牙兒。

「餓嗎？」

小女娃兒脆嫩的聲音，在寂靜的清晨顯得格外空靈悅耳。

「不餓，妳自去忙碌，無須顧慮我。」

這話，趙宵每日都要說上好幾次。小丫頭嘴上應著「好」，對他的照顧卻從未懈怠。這不，她又脆生生的回道：「好！」

之後便愉悅的向屋外跑去。活力充沛的模樣，很能讓人放鬆心神。

沒多久，外頭便飄來一陣食物香氣，引得人飢腸轆轆。

趙宵懷疑，自己這些時日是不是胖了一些？

這對兄妹的手藝當真了得，他來的這些時日，每一餐的菜色從未重複過。一樣的食材，卻能夠做出各種各樣的菜品，且色香味俱全。

他身在江湖，去過的地方多不勝數，吃過的美食更不在少數。他所吃過的那些江湖中享譽盛名的酒樓，竟沒有一家做得出這個味兒。

趙宵從不重口腹之慾，然而，自打同這對兄妹一起生活，用膳時間未到，他便會開始期待。

今日的早膳是尹暮年端進來的，將飯食放下後，他並未馬上離去，而是略有些為難的站在原地，欲言又止。

趙宵挾起一張香蔥雞蛋餅，一口咬下去就少了半張。他就著粥嚥下，「咕嚕」一聲，好不過癮。還欲再來一口，見得尹家小兄弟一臉為難，他便放下碗筷，認真的向他看去。「男子漢大丈夫，有話便要直說。」

這話聽著，語氣重了一些。加之趙大哥面容嚴峻，顯出幾分威嚴來。尹暮年心中多少忐忑，馬上接口道：「趙大哥當真要教我習武？」

其實他不想這麼問的，可是心裡一慌，出口就成了這麼一句不痛不癢的話。尹暮年有些懊惱，為何在此環節出了錯？

他想習武，又怕趙大哥是為哄妹妹開心。或者，說不定這是妹妹求來的。

他不想因著自己的事而使他人為難。

趙宵早已猜到，他要說的便是習武一事。自昨夜起，他就已心事重重，莫非……

眉頭皺起，趙宵的音調降了幾分。「你不想學？」

話音方落，尹暮年猛的抬起頭，眼中有一閃而逝的無助。但他馬上想到妹妹，便覺得自己無論如何也要變強。「我想學！」

說罷，尹暮年又有些糾結的皺起眉頭。「可是，如果趙大哥不方便……」

趙宵打斷他。「沒有可是，也沒有如果。男兒當自強，想要的都要靠自己爭取，我也沒有不方便。」

兩個孩子畢竟年紀還小，家中又無長輩教導，行事難免優柔寡斷。在這一點上，小歌兒甚至比他果決。但他是男娃兒，是要撐起一個家的男子漢，斷是不能縱容的。

趙宵暗暗下定決心，只要自己在這兒的一日，便要管他一日，定要改掉他的優柔寡斷。

得知真的可以習武，尹暮年鬆了口氣，臉上現出淡淡的笑顏。他努力壓抑，不讓自己真的笑出來。可惜，那雙神采奕奕的眼睛卻出賣了他。

一直以來，他認為自己是哥哥，理當保護妹妹。為此，在外人面前，他努力讓自己不形於色。

可當他知道自己可以習武，可以變強後，便開始對趙大哥產生依賴之心。

實屬不該！

為了不影響趙大哥用餐，尹暮年退了出去。過會兒便要開始習武了，也不知道要準備些什麼。

看著哥哥在院子裡來回踱步，手足無措的模樣，十歌便想笑。

自打她重生後，除了醒來那一日見到哥哥情緒外露，之後便不曾見過了。她知道，哥哥在刻意隱藏。

可他越是這樣，自己就越心疼，越擔心。

如今哥哥遇上真心喜愛的事情，才顯現出十一歲孩童該有的樣子。這樣挺好，他往日太壓抑了。

過了差不多一刻鐘，十歌進去收拾，尹暮年跟隨在後。

十歌收拾餐盤時，趙宵開始提問。「你可知何為內息？」

突然被問，尹暮年呆愣愣的，不知如何作答。

趙宵繼續提問。「丹田呢？」

尹暮年還是一臉懵懂的，他開始有些窘迫，又有些害怕。會不會因為自己太蠢笨，趙大哥就不教他了？

趙宵輕嘆了一口氣，又問了幾題。「四正是指什麼知道嗎……三盤知道嗎……三路也不知？」

這都是最基本的，尹暮年卻一個也答不上來。這倒不奇怪，畢竟沒有接觸過。只是他要教起來，恐怕要慢一些了。可他沒有多少時間，也不知習武方面的悟性如何。

趙宵將尹暮年招到床邊，一一解釋。

教了不一會兒，趙宵鬆了口氣。

萬幸！是個悟性極高的。

十歌聽了會兒，完全不懂，所以她放棄了，捧著碗碟出了屋子。

她還是乖乖做自己的事吧！

雖然尹暮年悟性高，記性也好。可要他用一整日來學習，也會疲乏。因此，趙宵做了時間安排。

每日只習武兩個時辰，早晚各一次，其他時間還可以繼續外出工作。

這樣的安排正合尹暮年的意，他正愁著沒法工作。且他每日都需要上山去將籠子裡抓到的野味帶回來，如今籠子散落到各處，想要尋完一遍，也是需要花上一段時間的。

「趙大哥，你覺得我哥哥怎麼樣？他能學會嗎？」

尹暮年外出時，十歌好不容易空閒下來，她便坐在床邊的小椅子上，同趙宵「閒聊」起來。

哥哥若不是習武的料，她該早點喊停才是，省得給哥哥徒增煩憂。

「悟性不錯，態度也認真。在我看來，是極好的，能行。」

趙宵無意隱瞞，這確實是他教了一個時辰後的感受。

「嘿！我就知道！」

十歌不無得意的昂起頭，小鼻尖對著趙宵，好不神氣！

哥哥做什麼事情都認真，很讓人放心。

趙宵笑看十歌，覺得這小丫頭太有靈氣，很是討喜。

對待尹暮年，他的態度可以說是嚴厲的。可面對這個小女娃兒，他則是寵溺的，一句重話也不忍心說。

最主要的是，小丫頭什麼都做得面面俱到，完全不像一個八歲大的小姑娘。

「趙大哥，你累嗎？餓嗎？身子可有不適？若有不適，可不能勉強。」

「我很好，說不定過幾日就能下床了。」

趙宵伸手揉了揉十歌的腦袋，小姑娘的關心總能溫暖到他。這段時日，是他十六年以來，過得最輕鬆的。

沒有負擔，沒有玄劍宗。他就是他，一個他曾經渴望過的普通人。

「真的呀？那太好了！」

這消息聽在耳中，十歌最是高興。如此一來，她便不用每日待在家中侍候病患，可以外出工作了！

這座山他們還有好些地方沒去過呢，那些地方寶貝可不少呢！

接下來幾日，尹暮年每日堅持習武，哪怕練的是基本功，他也異常認真。甚至，睡前也會再偷偷練一會兒。

而趙宵則真如他自己所言，又過了兩日，便能夠下地走動了。

# 第三十四章

這一日，天至微明。尹暮年正在院中蹲馬步，再過兩刻鐘他便蹲滿一個時辰。十歌則是有條不紊的在灶臺前忙碌。

炊煙裊裊，宛若朦朧霧紗，絲絲縷縷，繚繞林間。

一切是那麼寧靜祥和。

突然間，身後傳來「嘩啦」的一聲響，竟是水灑向地面的聲音。

二人一陣驚詫，紛紛向聲音處看去。卻是趙宵筆直挺立在那兒，他手裡抱著一個木盆，那是方才十歌送進去的。

「宵哥哥?!」

十歌衝到趙宵身前，高昂著頭，圍著他的長腿轉圈。「宵哥哥，你可以下地了？可還有不適？」

一聲甜膩膩的「宵哥哥」，叫得趙宵一陣心暖，不再是那句略顯生疏的「趙大哥」。

趙宵回以淡淡一笑。「嗯，沒多大問題。」

「那便好！你先歇歇，很快就可以吃飯嘍！」

說罷，十歌又跑回灶旁，將熬好的粥盛起來，再炒幾個菜就可以吃了！

趙宵沒有進屋，而是走到尹暮年身旁，檢查他的馬步姿勢，順便講解一下注意事項。尹暮年馬步姿勢很到位，且很穩，完全不像初學者。趙宵心中驚疑，心想著以他此時狀態，完全可以慢慢開始學習功夫。

既如此，趙宵便開始教尹暮年如何出拳。一個蹲馬步出拳的動作，要求尹暮年做滿一百個方可以休息。

尹暮年正在興頭上，若此時喊停，他反而不樂意。一百個出拳的動作，他打得迅捷有力。甚至，已經超出一百個，還是沒有停下來的意思。

「哥哥，晚上再練吧，去洗一洗，先用膳。」

飯菜均已上桌，十歌這才喊停。

既然趙宵已經能夠下地，自然是同他們一塊兒在石桌上用膳。

趙宵先前一直是兄妹倆在照顧，並未曾親自參與他們的生活。如今他踏出房門，一切均是陌生，卻又讓人倍感溫馨。

石桌邊上一大一小兩個男子都是話少的，吃飯期間，二人相對無言。

「宵哥哥，今日你來看家可好？」

十歌突然出聲，打破二人的沈寂。見宵哥哥似乎沒有反應過來，又補充道：「我想出去採草藥和野菜，光靠哥哥一人工作，我怕下個月趕集日會交不上貨。」

趙宵皺眉，放下手中碗筷。「山路凶險，妳還小，做不得這些。再過兩日，待我好得差不多便出去幫忙。」

他甚至不敢想像那個畫面。小小的女娃兒在比她還高的雜草堆裡穿梭，萬一遇上蛇可如何是好？

難道往日他們都是如此？

這可不行！

更何況，這段期間每日夜裡都有虎嘯聲，就在他們靠著的大山上。

趙宵琢磨著，待他好全了，得找個時日幫他們把這個隱患除掉才好。

十歌昂起腦袋，頗有幾分不服氣。「我做得！」什麼做不得？她個子雖小，可她認得草藥呀！而且，她摘野菜的速度可不比哥哥慢。

「胡鬧！現在正是群蛇出洞的時候，外頭有多危險妳知道嗎？」

趙宵板起臉，略提高音量，這是他第一次對十歌說重話。他知道兄妹二人靠賣山貨維持生計，只是他從未深入二人的生活，僅憑著想像，終究體會不到二人的苦。

如今知道了這每日同他笑得純真無邪的女娃兒，竟是這樣小小年紀就同哥哥外出工作，他居然有些心疼。

「不怕的，我們有雄黃。」

十歌說得洋洋得意。所有對付蟲蛇的藥粉，家裡全都有。

前段時間，院子裡爬進一條蛇，著實把他們嚇了一跳。好在田爺爺正好在場，當下便撒了雄黃。翌日，他還特地送來大包小包的藥粉。

自打有了藥粉，每次外出都是有驚無險。十歌堅信，日後也不會例外！

「不行，只要我在的一日，妳便不可外出工作！」

趙宵面容嚴峻，絲毫不給商量的餘地。

如今的生活，便是他一直嚮往的，他眼中的家人就應該是相互記掛和陪伴的。就讓他偷得幾日閒，享受一番。待他出了這大坑村，怕是再沒有機會。

十歌仍是不服氣。「可我認得草藥，宵哥哥你不認得。」

她哪裡是一句「不行」就能管束的，她得賺錢啊！生活要是那麼容易，誰還會努力？好日子是要自己爭取的。

「草藥我認得，我可以教。」

萬萬沒想到，尹暮年竟在此時插口，引得十歌把眼睛瞪得圓圓的。

這事，尹暮年也沒少勸妹妹，可她從不肯聽話。此時時機正好，他不介意附和趙大哥。

原本十歌並不著急，可她只要一想到近一段時日都不能使用錦袋，心中便發急。

閆夫人已幫他們把果乾和肉乾等生意做得興旺，突然斷了貨，恐將給閆夫人帶來麻煩。

她自己也曾在富貴圈裡混，哪裡不知道裡頭的彎彎繞繞？

還有品軒樓，同人家說好了，每月供應醃鹹菜。如今醃鹹菜賣得好，若突然斷了，酒樓怕是要亂。

生意之人最重信譽，她不想失信。
試問，如此一來，她怎能放心？
「罷了，我今日便出去幫忙吧。」
見十歌氣呼呼的噘起嘴，一副「我就不聽話」的模樣，趙宵只得如此打算。
然而，他此話一出，兄妹倆便異口同聲。「不行！」
十歌話多，又補充了一句。「你傷勢未癒！」
雙方就此僵持，誰也不願意退讓一步。
正是此時，一道小心翼翼的聲音響起。「請問……這裡是尹家兄妹的住處嗎？」
此時院子的門還是關著的，聲音被隔絕在外，有些縹緲。
尹暮年過去拉開院子門，原來來人是醫館的藥童。
「呦！還真是！」
見到了尹暮年，藥童眼前一亮，蹦進院子裡，同時不忘偷偷向後頭看一眼。
師父太過分，竟天未亮就將他喊起來，讓他馬上過來傳話。
巫陰山上有老虎，這誰不知道？他被嚇得屁滾尿流，偏生又不敢說個不字。
好在，沒有白跑一趟。
「可是急缺什麼藥？」
尹暮年有些疑惑。醫館的人怎會突然找來？想來想去，也就只有這個可能了。

「不是不是，是師母讓我過來傳話。昨日夜裡城東酒鋪家的夫人突然深夜拜訪，說是三日後要嫁女兒，讓幫忙訂八百個糕點呢。」

藥童一口氣將話傳到。

這突來的生意叫尹暮年有些錯愕。

兩日時間趕製八百個糕點，是急了一些。而且揉麵團是力氣活，一點都不能馬虎，否則口感將大打折扣。

還有糕點的花樣，那又是精細活，只妹妹方才做得出。

他有些擔心，兩日當真能做完？

如今不方便使用錦袋，自是要盡可能快一些趕製好，時間放久了也怕壞。

這事，倒是有些棘手啊！

「這位哥哥可用過早膳了？若沒有的話便留下用膳吧！」

十歌笑咪咪靠過來招呼。心想著——得！這下誰也不用外出工作了，這兩日都得在家耗著呢！不能工作這一點，能把人急壞的。

「不不不，我這就要回鎮上去了，師娘還等著回覆呢！」

藥童雖然很想留下來，可他哪好意思啊！萬一人家小娃娃只是隨口一提呢？

很快，十歌給了他留下的理由。「可我還想一會兒烙些餅子，叫大哥哥帶回去給田爺爺和田奶奶呢！大哥哥便留下用膳吧，還煩請稍候片刻呢。」

「這自然不是問題！那……那……我這便叨擾了。」

藥童早就想嚐一嚐這對兄妹的手藝了。他還未進院子就已經聞到食物香氣，那可太饞人了！

自打師父結識這對小兄妹，便天天將他們掛嘴邊，各種美味佳餚一遍又一遍故意說出來饞他們。

當真是過分極了！

想不到有朝一日，他也能吃上心心念念的食物，回去可要顯擺顯擺！

於是，藥童與趙宵一起坐在石桌邊大快朵頤，兄妹倆則是回到灶邊忙碌。

用罷早膳，幾人各司其職開始趕製糕點。趙宵因著受了內傷，雖有心幫忙和麵，卻終究幫不上，最後只得幫忙做一些打雜的事，偶爾在兄妹倆分不開身之際，幫忙遞一遞東西，或者燒個火。

雖是如此，兄妹倆倒真覺得輕鬆了許多。

為了能快些幫上忙，趙宵得空便調養內息，只盼著能多為他們分擔一些。

這兩日，十歌雖忙碌，可每一餐都講究得很。如今他們三人都是需要進補的，自然馬虎不得。

就這樣，在內調外養下，趙宵終於在下地的第三日清晨，有了揉麵團的力氣。這一日他們吃的包子，就是他揉的麵團。
用十歌的話來說，便是：勁道！
在三人的合力之下，終於將糕點趕製完畢，尹暮年用過早膳便送貨去。
那之後，趙宵也說到做到，絕不讓十歌再外出工作。外出之事，全由他代替。
還別說，一個二八之年，且習武的男子，那工作成果絕對是十歌的好幾倍。只不過少了錦袋的幫襯，他們搬回來就吃力了一些。
到了趕集前一日，他們的成果竟比先前多了兩倍有餘！
如今，十歌就每日專心烹調和醃製各類食物。
今次他們決定將食物都帶到鎮上去，尋機會藏進錦袋中，至少不能再放在院子裡。如今天氣越漸悶熱，沒有錦袋，食物都是易壞的。
翌日，十歌早早洗漱完畢。今次她可要同哥哥一塊兒下山呢！

# 第三十五章

「宵哥哥，你看家。」

十歌輕輕鬆鬆便安排好。她一手扠腰，一手搭在趙宵的手臂上，一副小大人的模樣。末了，不忘加一句。「知道嗎？」

趙宵眉頭微皺。

他不放心。

趕集日人多混雜，且他也聽聞了先前的事件。雖說當時遇上了貴人，可誰能保證次次都能如此幸運？

趙宵是想一同下山的，至少可以護著他們倆。於是便問道：「為何？」

十歌脫口而出。

「很簡單啊，外面危險！萬一遇上你的死對頭怎麼辦？」

趙宵沈默。不可否認，丫頭說的這個可能性確實是存在的。

想到那幫人，他眼中露出殺意，不過也只是一閃而逝。

那些人沒有找到他的屍首，定不會就此罷休。如今已經過去一個多月，想來，附近村落都被他們搜了個遍。

也不知他昏迷那幾日，這對兄妹是如何幫他避開追查的？

最危險的地方就是最安全的地方，誰能想到他人就在山腳下？

如今他內傷尚未痊癒，若是當真遇上了，恐難與那群人匹敵。是該注意些，莫要連累了這對兄妹才好。

沒想到，這事到頭來還是一個八歲大的小娃兒來提醒。

趙宵輕嘆道：「知道了，你們速去速回。外頭魚龍混雜，你們多注意一些。對了，回來幫我買一份筆墨紙硯。」

宵哥哥第一次開口要求置辦的東西，必須置辦起來！十歌脆生生回了一句。「好！」之後便轉頭離去，一蹦一跳，很是歡喜。

她好久沒到鎮上去了呢！

到了院子口，不忘回頭叮囑一句。「宵哥哥，你若是餓了，鍋裡有吃食，我們得申時才能回來喔！」

交代完也不等回應，便鑽進馬車內，揚長而去。

今次除了送貨，還需再買些食材。

田奶奶那兒時不時能替她接到做糕點的大單子，還是要多備一些為好，省得哥哥總要特地跑一趟。

她還想採購一些高粱，釀酒。閆夫人已經懷胎幾月，待她的孩兒出世，免不了要有周歲宴和滿月宴。

她想先釀些酒，到時候可以拿出來招待客人。

這個時間釀上，再經過錦袋滋養，到那時酒罈一經開封，定會驚豔眾人！

其他貴重物品目前還送不起，但是在喜宴上，他們還是能盡一分力的！

路上，十歌同哥哥說了自己的想法。尹暮年自然是同意的，他正愁著不知如何還人家的情，哪怕還個一星半點也好啊！

他們一出大坑村的地界，便整理馬車上的物品。除了草藥，其他的均按先前的數量來賣，多出來的，盡數被收進錦袋中。

這個月十歌出不得門，一些稀罕的草藥沒有她的指引，尹暮年根本就尋不到。因此，這個月的草藥盡是一些尋常用的，沒有多稀罕，怕是也賣不上什麼價。他們已經自田爺爺那裡賺了不少銀錢，今日這些草藥乾脆直接送給醫館吧！

今次，怕是要叫田爺爺失望了。

下了山，第一個地方便是去閆府，這已經成了慣例。

秦伯依然早早便等候在正門口，一見到熟悉的馬車，先差人進去通報一聲，自個兒仍站在那兒張頭探望。

「秦伯伯！」

十歌迫不及待自馬車內鑽出來，遠遠見著了秦伯，立刻揮手示意。

秦伯已有兩個月未曾見到小姑娘，猛的一看，倒是有些認不出。她比先前可是胖了不少，粉嘟嘟、肉乎乎的，討喜極了！

待馬車停在正門口外，十歌便毫不猶豫蹦下來，眉開眼笑的蹦到秦伯面前。

秦伯稀罕，立刻蹲下身，放緩了音調。「噢！可是好久沒見了，快叫伯伯瞧瞧，長高了沒有！」

伸手比劃了一下，似乎是長了點，可要和同齡人比起來，還是略矮了一些。不過不打緊，有在長便是好的！

稀罕歸稀罕，秦伯還是不敢多耽擱。老爺和夫人可都等著呢！他急急將二人迎向正廳。

如今許素月分漸長，肚子越發顯懷，她便坐在椅子上候著。只不過那頭啊，時不時要向外頭探一探，兩隻手絞著帕子，真真是有些焦急的。

「夫人！」

十歌人未到，聲先到。

如今她不過是八歲大的女娃兒，無須過於講究那些禮法。且她自小是祖父和父親帶大的，並未注重禮法教養。

在皇城那會兒，她就屬於異類。許多富家千金都不愛同她往來，偏生又處處不如她，以至於一個個的，越來越不待見她。

後來她死了，估計那些人都開心死了吧！

等著吧，她還會再回來的！

許素聽聞十歌的聲音，心中一喜。這小娃兒已有兩月未見，當真是想念極了！知道娘子急切想要見到來人，闓擴主動前去小心將她扶起。

十歌跑著進來，見闓夫人肚子已經隆起，便放緩了速度，小心翼翼靠近闓夫人，一雙大眼睛盯在闓夫人肚子上，頗有幾分神奇之感。

「夫人，我可以摸摸嗎？」

說是這樣說，許素還未回應，她便已經將手悄悄伸過去，輕輕放在隆起的肚皮上。

十歌倒不是沒見過大肚皮的，可她不是女子緣不好嘛！還真從未這樣靠近過懷有身孕的女子。

許素見十歌這樣小心翼翼，不由笑出聲。聞著笑聲，十歌反應過來這是自己出了洋相，怪不好意思的抬起頭，嘻嘻一笑。

「嗯？夫人怎麼了？」

不看不知道，一看嚇一跳。闓夫人臉色十分蒼白，雖笑著，卻又滿面愁容。

許素苦笑，面前的女娃兒心思倒是細膩。只是她不過才八歲大，總不能同一個小娃娃訴苦。

可若不訴一訴苦，許素覺得自己當真是要憋出內傷的。

當然，能讓她變得如此的，也只有她那個婆婆了。

這人真的是不能叨唸的，才剛想起，那人的聲音就出現了。「人呢?!給我滾出來！賤蹄子裝什麼嬌弱！」

聽到老夫人的聲音，十歌立刻意會過來。

家裡有個倚老賣老的老夫人，當真是受罪！

十歌向閆夫人的肚子看去，突然有幾分擔心，她便悄悄挪了挪身子，以小身板護住閆夫人的肚子。

一行人氣勢洶洶出現，當頭就是閆擴的一聲怒吼。「你們怎麼侍候老夫人的，怎的又叫老夫人受氣！」

近些時日母親又開始作怪，天天來找娘子的碴。娘子一度被氣得見了紅，休養了好些時日才勉強能下床。

而這一切的原因卻是夫人在代售的果乾、肉乾，以及魚乾。

針對此事他是下過封口令的，也不知是哪個下人嘴碎，將夫人售賣這些東西一事，說給母親聽。

母親自然不依，每日都要過來鬧一番。因著他下過封口令一事，惹得母親不快，無論他再說什麼，母親都是不肯聽的。

甚至還將過錯推到夫人身上，夫人被氣得見紅，他自是心疼。這一胎，得來不易，他無論如何也得保住，閆家的香火不能在他這一代斷了！

可他自己也被母親搞得焦頭爛額，一怒之下，他罰了母親院子裡的所有下人。他越是如此，母親就越鬧騰，一日要來鬧個兩三回。

此時母親又來鬧，閆擴便將氣撒在下人身上。

閆老夫人拄著枴杖，頭上戴著護額，剛踏入前廳就聽見兒子數落她的身邊人，一口氣更是嚥不下去。

她舉起枴杖，就向閆擴揮過去，嘴裡罵道：「打死你個不孝子！你小子膽肥了，看我不打死你，我打死你！」

說罷，老夫人便開始追著閆擴要打，揮了好幾下枴杖，硬是沒有打著。

這下她更惱了，見著躲到一旁去的許素，她老眼一瞪，凶得像母夜叉。再次舉起枴杖，口中盡是無德話語。

「別以為我不知道，都是妳這賤蹄子在搞鬼！」

彼時閆擴正好被母親追著跑向另一邊。他本想將母親引出去，怕的就是母親將目標轉向娘子。

哪知母親半途拐彎，此時他離娘子有些距離，是怎麼也護不到的！閆擴心急如焚，大吼了一聲。「母親！」

十歌也萬沒想到老夫人會突然向她們的方向拐過來，她心中只有一個念頭，那便是護好閆夫人！

眼看著老婦人越來越近，枴杖已經有落下的趨勢，十歌乾脆閉上眼睛，向前衝去，一把抱住老夫人，阻止她前進。

老夫人受阻，先是一愣。待反應過來，她便一手拎著礙事小丫頭的胳膊，另一隻手丟掉枴杖，大巴掌直接落在臭丫頭屁股上。

「啪啪」兩聲，十分響亮，叫人聽著都覺得肉疼，謾罵聲隨之而來。「哪來的野丫頭！我讓妳礙事，我讓妳礙事！」

「唔！」

屁股和胳膊傳來火辣辣的疼痛感，十歌忍不住痛哼出聲。

這該死的老太婆！

不過，萬幸的是閆夫人沒事。

只打兩下根本就解不了老夫人的心頭氣，她繼續舉起手，又重重落下。

然而，這次她卻是怎麼也碰不著野丫頭的屁股，她的手被一雙麥色的手死死拽住。

向這雙手的主人看去，卻是一位十來歲大的男娃兒，還有些眼熟。

老夫人本欲細思自己是否在哪兒見過這個小子，卻被他的一雙怒目生生阻撓思緒，不由瞪圓了眼睛，怒吼道：「臭小子，敢瞪我?!」

「放開她，要不然我掰斷妳的手。」

說罷，尹暮年的手加重了幾分，他幾乎是一個字一個字自齒縫蹦出來的。習了近一個月的武，不說有多大的成就，但對付一個年邁的老太婆絕對不成問題。

此時他哪裡還會顧慮到閆老爺，他滿心滿眼只有一個想法——妹妹被欺負了！

這個，不能原諒！

# 第三十六章

閆老夫人豈是可以讓人警告的？

不行，這口氣不能忍！哪來的野孩子，竟敢這樣對她？簡直大逆不道！

老夫人張嘴就是一聲吼。「臭小子，你以為你是誰?!來人，給我把他拖下去打板子！」

卻是沒有下人敢動彈一步，老夫人正想要破口大罵，臨到嘴邊卻成了一聲豬叫。

「啊——」

原來是十歌咬住老夫人的手臂。

老夫人一隻手被尹暮年抓著，動彈不得。另一隻手雖抓著十歌的細胳膊，可因著分了心神，力道不如先前，這才叫十歌鑽了空。

十歌不再考慮其他，先咬再說！

嘴裡的力道逐漸加重，疼得老夫人嗷嗷直叫。閆擴終究不忍，迅速過來，蹲下身輕哄道：「歌兒乖，先鬆口好不好？」

十歌的手臂還被抓著，哪肯鬆口。她瞪著眼睛，一動也不動。耗著吧，看誰耗得過誰！

閆擴見哄不住小娃兒，他轉而求著母親。「母親，您也快快鬆手啊！」

老夫人哪是輕易聽得勸的，她不僅不收手，還抓得更用力些。十歌也就咬得越發賣力，尹暮年見不得妹妹受苦，自是加大力氣。

兩隻手均受制於人，疼得老夫人叫得一聲比一聲慘烈。

見此情形，闓擴不再耽擱，他親自動手將母親的手指一根根掰離那隻細小的胳膊。那邊尹暮年還在加重力道，不給老夫人還手的機會，如此讓老夫人分了心神，再不能施力，闓擴終於順利解救了十歌的胳膊。

也是此時，十歌方才肯鬆口，尹暮年急急將妹妹撈到自己背後，甩開老夫人的手，退開幾步，遠離這個瘋子似的老夫人。

「手臂如何？」

尹暮年心疼壞了，他眼眶發紅，懊惱得想搧自己幾巴掌。他就不該帶妹妹出來的，累得她無端遭人毒打……

「還好。」

就是很疼。

見哥哥一臉要哭不哭的樣子，十歌回以一笑，很是無所謂的模樣，不叫哥哥瞧出她在隱忍。

十歌這邊剛得以解脫，許素懸著的心才終於放下，一顆晶瑩淚珠剛剛滑落臉龐，隨之而來的便是一陣暈厥。

許素倒下了。

貼身丫鬟眼尖的上前扶住自家夫人，可她已經不省人事，整個人軟倒在丫鬟身上。

丫鬟急得大叫一聲。「夫人?!」

原本正打算安撫母親的閆擴，聽得這一聲叫喚便回頭看去，眼睛倏地大睜，忙甩了母親的手，向娘子的方向奔去。「素兒！」

閆擴驚道：「快，快去傳大夫！對，把同葑堂田大夫請來，快去！」

將娘子摟入懷中，閆擴立刻傳下命令。

聽聞同葑堂田大夫乃是一代神醫，自打田大夫來了以後，四面八方的人不遠千里前來求診，可見其醫術了得。

他家娘子這已是第二次暈厥，唯有請來田大夫，他方才能放心。

秦伯上前一步，拱手作揖，為難道：「老爺，田大夫從不外出問診，夫人這邊又耽擱不得，倒不如咱們先把李大夫請來，同葑堂那邊，我親自走一趟。」

「便只得如此，那你們快傳李大夫！秦伯，你速去速回，務必把田大夫請來，花再多的銀錢都不妨事！」

說罷，閆擴抱起許素正欲離去，尹暮年與十歌交換了眼色，便見尹暮年站出來道：「我去請田爺……田大夫，我能將他請來。」

「好好好，那便有勞了！秦伯，你同他去一趟！」

閆擴沒想到尹暮年還有這本事，自是立刻答應。但他還是不能放心，便要求秦伯跟上。

秦伯做事，他一向是最放心的。

老夫人看不得兒子這般護著那婆娘，她打心眼裡認為那女人是故意演的這一齣，意在破壞他們母子關係！

她是倒了八輩子楣，竟娶來這樣惡毒的媳婦！

老夫人越想越來氣，便上前擋住兒子去路。「賤蹄子，就會裝模作樣，惡婦給我起來，裝什麼裝！」

說罷，一隻手已經伸過去，幾欲掐那惡婦幾下，閆擴忙錯身躲開。

閆擴氣極。「母親，請您留點口德！」

說罷，抱著夫人頭也不回的離開前廳，一屋子下人緊隨在後。

十歌擔心夫人安危，自是跟過去。

老夫人第一次被兒子吼了一頓，在錯愕過後便是一陣謾罵。「你這沒良心的不孝子！反了你？這妖婦是給你吃了什麼迷魂湯！該死的毒婦，賤蹄子！」

閆擴已經抱著許素回到房中，老夫人也跟了過來，走了多遠便罵了多久。如今甚至衝至床邊，指著昏迷中許素的鼻子大罵。「毒婦，妳裝腔作勢挑撥離間！」

「母親，您這是做甚?!能不能不要再惹是生非！」

閆擴用身體隔開母親，就怕她真傷到娘子，娘子的身體可是再受不得半點傷害！

「我惹是生非?!」

老夫人像是聽到什麼天方夜譚，不敢置信的瞪著眼睛。

再看另一邊，秦伯駕著馬車快速向同祊堂奔去。一到門口，馬車還未停穩，尹暮年已經跳了下去，向醫館內跑去。

田顯固定在中間的診堂問診，尹暮年熟門熟路的跑進去，見到老爺子便二話不說拉起來。「田爺爺，快，人命關天！」

好在此時坐診的是田顯的徒弟，田顯一下便被拉起來。見小伙子憂心忡忡且臉色蒼白，田顯心中暗叫不妙。

可不要是丫頭出了什麼事！

這樣想著，他也顧不上其他，快速拎起藥箱便往外跑。沒跑幾步，手便被小伙子拽住，拉著他跑得飛快。

田顯咋舌。這小子，身手什麼時候變得這麼矯捷?!他、他他竟然有些趕不上！

秦伯剛停好馬車，就見尹少爺拽著田大夫跑出來。他心下一驚，這孩子，怕不是直接劫人吧?!

這……好大的膽子！

雖這麼想，但能將田大夫請回去也是好的。待診完便誠心致歉，再多給些銀錢。

有了打算，秦伯又解開韁繩。一直到聽見身後的交談聲，秦伯方才知道尹家小公子竟與田大夫相識，且好像還很熟悉？

田顯還未鑽進馬車就開始發問。「這不是你家的馬車，那人又是誰？你小子該不是又撿了什麼人回來吧？」說到這兒，田顯先敲了尹暮年的頭一記。「這都第幾回了，你自己說！」

「這回不是。」

尹暮年也不知該怎麼解釋，但他總覺得此事與他們兄妹多少有些關係。他們這樣鬧了一場，閆夫人怕是被嚇到了。

他們兄妹終究還是連累了閆夫人……

田顯本還欲說些什麼，卻見小伙子沈著一張臉，甚是凝重，他便未再多言。

到了閆府，尹暮年下了馬車後，如同腳下生風，田顯剛下馬車便被他抓著跑，一刻也不肯稍停歇。

在秦伯的指引下，他們來到閆老爺的院子，一入院子便聞得一道拔尖的謾罵聲。

這陣仗，立刻叫尹暮年想起妹妹所受的毒打。他鬆開田顯的手，心急如焚的跑進去。

「歌兒！」

就怕他不在期間，妹妹再遭毒打卻無人保護！

「哥哥！田爺爺來了嗎？」

哥哥的突然出現終於讓謾罵聲停下。

方才閆老爺與老夫人一直在吵嘴，實在是吵得人耳朵生疼。

「丫頭丫頭，快叫我看看！」

田顯進了屋子便開始尋找小丫頭的身影，見著後立刻抓著她兩邊的胳膊將她上下打量一遍。

嗯？面色怎的蒼白得有些古怪？小臉甚至有些扭曲是怎麼回事？

不行，需得把脈！

嗯，還好，並無不妥。還好，還好！

老爺子一來便抓到十歌被老夫人抓出傷的胳膊位置，疼得十歌在心中吶喊了一遍，卻又要硬生生忍下，這讓她額角滲出冷汗。不過她還是咬緊牙關，手指向仍舊昏迷中的閆夫人，用哽咽的聲音催促。「田爺爺，您快去看看閆夫人！」

田顯並不是那會見死不救的，見有人昏迷，他還是走了過去。

老夫人安靜不了幾時，再次見著尹暮年後，終於讓她想起來此人是誰。

「你是那做飯的？」是了，絕對是他！

尹暮年抿著唇，並無意回答。老夫人破天荒的沒有破口大罵，而是拄著枴杖向尹暮年行去。

「果乾和肉乾都是你們做的？」

尹暮年依然不肯回答，可他的沈默已告知了答案。老夫人突然笑了，她一雙老眼變得亮晶晶。「以後我幫你賣！絕對比那個賤蹄子賣得好！」

她可是跟好幾家的老夫人說好了，這幾日就有貨賣她們！

同時被好幾個富貴人家的老夫人求著，可太長臉了！

簡直通身舒暢！

偏偏那惡婦見不得她好，硬是不肯給她貨。

哼，不給不打緊，她就天天來鬧，看她還敢不敢？當她老太婆是好惹的嗎？

十歌與哥哥對視一眼，心中暗自叫苦。

這下好了，老太婆一旦插手，他們這一項生意是別想做了。既如此，那便不拿出貨來。

就是不想讓老太婆稱心如意！

然而，十歌還是低估了老太婆的強勢作風。

很好，不回答？

「嘿，你還給臉不要臉了是嗎？來人，給我搜！把他們帶過來的東西全給我搜過來！」

「吵什麼！敢動他試試？信不信我毒死妳！」

田顯原本在床邊觀望昏迷婦人的臉色，卻聽得有人要欺負他看上的娃兒。

那怎麼行！當下怒火中燒，衝過去與老太婆大眼瞪小眼。

闖擴在方才與母親吵了一架後，終於醒悟。母親變得如今模樣，都是他慣出來的。身為

孩兒孝敬母親是理所當然，可母親若無德無能卻還一味縱容，那便是助紂為虐了。

「來人，老夫人身體不適，需長期療養。你們將她送回院子，好生看顧。待到痊癒……再出院子……」

闓擴只覺心累，要他說出這句話，實在是誅心。可他又不得不這麼做……想想他的娘子，想想他未出世的孩子……

闓擴不敢去看他的母親，背過身擺了擺手，讓下人扶著老夫人離開。背過身的剎那，一滴男兒淚滑落，他重重嘆了口氣。

老夫人呆愣住，怎麼也不敢相信，她的兒子，竟然要軟禁她？

一直到出了屋子，老夫人方才回過神，開始扯喉嚨大罵。

闓擴頹喪的垂著肩，一下子好像老了十歲。

這決定對於一個孝子而言，真的……太難了。

屋子陷入一片死寂。

「我說你這臭小子就是欠揍，為這種小病小痛就破了我的規矩！」

該打，該打！

田顯可不管他們方才發生了何事，他只知道臭小子又破他規矩！在確認了婦人身體狀況後，便瞪了尹暮年一眼，而後十分自然的指使下人拿來筆墨紙硯。

手起筆落，不過就一會兒的時間便寫好一張方子，隨手甩給下人。「就這吧，拿去抓藥……去同礽堂抓啊！」哼，勢必坑你一大筆！

閆擴收起方才的心傷，有些不確定的開口。「這……這便好了？」

確定是田大夫？

這不是連脈都還未把，怎的就出了藥方？

——未完，待續，請看文創風1086《佳釀小千金》下

2022年7月出版

# 分家後財源滾滾

文創風 1083～1084

生意做得好好的，卻突現危機，
說是富紳家千金看她不順眼？
哼！誰怕誰呀？別想擋她的發財路！

## 自立不黏膩，幸福小情意／圓小辰

於末世生存，身懷異能的唐書瑤已經習慣當個女強人，
原以為要在這和平的古代當小女子很容易，孰不知這才是難點……
她身為一個普通農家女娃，上山打獵可是會把家人給嚇壞的，
這世的家人雖有懶惰的毛病，可十分疼愛原主，她不願辜負這份情。
被迫分家後，她只能耐心引導，讓散漫習慣的爹娘願意努力做營生。
所幸她有的不只是異能，還有上輩子末世前資訊爆炸的一些點子，
吃食營生做得十分順利，從包子攤車到在店裡涮串串香，生意興隆，
連新搬到對街的鄰居貴公子都聞香而至，當天就派人上門作客。
可貴人就是與眾不同，串串香得就著滾燙的高湯涮才好吃，
偏偏他們不坐大堂，也不要包廂，卻是提出了要外帶？
她不禁懷疑這是哪間同行僱的人，特意過來找麻煩的。
如今她這間店人力有限，若開了外帶的先例，那可要亂成一團了！
但來人客客氣氣，她只得在心裡祈求這貴客不是什麼奧客，
然後大著膽子講出難處，再提出解決方案——
「這樣吧，你們跟我從後門將這些鍋啊、串啊搬過去如何？」

世間萬物，唯情不死／灩灩清泉

2022年6月出版

# 莞美人生

在現代，離了婚的女人是單身貴族，可在此卻成了棄婦，
拜託，明明是她主動提出和離的，被拋棄的又不是她！
而且身為一個名聲極差的棄婦，夜裡沒睡好都不能直說，
為何？就怕別人以為她在想啥亂七八糟的才睡不好！
唉，她發現古代女人不好當，古代棄婦更不好當啊……

文創風 1075 1

剛結束一段失敗的婚姻，韓莞收拾家當欲前去他方開間藥店展開新生活，
不料路上下車察看拋錨的車子時，卻被一輛疾馳而來的大卡車撞飛墜崖，
再睜開眼，她正慶幸大難不死，卻發現她的肉身早躺在不遠處沒氣了，
而她這會兒則穿著一身古代女子的衣裳，腦袋被寶特瓶砸破一個洞！
所以說，她這是摔死自己又把另一女子的靈魂擠兌出去，占了人家的身體？!

文創風 1076 2

透過跟雙胞胎兒子及家裡忠僕的套話，韓莞總算知道了一些原主的事，
要她說，這原主實在倒楣，因為生得花容月貌，年紀輕輕就被人算計，
那年，原主傻傻地被人下藥，與齊國公次子謝明承發生了關係，
偏偏這事不僅鬧得京城人盡皆知，原主還成了那個犯花癡下藥的加害者，
於是又羞又怒的受害者在大婚前夕跑去打仗，原主是抱著大公雞拜堂的！

文創風 1077 3

家中惡奴當道，正經主子吃的竟還比不上奴才？這日子實在沒法過啦！
幸好她韓莞不是傻白甜的原主，不會繼續任人魚肉，當個苦情小媳婦，
她先使計收拾惡奴夫妻，把人送進官府發落，奪回掌家大權，
接著再開始做些吃食生意，攢足本錢創辦她的玻璃大業，
但畢竟是封建的古代，隨便來個貪婪的達官貴人，她就護不住這份家業，
因此還是得找根粗壯大腿抱才行，正好住隔壁的皇子就是現成的合夥人，
光是想到日後躺著就有數不完的錢，她的嘴角就忍不住要失守啦！

文創風 1078 4

老天爺待她還是不薄的，竟然讓她的汽車也跟著穿越過來了，
這汽車空間別人看不到，只有她能掌控進出，且裡頭一直是發動的狀態，
最棒的是不僅她的手機、電腦能充電，空間還能保鮮、優化及再生物品，
靠著這強大的金手指，她的各項事業做得是風生水起，
並且她還把「神物」望遠鏡贈給短暫回京的謝明承，與他談起和離條件，
想到他戰勝回來後她便能帶著孩子展開新生活，就覺得人生真美好啊！

文創風 1079 5

不枉費她日也盼、夜也盼，還開著汽車空間前去戰地，悄悄救助將士們，
如今謝明承不僅全須全尾回歸，並靠著她贈的望遠鏡立下彪炳戰功，
但，說好的和離呢？怎麼她每每提起，他就推三阻四玩起「拖」字訣了？
她知道兒子們長得漂亮又聰明，他們謝家人一見到就眼饞得不行，
可當初原主母子三人在鄉下過著生不如死的悲慘日子時，謝家人在哪裡？
現在見著孩子好就想討要回去？沒門！離，必須得離，沒得商量！

文創風 1080 6 完

她覺得自己看男人的眼光實在太差，因此發誓這輩子不再讓男人挨邊，
哪怕她穿越女的光環強大、魅力無法擋、男人愛得發狂，也不踏入婚姻，
何況那謝明承的顏值、能力與家世都達高標，又生在這一夫多妻的時代，
即便現在兩人互生情意，他也不可能一生一世只守著她這個女人吧?!
可是周遭親友都對他讚不絕口，兩個兒子又崇拜他、時不時倒戈幫他，
要不，就再給彼此一次機會，說不定這一世能迎來屬於她的完美人生？

# 為流浪貓狗加油 和貓寶貝 狗寶貝 廝守終生(一定要終生喔！)的幸福機會

對人來說，貓寶貝狗寶貝只是生活的一部分，但妳（你）對牠們來說，卻是生活的全部，領養前請一定要考慮清楚——

▲ 花甲男孩寶刀未老 爺爺

性　　別：男生
品　　種：米克斯（有混到梗犬）
年　　紀：12歲
個　　性：親人活潑、愛玩耍
健康狀況：已結紮，曾患艾利希體，每個月有固定投藥（全能狗S）
目前住所：臺中市霧峰區

本期資料來源：朝陽科技大學動物保護志工社

## 第333期推薦寵物情人

### 『爺爺』的故事：

爺爺，是校園狗舍裡的一隻流浪犬，十餘年來，在社團歷屆同學們的細心照顧下，和相處的同學培養出深厚的感情和珍貴的回憶，如今因社團即將走入歷史，爺爺也正在等待著有緣人能給牠一個溫暖的家。

一隻活潑可愛的小狗狗，為什麼會取名叫做爺爺呢？因為牠的毛是鬈鬈的，毛色偏灰黑色，看起來和藹可親，所以才會取名為爺爺。但是別小看爺爺，牠有著最真最可愛的一面，常喜歡站起來，將前肢貼在人胸前玩耍，沒事的時候會咬著小球球，也很喜歡玩玩具，對牠下達指令時都會乖乖照做，性情穩定又很好照顧。

爺爺的個性十分親人，食慾和食量都非常好，體力更是一級棒，而且跑起來超級快，不玩個二、三十分鐘可是不夠的呢！不過帶爺爺出去運動之前，幫牠繫牽繩時，要隨時注意爺爺偶爾會有興奮得跳起來咬牽繩的狀況喔！

希望有緣的領養人能好好愛護爺爺，並且常常帶牠出去跑跳釋放精力，享受以往未曾享受過的自由。歡迎敲敲朝陽狗狗粉絲團FB，試試與爺爺的契合度吧！

**認養資格：**

1. 認養人須年滿20歲，男性役畢，有穩定的經濟能力。
2. 須同意簽認養寵物切結書。
3. 須同意送養人日後之長期追蹤，對待爺爺不離不棄。

**來信請說明：**

a. 個人基本資料：姓名、性別、年齡、家庭狀況、職業與經濟來源等。
b. 想認養爺爺的理由。
c. 過去養寵物的經驗，及簡介一下您的飼養環境。
d. 若未來有結婚、懷孕、出國或搬家等計劃，將如何安置爺爺？

# 藍輕雪

## 家有三寶，福滿榮門

後娘又如何？有緣就是一家人。
從此有飯一起吃，有福一起享！

8/9（二）出版

文創風 1089-1090《旺仔小後娘》全二冊

成親當天就得替戰死的丈夫守活寡，公婆還把三個孫子扔給她，說是歸她養?!
嫁入宋家四房當繼室的于靈兮徹底怒了，剛進門便分家，豈有這般欺負人的？
分明是看四房沒了頂梁柱，以分家之名行丟包之實，免得浪費家裡的銀錢和米糧。
既然三個孩子合自己眼緣，這擔子她挑下了，以後有她一口飯，絕少不了他們的，
幸虧她魂穿到古代前是知名寫手，乾脆在家寫話本賺銀兩吧，還能兼顧育兒呢！
可窮人的孩子早當家，為了一家四口的肚皮，三兄弟成天擔憂家計看得她心疼，
好在她寫的話本大受歡迎又有掌櫃力推，堪稱金雞母，分紅連城裡宅子也買得起，
養活三個貼心孩子根本不成問題，甚至讓他們天天吃最喜歡的糖葫蘆都行啊～～
孰料其他幾房見四房越過越紅火，竟厚著臉皮擠上門蹭好處，簡直比蒼蠅更煩人，
真當他們娘兒四個是軟柿子？不合力給那群人苦頭吃，她這護短後娘就白當了！

2022 暑假書展

# 途圖

都怪他以前從不理府中事，再加上家裡也沒個可靠的賢內助，
以至於除了宅子跟田地外，一家子幾乎快喝西北風，
如今有了魄力十足、聰明能幹的夫人，自是不同了，
往後他的俸祿、獎賞一律交給她，每月發五十文給他便是，
……五十文是底限，可不能再少了，不然要短了她的面子啊！

將軍百戰死，
壯士十年歸

8/16、8/23 (二) 出版

## 文創風 1091-1094《夫人好氣魄》全四冊

意外發生前，沈映月是獨力掌控百億業務、手下菁英無數的高階主管，
豈料一睜眼，她就穿成了大旻朝赫赫有名的鎮國大將軍莫寒的夫人，
原來大婚當日，將軍接到了邊關急報，於是撇下新娘，率軍開赴邊疆，
然而世事無常，幾日前將軍戰死的消息傳回了京城，原身便傷心得一命嗚呼。
將軍夫人是嗎？這頭銜倒是新鮮，也算是史無前例的跳槽了，那便試試吧！
說起這莫家，確實是忠臣良將，畢竟誰家會將「忠君愛國」放在家訓第一條？
且府門前還佇立著一座巨大英雄碑，是開國皇帝親賜並親題「流芳百世」四字，
碑上刻著的一個個名字都是為國犧牲的莫家兒郎們，包含將軍及其父兄、姑姑，
但如今的將軍府只剩老弱婦孺，還有好賭的二叔、酗酒的四叔及流連青樓的堂弟，
這堂弟莫三公子一向是紈袴的代言人，偏偏他還是莫家此輩中僅剩的男丁，
外有政敵虎視眈眈，內有廢柴無數，身為將軍的遺孀，她決心好好整頓一番，
她知曉大家族裡一榮俱榮、一損俱損的道理，讓莫家不受人欺是當務之急，
還好她這人向來不知何為難事，執掌中饋後就一肩挑起將軍府內外的大小事，
三公子有心疾不能習武無妨，改走文臣仕途一樣能帶領莫家走出康莊大道，
即便他莫老三再是坨爛泥，她也會把他穩穩地扶上牆，成為莫家的頂梁柱！

✦ ✦ 戀戀夏日，途圖另部作品也很HOT！✦ ✦ ✦ ✦ ✦ ✦

兩套合購價 1500元

## 文創風 986-989《登唐入室》全四冊

一穿過來就是大婚之日，她的小心臟實在承受不住這般大的驚嚇呀！
她唐阮阮，個性就跟軟糖一樣，軟軟的、甜甜的，誰都能捏一下，
重點是她唯一拿得出手的長項就只有做零食，除此之外啥都不會，
這般沒才能的她竟是天選之人？這中間是不是有什麼誤會啊？天大的那種！
莫名其妙讓她穿越過來，要她救夫婿一家、救大閔朝，是否太為難她？
偏偏她這人又不愛與人爭，上天叫她嫁，她也只能嫁了，連回個嘴都不敢，
幸好這被賜婚的新郎官似也有滿腹委屈，撂下話就甩頭走人，真是可喜可賀啊！

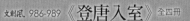

文創風 1085

# 佳釀小千金 上

國家圖書館出版品預行編目資料

佳釀小千金 / 以微著. --
初版. -- 臺北市 : 狗屋出版社有限公司, 2022.07
冊 ; 公分. --（文創風 ; 1085-1086）
ISBN 978-986-509-344-0（上冊 : 平裝）. --

857.7　　111008734

| | |
|---|---|
| 著作者 | 以微 |
| 編輯 | 余一霞 |
| 校對 | 黃薇霓 |
| 發行所 | 狗屋出版社有限公司 |
| 地址 | 台北市104中山區龍江路71巷15號1樓 |
| 電話 | 02-2776-5889～0 |
| 發行字號 | 局版台業字845號 |
| 法律顧問 | 蕭雄淋律師 |
| 總經銷 | 知遠文化事業有限公司 |
| 電話 | 02-2664-8800 |
| 初版 | 2022年7月 |
| 國際書碼 | ISBN-13　978-986-509-344-0 |

本著作物由北京晉江原創網絡科技有限公司授權出版

定價280元
狗屋劃撥帳號：19001626
網址：love.doghouse.com.tw　E-mail：love@doghouse.com.tw